CARAMBAIA

. . .
ilimitada

Ivan Klíma

Amor e lixo

Tradução
ALEKSANDAR JOVANOVIĆ

Conversa com o autor por
PHILIP ROTH

Amor e lixo

7 Capítulo 1
59 Capítulo 2
119 Capítulo 3
161 Capítulo 4
201 Capítulo 5

217 Observação do autor

219 Conversa em Praga com Ivan Klíma,
por Philip Roth

Os personagens que aparecem neste texto, incluindo o narrador, não têm semelhança com nenhuma pessoa viva.

1

A senhora, no escritório, mandou-me ao vestiário, para aguardar ali. Atravessei então o pátio até a porta na qual se indicava que os armários ficavam naquele lugar. O escritório era cinzento e sombrio, o pátio também; no canto, estavam amontoados tijolos quebrados, entulho, alguns carrinhos de mão, lixeiras rotas, e nem um traço de verde em lugar algum. O vestiário pareceu-me ainda mais sombrio. Sentei-me no banco sob a janela que se abria para o tétrico pátio e segurava uma pequena pasta de couro; nela eu colocara três pequenas fogaças para lanche, um livrinho e uma caderneta na qual eu fazia anotações quando me ocorria algo a respeito do que estava escrevendo. Por sinal, naquele momento eu finalizava um ensaio sobre Kafka.

No vestiário já estavam sentados dois homens. Um, encanecido, magro, lembrava-me o catedrático que, muitos anos antes, extraíra minhas amígdalas; o outro, gorducho, rude, baixinho, de idade indeterminada, com calças muito sujas, puídas, largas, que chegavam até a metade da panturrilha, bolsos semelhantes a coldres de pistola disformes, costurados por fora, tinha na cabeça um quepe azul de capitão com pala no qual reluzia uma âncora dourada. Sob a pala encaravam-me olhos curiosos da cor de águas costeiras.

Aqueles olhos, ou melhor, o olhar parecia conhecido. O homem, evidentemente, sabia que eu era recém-chegado e aconselhou-me a pôr minha identidade sobre a mesa. Escutei-o; ele pôs também a sua e foi quando percebi que lhe faltava a mão direita, da manga pendia um gancho negro.

E começaram a chegar meus novos colegas de trabalho. Sentou-se a meu lado o jovem gordo idiotinha com um cacoete no rosto, tirou do armário um par de botas de cano alto sujas, virou-as ao contrário e, de pronto, de uma delas escorreu uma quantidade de líquido que, apenas no melhor e menos provável caso, teria vindo do encanamento de água, e ele, de imediato, começou a gritar palavras das quais eu não conseguia reconhecer nem uma única sequer.

Não tenho muita certeza do que me fez experimentar esse ofício pouco sedutor. É provável que eu imaginasse encontrar uma nova perspectiva da qual o mundo poderia ser visto de modo inesperado. É frequente o pensamento de que, se não observamos as pessoas ou o mundo de um lugar distinto, o hábito nos dessensibiliza.

Estava aguardando o que aconteceria e de repente me senti como quinze anos antes, quando devia voltar para casa após minha estada na América, e o reitor organizara um jantar em minha homenagem. Ele era matemático, homem rico. Tinha uma manada de cavalos e uma casa requintada no estilo de palacete de caça. Eu o vira antes uma única vez e não queria comparecer ao jantar: muita gente desconhecida causa-me depressão. E quem eu poderia conhecer, se lecionei na universidade apenas por meio ano? Entretanto, todos se mostraram gentis e sorridentes, à moda americana, e com crescente insistência pediram-me que explicasse por que eu desejava deixar o país livre e rico deles para voltar a um lugar pobre e sem liberdade, onde era provável que me trancassem e enviassem para a Sibéria. Fiz o possível para também ser polido. Imaginei alegar desde patriotismo até alguma missão, algo que me parecesse óbvio. Disse que em meu país as pessoas me conheciam. Mesmo que tivesse de varrer o lixo das ruas, seria quem eu queria ser, um escritor, enquanto aqui, mesmo que eu continuasse dirigindo meu Ford, continuaria sendo apenas um dos imigrantes de quem o grande país teve misericórdia. Isso foi só para me gabar. Na verdade, eu queria voltar para casa, onde moravam pessoas que me eram próximas, onde eu pudesse falar, ouvir, de modo fluente, minha língua materna.

Pois bem, eu sabia que, se varresse ruas, para a maioria das pessoas seria apenas alguém que varre as ruas, ou seja, um gari, que mal é notado.

Naquele instante, apareceu no vestiário primeiro a mulher. Era elegante, seus quadris estreitos davam forma ao jeans. O rosto era moreno e enrugado como o das velhas índias no mercado em Santa Fé. Lá uma delas, a mais idosa e a com traços mais indígenas, pôs em cima do balcão, na minha direção, uma placa que revelava que o nome de batismo daquela *squaw*[1] era Vênus. Essa sra. Vênus nem se sentou, tirou da bolsa um maço de Start e, ao acender, percebi que seus dedos tremiam. O fósforo apagou antes que o cigarro acendesse, e Vênus o amaldiçoou por isso. Sua voz de ébria era tão profunda e rouca, e a entonação correspondia tão bem à sua aparência, que as atrizes principais dos melhores teatros, se tivessem de interpretar mulheres do povo, poderiam ter aulas com ela.

Chegaram ainda alguns rapazes envelhecidos e desajeitados, e no fundo um homenzinho gordo, de olhar astuto, começou a trocar de roupa. Tinha seu armário aqui, assim como o idiotinha a meu lado. Retirou um macacão cinza-esverdeado.

Pontualmente às seis horas, chegou a senhora do escritório e leu o nosso nome, o daqueles que deveriam limpar o nosso setor da cidade. Primeiro leu o nome dos que deveriam pôr sinalização de trânsito, depois dos três que deveriam limpar as lixeiras públicas. Por fim, entregou ao gorducho de macacão uma folha de papel indicando que o grupo seria formado por Zoulová, Pinz, Rada, Štych e, por último, leu meu nome também. Ao mesmo tempo, pôs diante de mim o uniforme laranja de gari. Peguei de imediato, circundei a mesa e escolhi o armário mais próximo do canto. Abri a portinha na qual estava escrito com giz *"Bui dinh Thi"*, tirei da bolsa os documentos, os pãezinhos, o livrinho e a caderneta de anotações, enfiei tudo no bolso e fechei o armário de novo.

---

1 Em inglês, no original. O termo *squaw* é usado nos Estados Unidos para designar mulheres indígenas e pode ser empregado com sentido depreciativo. [TODAS AS NOTAS SÃO DO TRADUTOR.]

Fomos todos para o pátio inóspito, onde agora chegavam furgões fazendo barulho e dois jovens jogavam pás, vassouras, ancinhos, carrinhos, sinais de trânsito e latas de lixo velhas em uma carreta. Faltavam quinze para as seis da manhã e foi só então que percebi a extensão do dia que tinha pela frente.

O homem de macacão, obviamente designado como nosso supervisor, caminhou até o portão, e na multidão de varredores voluntários viam-se quatro figuras e ali a única mulher ao lado de um jovem de rosto pálido que carregava uma grande mochila pendurada no ombro, além do homem que me lembrava o professor de otorrinolaringologia e ainda o sujeito com chapéu de marinheiro. Essas pessoas pareciam-me estranhas e distantes, a exemplo do trabalho que eu executaria; apesar disso, avancei junto, no passo deles, como se estivesse em um cortejo fúnebre. Em uniformes laranja, caminhávamos com dignidade pelas ruas de Nusle[2], pessoas à nossa volta apressavam-se para ir ao trabalho; não tínhamos pressa, pois já estávamos trabalhando.

Raras vezes estive em tal posição; na maior parte da vida, corri obcecado com o pensamento do que deveria fazer se quisesse escrever bem. Desde a infância queria tornar-me escritor, e a profissão de literato, por muito tempo, pareceu-me algo sublime. Acreditava que o escritor deveria ser sábio como um profeta, puro e invulgar como um santo e habilidoso e corajoso como um acrobata sobre o trapézio. E, apesar de saber que não existem profissões eleitas, e que sabedoria, pureza, singularidade, audácia e habilidade em uma pessoa podem emergir como loucura, ignomínia, mediocridade e futilidade em outra, essa ideia antiga ficou presa no meu consciente e subconsciente e talvez seja por isso que eu tenha medo de designar-me por esta palavra: escritor. Quando sou interrogado sobre minha profissão, procuro evitar a resposta. Além disso, quem pode afirmar a seu próprio respeito que é escritor? No máximo, pode declarar: escrevi livros. De vez em quando, ocorre-me que nem consigo definir com exatidão o objeto de meu trabalho, o que de fato distingue a verdadeira literatura da mera escrita, algo de que qualquer um, afinal de contas, é capaz, até

---

2 Bairro de Praga, localizado no sul da cidade.

mesmo quem nunca foi à escola, um local onde lhe ensinassem as letras. Agora poderia desfrutar da caminhada preguiçosa tranquilizando-me por ter conhecimento exato do que se esperava de mim. Passamos devagar pela Comissão Nacional, pelo prédio do Supremo Tribunal e chegamos diante da antiga sede do Sokol[3], onde já nos aguardavam nossos utensílios: vassouras, pás, ancinhos e um carrinho que consistia de meia lata de lixo. Para mostrar boa vontade, peguei a maior pá.

Na infância, eu morava nos arredores de Praga, em um local próximo ao aeroporto de Kbely, numa quinta vizinha a uma taberna. Antes do meio-dia, chegava um gari municipal. Parava com o carrinho no espaço em que eram deixados os cavalos, retirava a pá e com um gesto quase solene varria os dejetos dos animais, de modo alternado com outras imundícies, jogava no pequeno veículo, empurrava-o até a parede e dirigia-se à taberna. Agradava-me: ele usava um boné com pala, não de capitão, e tinha um bigode torcido para cima em memória de nosso último imperador. Também gostava de seu trabalho, que eu achava ser com certeza um dos serviços mais importantes que um homem podia ter, acreditando, portanto, que os varredores de rua mereciam o respeito de todo mundo. Na verdade, era bem o oposto. Aqueles que limpavam o lixo e os ratos do mundo jamais eram notados. Há pouco tempo li que, duzentos anos atrás, um estucador desprezado que retalhou, a faca, a imagem de São Jorge na igreja — boca e ombros, inclusive — foi preso por isso e enviado ao cadafalso. Obteve clemência, mas como punição precisou varrer as ruas durante três anos. Tinham crédito apenas os que limpavam a terra do lixo humano, fossem eles esbirros, magistrados ou inquisidores.

Quando, há vinte anos, redigi um conto a respeito de como sacrificavam cavalos, ousei imaginar uma cena apocalíptica de incineração de dejetos. Tentei visitar o incinerador de Praga que, ainda menino, via queimar à distância e transformar-se em um único colossal torresmo, mas o diretor recusou minha entrada. É possível que tivesse medo de que eu revelasse algumas deficiências de seu incinerador.

3 Organização de ginástica para todas as idades, fundada em 1862.

Muitos anos depois, quando eu trabalhava no serviço de limpeza do hospital de Krč[4], todas as manhãs levava o lixo para o grande forno: ataduras ensanguentadas, gaze cheia de pus, pelos, cabelos, trapos sujos que cheiravam a fezes humanas, e ainda um monte de latas, vidros quebrados e plástico. Jogava tudo no forno com a pá e observava com alívio como tudo se retorcia em espasmos nas labaredas, ouvia como o vidro se rompia, estourava, e como o fogo rugia triunfante. Certa vez – nunca pude desvendar a razão, se o fogo estava forte demais ou, pelo contrário, era débil ou então se o vento é que era o culpado – os detritos não queimaram, mas a corrente de ar na fornalha os sugou e os cuspiu para o céu pelo orifício da chaminé alta; perplexo e tenso, assisti a como todo o meu lixo – trapos, papéis e bandagens ensanguentadas – caía no chão, pendurando-se nos ramos das árvores e o que por sorte passava deslocava-se para as janelas abertas dos pavilhões. E, naquele momento, os estúpidos e imbecis do Instituto de Assistência Social, responsáveis pela direção do estacionamento do hospital, zurravam com entusiasmo e apontavam para o alto abeto prateado então adornado como uma árvore de Natal.

Ocorreu-me que aquilo que acontecera consistia precisamente em uma demonstração evidente de fatos cotidianos. Matéria alguma desaparece; no máximo, pode mudar de aparência. O lixo é imortal: flui pelo ar, incha na água, dissolve-se, apodrece, transforma-se em gás, fumaça, fuligem, viaja pelo mundo e subjuga-o de modo paulatino.

Começamos na rua Lomnického; nossa Vênus, que pelo visto se chamava Zoulová, empunhava a vassoura, era ajudada pelo homem com quepe de capitão, que na maior parte do tempo mastigava em silêncio e cuspia a saliva que espumava de tempos em tempos. Varriam até minha pá uma pequena pilha e eu atirava a imundície na lata de lixo no carrinho. Quando a lixeira estava cheia, nós a virávamos ao contrário e despejávamos tudo na calçada, em uma pilha; depois ali o caminhão poderia recolher e levar. Era assim que demarcávamos nosso caminho

4   Distrito no sul de Praga.

em direção a Vyšehrad[5]. Eu olhava a copa colorida das árvores, que acenavam para mim de longe, ainda que ninguém me esperasse sob elas, ainda que ela não me estivesse aguardando mais. Digo somente ela, em espírito, na maioria das vezes não a nomeio. Nomes são manuseados e desgastam-se, assim como as palavras afetuosas. Por vezes, cá com os meus botões, eu a chamava de pitonisa. Ela costumava predizer o futuro das pessoas e parecia-me perita nisso, estava rodeada de mistério, o que a tornava mais bela. Ao ser batizada, deram-lhe o nome de Daria.

Não consegui lembrar se alguma vez havíamos estado ali juntos; nossos encontros ao longo daqueles anos fundiram-se – os anos se empilhavam como na canção sobre o trabalho do camponês. Conheci-a ainda um ano antes daquilo. Fora visitar um amigo que morava em um trailer, onde ele estudava para tornar-se assistente de geólogo. Chamou-me atenção uma escultura pequena cuja extravagância destoava do ambiente austero do veículo. O amigo, que pouco tempo antes escrevia críticas sobre artes plásticas, falou-me por um instante a respeito da artista cujo mundo estendia-se pelas fronteiras de sonhos, loucuras, paixões e ternura. Disse-me que uma visita ao ateliê dela fazia parte de uma experiência intensa, e tomei nota do endereço no bloquinho. Lembrei-me daquele endereço quando procurava um presente para o aniversário de minha mulher.

O ateliê ficava em um pequeno sótão abobadado de uma casa em Malá Strana[6]. Um terço do espaço era tomado por estantes de madeira com esculturas.

Ela me recebeu com cortesia e conversou um pouco comigo, falou até mesmo a respeito de sua filhinha e perguntou o que fazíamos, eu e minha mulher. Mas interpretei seu interesse pelo fato de eu ter ido lá na condição de cliente.

Movimentava-se com agilidade entre as estantes. Enquanto caminhava, em suas longas saias ondulavam olhos e lábios, exemplares de olhos castanhos e lábios encarnados. Seus olhos eram azuis e os lábios, bastante pálidos. O que aconteceria se a abraçasse entre as estantes? Mas eu sabia que não faria isso.

---

5 Forte do século X, a sudeste do castelo de Praga.
6 Distrito no sul de Praga.

Comprei um pássaro com pescoço fino sobre o qual pousava uma cabecinha angulosa e havia nela pícaros olhinhos humanos. Ela embrulhou o presente em papel de seda e acompanhou-me até a porta. E não nos vimos por muitos meses. Mas, na véspera de meu 47° aniversário, ela apareceu inesperadamente em casa: precisava pegar sua escultura emprestada para uma exposição em Budapeste. Convidei-a para entrar e apresentei-a à minha mulher, que ficou contente em conhecê-la. Sentamos os três em meu escritório. Lída, que gosta de deixar as pessoas felizes, elogiou a escultura.

Bebemos vinho, minha mulher e eu, para sermos polidos. Daria entretinha-se e nos contava sobre sua futura exposição e, depois, suas viagens. Rememorava o Camboja, que visitara outrora, falava daquele país como de um Jardim do Éden de pessoas felizes e inocentes — isso fascinou minha mulher, que adora libertar as pessoas da sensação de culpa, e conversamos a respeito de nossa cultura, baseada na consciência do pecado e, portanto, na transgressão metafísica. Daria sustentava que a doutrina sobre o pecado era nossa maldição, visto que nos priva da liberdade e interpõe-se entre uma pessoa e outra e entre as pessoas e Deus. Minha mulher contestou um pouco, acreditava que a liberdade deve ser limitada por alguma lei interna; mas depois mudou a conversa para as crianças e a educação delas. Eu, porém, me concentrava cada vez menos no que estava sendo dito e prestava atenção em outra coisa: na voz silenciosa daquela outra mulher. Tinha a impressão de que ela se dirigia a mim e de que o fazia esperando que a ouvisse e compreendesse.

As sombras noturnas penetravam no aposento e eu tinha a impressão de que a luz restante convergia para a testa dela, de fronte alta, que se assemelhava de modo surpreendente à de minha mulher. O estranho era que a luz não fenecia de modo simultâneo com o dia. Era como se emanasse dela, de uma chama que, sem dúvida, devia arder dentro dela, e parecia-me que aquela flama se dirigia em minha direção e entranhava-me com seu hálito quente.

Quando foi embora, era como se eu tivesse permanecido sob seu domínio. Lída disse que a escultora era uma mulher interessante e bondosa, e sugeriu que a convidássemos de novo – deveria vir com o marido –, mas eu, seja por receio, seja pelo pressentimento de uma possível conspiração, não apoiei a ideia e mudei de assunto. Minha mulher foi então para seu quarto e em vão tentei trabalhar. Liguei o rádio, que transmitia certa música barroca tocada em órgão, mas a música não me acalmou, eu não conseguia entendê-la. Em vez disso, ouvia fragmentos incoerentes de sentenças; a litania, interpretada por uma voz estranha, impregnava-me feito o calor de um banho quente. Como, na verdade, era aquela voz? Procurei uma palavra adequada para descrevê-la. Não era nem intensa demais, nem agradável ou harmoniosa, tampouco colorida ou insinuante; fui incapaz de identificar por que me dominava.

Naquela noite, ao abraçar minha mulher, que estava gentil e calma ao fazermos amor, vagarosa como um rio estival no meio da planície, ouvi de novo aquela voz e encontrei a palavra correta para ela: ardente. Esforcei-me para repeli-la – em um momento tão inadequado –, mas não tive êxito.

Dobramos logo a esquina e afastávamo-nos de Vyšehrad outra vez. Ainda usava minha pá de carvoeiro para jogar no carrinho pedaços de papel, copos plásticos e caixas amarrotadas de fósforos, também joguei a cabeça de uma boneca, um tênis despedaçado, um tubo vazio, uma carta manchada, bem como pontas de cigarro – objetos dos mais variados no chão. Eu atirava o lixo todo na lata cinza no carrinho e, quando o cesto estava cheio, o capitão e eu, juntos, despejávamos no chão, onde o vento, cada vez mais forte, espalhava tudo de novo, mas isso nem importava: o lixo é, de qualquer modo, indestrutível.

O lixo é como a morte. O que mais é tão indestrutível? Nossos vizinhos da taberna tinham cinco filhos, o garoto mais jovem tinha o mesmo nome que eu e mais ou menos a mesma idade. Brincávamos juntos e sua amizade abriu-me as portas para as partes mais ocultas da taberna, como o porão, onde no período mais quente do verão eram estocados blocos de gelo volumosos e alvos e barris de cerveja gigantescos – ao menos assim me pareciam. Ou o estábulo, onde, apesar de os cavalos terem sido substituídos por uma carruagem típica de Praga, as paredes ainda fediam a urina e nele viviam gatos de cores e idades diversas.

O garoto adoeceu de difteria e morreu em uma semana. Com 5 anos, eu não entendia o significado da morte; meus pais não me levaram ao funeral. Vi apenas o dono da taberna vestido de preto e a mulher dele chorando, bem como os convidados enlutados, e ouvia a banda tocar marchas vagarosas.

Quando perguntei quando meu xará retornaria, mamãe, após um instante de hesitação, respondeu que não voltaria nunca mais, ele tinha ido embora. Desejei saber para onde, mas mamãe não respondeu nada. Porém a velha funcionária da estalagem, quando tomei coragem e perguntei, disse-me que sem dúvida ele havia ido para o paraíso. Sua pequena alma inocente estava morando entre flores naquele delicioso jardim, brincava com os anjos — porque cada um ali tinha seu próprio anjo — e, se me comportasse, eu e ele nos encontraríamos.

Cresci em um meio em que jamais se ouviu uma única prece, o único jardim que conhecia estava sob a janela e não havia anjos nele, embora os trens passassem ribombando no espaço além da cerca.

Eu queria descobrir mais a respeito do Jardim do Paraíso e das almas que lá moravam, mas mamãe desconversava e mandava eu falar com papai.

Meu compreensivo pai, eu sabia, inventara um motor para trens rápidos, como aqueles que passavam com estrondo sob nossa janela, bem como motores para aviões que trovejavam sobre nossa cabeça e por isso era muito estimado pelas pessoas, mas ficou estupefato com minha pergunta. Pegou-me pela mão, levou-me para fora e lá falou comigo por muito tempo: sobre a origem da Terra, os gases candentes e o resfriamento da matéria, a respeito de minúsculos átomos invisíveis que se moviam de maneira incessante em todos os lugares e em todas as coisas. São eles que compõem, na verdade, os montes de terra e pedras e os caminhos sobre os quais andamos e também nossas pernas que nos carregam. Caminhávamos pela linha do trem, passamos pelo ralo bosque suburbano e subimos até o aeroporto. Os trens então faziam ruído nas profundezas sob nossos pés, enquanto aviões militares bimotores zuniam sobre nossa cabeça. Papai contou-me que os homens sempre sofreram por estarem presos à terra, por não terem coragem e não saberem abandoná-la. Ao menos sonhavam em libertar-se e, assim, inventaram o Jardim do Paraíso, que tem tudo aquilo pelo qual ansiavam e que faltava na vida deles; e inventaram criaturas que lhes são semelhantes, mas equipadas com asas. Aquilo, porém, que no passado fora apenas um sonho começava a materializar-se agora, disse meu pai, apontando para o céu claro. Anjos não existem, mas os homens podem voar. Não existe um jardim do paraíso onde as almas humanas possam habitar, mas um dia eu entenderia que era mais importante que os homens vivessem bem e prósperos aqui na Terra.

Embora eu não tenha compreendido direito o que papai me esclarecia, suas palavras causaram-me nostalgia, como se fosse uma ansiedade inexplicável, e comecei a chorar. Para me consolar, papai prometeu que no Dia da Aviação iria levar-me até o aeroporto, no domingo seguinte, e deixaria que sobrevoasse Praga em um avião.

No domingo seguinte, colocou-me de fato em uma aeronave barulhenta que deslizou aos solavancos sobre o gramado e, para meu espanto e terror, projetou-se no ar comigo, ganhou altura, deixando tudo no solo cada vez menor, até se encolher por completo. As pessoas eram a primeira coisa a desaparecer, depois os veículos puxados a cavalo e os carros e por fim as casas. Resoluto, fechei os olhos e vi-me em uma escuridão tronante que me envolvia. Naquele instante tive a visão de que nunca mais retornaria à Terra, a exemplo de meu xará que morrera.

Nada aconteceu então. Daria saiu e voltei para o meu trabalho. Escrevia contos a respeito de meus amores de juventude e invadiam-me recordações referentes a excitações de outrora. Ao olhar para o canto mais escuro de meu escritório, para a poltrona onde ela estivera sentada, foi como se as inquietações passadas começassem a ganhar corpo.

Saí e fui a uma cabine telefônica – o telefone do apartamento fora desconectado – e disquei o número dela. Passei a sentir uma excitação que poderia acontecer na minha idade apenas se aceitasse que aquele estado é permitido em qualquer idade, e perguntei-lhe como fora a exposição em Budapeste. Ouvi por um instante sua narração, que transcorreu entre fotografias e adegas de vinho, foi quando eu lhe disse algo sobre meu trabalho e acrescentei que pensara a respeito de sua visita e que teria prazer em revê-la um dia daqueles. Mas não propus nada de concreto e ela apenas riu baixinho diante de minhas palavras. Ainda assim, aquela conversa perturbou-me e, em vez de voltar para casa, vaguei pelas ruazinhas próximas de onde morava e prossegui a conversa, que se tornava mais pessoal e fragmentada. Desabituara-me a ter esses diálogos ou colóquios em geral, perdera o hábito de trocar confidências com quem quer que fosse.

Vivi por dez anos em um exílio estranho, circundado de proibições, custodiado por vigias às vezes visíveis, outras vezes invisíveis ou apenas imaginários. Não podia ingressar na vida a não ser como convidado, ou ambulante, ou como um diarista em atividade selecionada. Ao longo daqueles anos, cresceu em mim uma ânsia de que algo acontecesse, algo que mudasse meu destino, ao mesmo tempo tomou força a inibição que herdei de mamãe, e assim receava qualquer mudança e todas as pessoas estranhas. Minha casa tornou-se tanto refúgio como jaula, eu desejava permanecer ali e também escapar dali; queria ter certeza de que não seria expulso e a esperança de que algum dia fugiria. Agarrei-me a meus filhos ou talvez necessitasse mais deles do que os pais precisam dos filhos. Necessitava igualmente de minha mulher. O mundo externo, do qual eu fora excluído, acercava-se de mim, e eu, dele, por intermédio daqueles que me eram mais próximos.

Não penso que a vida tenha sido mais fácil para qualquer um deles. As crianças, assim como eu fizera em minha infância, carregavam a marca de uma origem inadequada, e minha mulher gastava anos em busca de um trabalho decente de meio período. Cansada de ficar na fila em departamentos encarregados de proteger locais de trabalho contra os politicamente indesejáveis, ela aceitou o posto de pesquisadora de opinião para uma pesquisa sociológica qualquer. Por um salário que era mais humilhante do que incentivador, tinha de vasculhar os conjuntos residenciais e persuadir entrevistados relutantes ou alarmados a responder a suas perguntas. Ela não reclamava, mas às vezes ficava deprimida. No entanto, enchia-nos, as crianças e a mim, de reprovações por comportamentos ou ações que normalmente deixaria de lado.

Eu não precisava ir trabalhar. Quando todos saíam pela manhã, sentava-me à mesa, e pilhas de papel branco, a ilimitada extensão do dia e a profundidade do silêncio estendiam-se diante de mim. Nem o telefone podia tocar; os passos na casa soavam esporádicos e em geral eu tinha mais medo de encontrar visitas indesejadas do que bem-vindas.

Eu escrevia: durante horas, dias, semanas. Peças que nunca veria nos palcos, romances que jamais seriam publicados – ao menos não na língua em que foram escritos. Eu trabalhava, porém receava, ao mesmo tempo, que o silêncio que me cingia se apoderasse de mim também, imobilizasse minhas ideias, nublasse meus sentidos e embotasse minhas fabulações. Ficava sentado à mesa, percebia o peso das paredes, do teto e das coisas que poderiam atolar-me com a indiferença.

Esperava assim minha mulher e meus filhos retornarem. No instante em que seus passos nos degraus da escada calcavam o silêncio, eu percebia como recuperava a serenidade – não a serenidade do silêncio, mas da vida.

Eu sabia, sem dúvida, que os filhos em pouco tempo cresceriam e sairiam de casa, que o som de seus passos era provisório, mais provisório ainda que minha transitoriedade. Conversava com eles, desfrutava da companhia deles, percebia, no entanto, como se distanciavam, e sabia que não poderia opor-me a esse movimento, se não quisesse opor-me à vida.

Também observava minha mulher em busca de seu próprio espaço, a fim de fugir do entediante amortecimento do trabalho que precisava executar. Nas horas livres, decidira estudar para compreender o que significava a alma humana, para penetrar em seu segredo e encontrar assim uma maneira de ajudá-la quando sofria demais. Pareceu-me muita ousadia, mas eu sempre a via como pela primeira vez, bastante infantil e com pouca experiência de vida para lidar com semelhante empreendimento, mesmo assim a incentivei: cada pessoa segue na direção de onde ouve ao menos o indício de um chamado.

Também tomei meu próprio caminho. Ansiava menos pelo que me seduzia outrora, as coisas deixaram de excitar-me. Até pouco tempo antes eu colecionava mapas antigos e livros, e agora estavam empoeirados. Não me preocupava mais em estar a par dos acontecimentos, saber quando começariam a melhorar as circunstâncias que poderiam, por assim dizer, me favorecer bastante. Comecei a buscar algo acima delas, algo que pudesse elevar nossa vida acima da esterilidade e do olvido, queria encontrar sozinho, não desejava aceitar revelações e imagens dos outros. Empenhava-me em demonstrá-lo, não devido a alguma espécie de orgulho, mas porque não se pode transmitir ou aprisionar em palavras o fundamental da vida, mesmo que as pessoas tratem de propagar o que acreditam ter descoberto, mesmo que eu próprio tente fazê-lo. Mas aquele que acredita ter encontrado o realmente eterno, que compartilha com os demais a essência divina e afirma ter descoberto a fé mais adequada, que compreendeu por fim o mistério da vida, é néscio ou louco e quase sempre perigoso.

Voltei tarde para casa e já à porta percebi a tensão que reinava ali. Minha filha estava sentada à mesa e, com atitude desafiadora, olhava a rua boquiaberta, minha mulher lavava a louça com mais barulho do que o necessário, o gravador de meu filho tocava canções de protesto.

Não desejava certificar-me das causas desse mal-estar, mas Lída desfez-se em queixas sobre nossos filhos, que eram indisciplinados e preguiçosos, e atribuiu-me a tarefa de intervir de algum modo.

Ocorreu-me que tudo o que eu poderia lhes dizer ela já dissera, e não tinha ânimo para fazer o serviço de manutenção. Fui para o quarto e tentei trabalhar, porém a casa ou eu mesmo estávamos saturados demais de ruídos perturbadores.

Percebi que levava muito tempo sem fazer nada além de ver passar os dias, desde que me levantava até me deitar, redigia histórias, mas minha própria história havia se estancado, não se desenvolvia, começava a desmoronar. Teria gostado de falar com minha mulher sobre isso, mas, quando finalmente à noite ficamos sozinhos, percebi seu desagrado, que me afastou dela de imediato. Perguntei-lhe se a magoara de algum modo. Ela respondeu que eu melindrava nossos filhos, pois me negava a educá-los, que era frouxo e condescendente com eles, que tolerava seus defeitos e buscava apenas ganhar-lhes a simpatia. Retruquei que ela estava sendo injusta comigo, mas Lída começou um de seus discursos compostos de censuras, conselhos bem-intencionados e lições. De vez em quando, investia assim contra os filhos e contra mim, mas, tendo razão ou não, escolhia os momentos mais inadequados, quando as pessoas a quem dirigia seu discurso estavam menos dispostas a ouvi-la ou, ao contrário, elas próprias necessitavam expressar-se e serem ouvidas.

Já eram quase nove horas e nosso exército laranja descia pela rua Sinkulova em direção ao sistema de distribuição de água. A rua é de paralelepípedos e as rachaduras ao longo do meio-fio agrupam dentes-de-leão e todo tipo de ervas daninhas que ali criaram raízes. O rapaz com rosto de traços femininos arrancava-os com as mãos ou com o ancinho. E, ao inclinar-se em direção ao chão, seu rosto adquiria uma palidez enfermiça.

Carros estavam estacionados na calçada sob as árvores. Nosso grupo deteve-se junto à carcaça de um antigo Volga. O supervisor levantou o capô e comprovou com satisfação que durante a semana alguém levara o radiador.

Carro também é lixo, grande massa de destroços que cruza nosso caminho quase a cada passo.

Há quinze anos, quando viajei a uma cidade próxima a Detroit para a estreia de minha peça, o diretor da Ford convidou-me para almoçar. Sentados no terraço do último andar, ou, para ser mais exato, do arranha-céu da Ford, de onde se podia divisar a monstruosa metrópole industrial em cujas ruas havia um enxame de carros, em vez de mostrar interesse pelo último modelo de seus veículos (pergunta que teria encantado papai), perguntei-lhe como se desfaziam daqueles carros todos, uma vez cumprida sua missão. O diretor respondeu-me que isso não era difícil. Tudo o que se produzia podia desaparecer sem deixar rastro, tratava-se apenas de um problema técnico. Ele sorriu diante da ideia de um mundo limpo e vazio em sua totalidade. Quando terminamos o almoço, o diretor emprestou-me o automóvel e o motorista. Conduziram-me aos arredores da cidade, onde limusines amassadas e enferrujadas estavam estacionadas em um vasto espaço a perder de vista. Negros vestidos com macacões coloridos dedicavam-se a arrancar as entranhas dos carros com enormes tenazes, tiravam os pneus, as janelas e os assentos e em seguida as empurravam em direção a prensas gigantescas que transformavam os veículos em pacotes de metal de medidas aceitáveis. Mesmo assim, os pacotes de metal não desaparecem do mundo, como tampouco desaparecem o vidro, os pneus ou o óleo usado, ainda que sejam incinerados em fornos, tampouco desaparecem os rios de gasolina durante viagens necessárias e desnecessárias. É provável que da chapa fundida se obtenham novos ferro e aço para novos carros, de modo que a partir do lixo criam-se novos resíduos; apenas se multiplicam. Se tornasse a encontrar o diretor tão seguro de si, eu diria: não, não é um problema técnico. O espírito das coisas mortas flutua sobre a terra e sobre as águas e seu hálito é funesto.

Durante a guerra, a sujeira oprimia-nos: no sentido literal e no figurado, precipitava-se sobre nós feito a morte e às vezes era difícil separar uma coisa da outra. Na mente de minha mãe ambas as coisas estavam unidas: morte e lixo — ela acreditava que a vida estava ligada à limpeza, no sentido literal e no figurado.

A guerra terminou, alegrávamo-nos pensando que viveríamos em paz e amor, mas minha mãe empenhou-se na limpeza, queria conhecer nossos pensamentos, horrorizava-se com nossos sapatos, mãos e palavras. Examinou nossa biblioteca e eliminou os livros que poderiam sujar nosso pensamento, comprou uma grande panela em que dia sim, dia não fervia nossa roupa. Ainda assim, nós lhe causávamos asco, ela mandava nos lavarmos de novo e só tocava em maçanetas e objetos alheios com luvas.

Durante a noite, eu a ouvia suspirar e choramingar. Chorava os familiares perdidos na guerra, mas também lamentava a sujidade do mundo onde precisava viver. Assim, em nossa casa reinavam a limpeza e a solidão. Papai quase não parava em casa, porque encontrara trabalho em Plzeň[7] para respirar um pouco. Quando aparecia aos domingos, passava descalço pelo tapete de folhas de jornal e ia para seu escritório, mas aquele instante em que cruzava o saguão bastava para encher o local do cheiro sórdido que mamãe reconhecia como o de uma vagabunda desconhecida. Papai esforçava-se em vão para eliminá-lo, ajudava em vão a cobrir o tapete com folhas limpas de jornal.

---

7   Por vezes transcrita como Pilsen, hoje a quarta maior cidade da República Tcheca.

Eu pensava que um dia papai não voltaria mais, que ficaria com aquela desconhecida, com a amante malcheirosa; se tivesse feito isso, eu não poderia culpá-lo. Ele sempre voltava, certa vez tentou convencer-me de que eu não devia julgar mamãe, que ela era boa, mas doente, que nem todos reuniam força para sair ilesos de tudo que precisamos passar.

E prenderam papai de novo. O sofrimento que os outros lhe causavam desviava mamãe um pouco da dor que infligia a si própria.

Um veículo do serviço de esgotos passou por nosso grupo. Parou diante de nós, os ocupantes saudaram nosso supervisor e passaram a examinar a grade de drenagem mais próxima.

– O que estão procurando? – perguntei à sra. Vênus.

– Estão checando se a canalização não está entupida – explicou-me. – Não podemos jogar nada ali. Uma vez Jarda, esse aí – disse apontando o rapaz com rosto de traços femininos –, atirou restos de plantas. Naquele momento, passava o inspetor e multou-o em 50 coroas, que foram cobradas no ato. E o tempo todo eles surgem aqui, como os caçadores de ratos.

– Nem me fale de caçadores de ratos – interveio o supervisor. – Em Plzeň, as ratazanas que viviam debaixo do matadouro enraiveceram, subiam à noite pelos bueiros e corriam pelas ruas guinchando feito esquilos. Procuraram com desespero um caçador de ratos, estavam dispostos a pagar-lhe 20 mil pratas por mês, mas ninguém aceitava, porque era evidente, se um rato hidrófobo o mordesse estaria acabado! Tenho um amigo em Plzeň, dos tempos de paraquedista, que se irritou e disse: "Não vou me borrar por causa de um punhado de ratos nem a pau!". Deram-lhe, então, uma roupa de escafandrista e uma lona de amianto emborrachado para que estivesse coberto caso os ratos o atacassem!

– E eles fariam isso? – admirei-me.

– Mas é claro, acabei de dizer que tinham raiva. O senhor persegue-os e eles, como não têm para onde fugir, se lançam contra o senhor. Nessa hora, o senhor se deita, se cobre com a lona e eles passam correndo por cima. O meu amigo fez isso, debaixo da lona não passava nada, mas, quando sentiu que passavam por cima dele, se borrou de medo.

Depois de alguns dias, ela fez-me saber por escrito que passaria em minha casa, anunciava dia e hora e dizia que esperava encontrar-me.

Apareceu, como prometido. Pela janela, viam-se nuvens de outono e a penumbra voltava a cobrir a sala. Ignoro se eu também irradiava algum brilho, a pessoa nunca percebe sua própria luz a não ser pelos olhos do outro, e isso em momentos de graça muito intensa. Mas é possível que ela tenha percebido algo em mim, caso contrário não teria desejado voltar a encontrar-se comigo, e não teria feito de modo voluntário a romaria que, em momentos de raiva, dizia não lhe causar nada além de sofrimento. Eu próprio ficava por vezes surpreendido por ela chegar tão perto de mim.

Nas primeiras semanas íamos ao campo, a bosques e parques. Ela conhecia o nome das plantas, inclusive das mais exóticas, bem como de onde provinham. Conduzia-me também a esses lugares, assim como pela terra dos khmers e ao longo do majestoso rio Ganges, a ruas sufocantes com multidões; levava-me também à selva e ao *ashram*[8], para que eu pudesse ouvir o que um sábio guru dizia sobre uma vida reta. Falava-me de sua família, na qual havia industriais e professores do movimento de ressurgimento nacional e um andarilho que acabara se estabelecendo nas escarpas ocidentais dos Andes; de uma tia romântica que decidira morrer de fome quando perdeu o amante; um genial estudante de Direito, capaz de recitar de cor os Códigos, mas que um dia se fartara das leis e decidira dedicar-se à filosofia, pois ao comprovar, de maneira irrefutável, a esterilidade da conduta humana, sentara-se e redigira seu testamento filosófico: a felicidade, dizia, nada mais era que um sonho, e a vida, uma corrente de sofrimentos; suicidou-se com um tiro na cabeça sobre o manuscrito, de tal modo que o sangue que escorria do ferimento pôs alguns pontos-finais em seu testamento.

Todos na família paterna, explicava, tinham um toque de genialidade, vontade inflexível e clarividência – especialmente o pai. Mencionava-o com frequência e eu, que nunca o vira,

8 Do sânscrito *aashraya*, significa "proteção". Na Índia antiga, designava o local em que os sábios viviam, no meio da natureza.

pensava no meu, não por ser também engenheiro, mas por ser forte, saudável e saber divertir-se, quando decidia levantar de sua mesa de trabalho.

Eu teria gostado de contar algo parecido a respeito de meus antepassados, porém desconhecia a vida deles. Sabia que alguns vieram de longe, mas ignorava quando, se duzentos ou mil anos antes. Suponho até que sabiam ler, embora empregassem um alfabeto diferente do meu e rezassem em uma língua da qual não compreendo uma palavra. Não sei do que viviam. Ambas as minhas avós vieram a Praga e tentaram fazer negócios, porém sem êxito. Meus avôs também eram do campo. O pai de meu pai estudou química e trabalhou como engenheiro em uma refinaria de açúcar na parte húngara do império. Quando meu pai tinha 11 anos, meu avô caiu embaixo de um arado puxado por uma corda e a lesão foi fatal. O pai de minha mãe, por sua vez, chegou a uma idade venerável, trabalhou em um tribunal como escriturário e, aos 80 anos, viveu a experiência da Segunda Grande Guerra, ficou marcado à vista de todos e foi deportado para o gueto. Tampouco sobre esse ancião de bigode grisalho, um pouco amarelado pelo tabaco, eu era capaz de contar algo notável, com exceção de que, à diferença de seus antepassados, que acreditavam obstinados na chegada do Messias, ele fixara suas esperanças na miragem da revolução socialista. Essa ilusão ajudou-o a sobreviver às adversidades do destino e à morte da esposa, à perda da casa, à humilhação, à fome e aos sofrimentos da prisão. Nesse lugar inóspito, fazia sermões a quem desejasse ouvi-lo e, com frequência cada vez maior, o único disposto a escutá-lo era eu. Instigava-me a não acreditar em um deus inventado pelos homens, um deus de senhores que haviam enganado os pobres para que suportassem melhor o peso do destino. À medida que envelhecia, seus discursos foram se tornando uma litania, uma oração monótona que eu sabia de cor e que não desejava ouvir mais. Certa noite em que todos dormiam, despertei com um murmúrio estranho procedente do quarto em que meu avô dormia. Reconheci a voz do velho e a entonação lastimosa de uma prece pronunciada em uma língua que ele ainda conhecia e da qual eu não entendia nada, uma prece que se dirigia a Deus. Paralisado, escutei com assombro aquela voz que parecia vir de muito longe, de tempos ancestrais. Compreendi então, pela primeira vez, que o fundo da alma humana é inescrutável.

O pai dela abandonava de vez em quando a prancha de desenho e ia passear pelas montanhas e fazer escaladas em rochedos. Ele a levava e ensinava a não ter medo de altura. Papai passeava apenas pelas montanhas de números em que os fantasmas de seus motores se convertiam. Carregava seus cálculos inclusive quando saíamos de férias e esquecia-se de todos nós assim que lhe ocorria como resolver um problema, o que era constante. Mais tarde, ao reparar em nós na hora do jantar ou fora, sentado sob a janela, perguntava-nos, surpreso, de onde tínhamos aparecido. Havia sido desterrado de seu mundo com violência, vestiram-no com uniforme de presidiário e prenderam-no atrás de cercas eletrificadas, projetadas por meio de cálculos simples. Concentrou, nessa época, toda a vontade e todas as forças para sobreviver, para sobreviver com dignidade e poder voltar à sua amada terra. Como pude comprovar depois, além de números e máquinas, meu pai adorava também mulheres belas e visões socialistas de um mundo melhor. E, como todo homem apaixonado, depositava no objeto de sua adoração esperanças enganosas e excessivas.

— Você acredita que todo amor traz falsas esperanças? — ela me perguntou.

Compreendi que se referia a nós dois e não ousei dizer sim, embora não pudesse ver nenhuma razão para sermos exceções.

— Isto é como a autópsia nos cemitérios — disse a sra. Vênus. — Quando quiseram removê-lo e precisavam desenterrar os cadáveres, ofereceram 100 coroas por hora e uma garrafa de rum ao dia, e mesmo assim todo mundo dizia onde eles podiam enfiar aquilo. Precisaram mandar presos e não lhes pagaram nada! — Parou, relaxou, encostou a pá na parede e acendeu um cigarro. — Cadáveres! Há nesses corpos um veneno que atravessa até as luvas de borracha e, quando entra no seu sangue, você vai encontrar os anjinhos. — Enquanto saboreava o cigarro, lançava olhares para a frente e para trás, em direção a um lugar que apenas ela podia ver. Se a tivesse conhecido alguns anos antes, estou certo de que teria procurado guardar suas palavras, de que teria corrido para anotá-las, a fim de conservar sua forma de falar com a maior fidelidade possível. Antes, acreditava que tudo o que via e gravava em minha memória poderia ser útil para alguma história. Agora, faz tempo que sei que é improvável que encontre uma história que não seja a minha própria. A gente não pode se apropriar da vida alheia e, ainda que conseguisse, não encontraria uma narrativa nova. No mundo, vivem quase 5 bilhões de pessoas, cada uma delas acredita que sua vida daria pelo menos uma história. Essa ideia produz vertigem. Se aparecesse, ou melhor, se fosse produzido um escritor capaz de gravar 5 bilhões de histórias e eliminar delas tudo o que tivessem em comum, o que restaria? De cada vida, uma frase apenas, um instante que seria como uma gota de água no oceano, um momento irrepetível de angústia ou um encontro, um momento de contemplação ou dor — mas quem reconheceria essa gota, quem saberia separá-la da enxurrada do mar? Para que deveriam ser inventadas novas histórias?

Uma vez, em lágrimas, Daria acusou-me de encará-la como um besouro que eu tivesse espetado em um alfinete a fim de descrevê-lo melhor. Contudo equivocava-se, em sua presença eu esquecia que desejara inventar alguma história, e se a observava de perto era porque pretendia compreender a língua em que falava comigo, quando permanecia em silêncio.

— Passei meus apuros com os cadáveres. Uma vez consegui um trabalho ali embaixo — disse a sra. Vênus apontando o Instituto de Patologia —, sob as muralhas de Vyšehrad. Todos os corpos que chegavam tinham sido esfaqueados ou picotados. Fui parar nesse lugar por indicação de uma amiga, era um trabalho com um pagamento extra pela periculosidade, ela me disse, mas no fim pagaram uma ninharia. Fiquei só porque o velho que abria os corpos era louco por cadáveres. "Zoulová", dizia-me, "a senhora tem uns bracinhos, examinaria com muito gosto o seu úmero". — E a sra. Vênus estendeu os braços: eram de fato longos e finos.

Sentia que me embriagava o cheiro enjoativo da decomposição. Ao começar a trabalhar no instituto, meu colega não quis privar-se do prazer de levar-me no primeiro dia ao necrotério, onde mostrou os cadáveres que havia em cima das mesas, no chão e na câmara frigorífica, ficou observando-me de relance à espera de que eu empalidecesse e saísse pela porta correndo, mas eu estava acostumado com mortos desde a infância, habituado a tal quantidade de mortos de modo que aquele punhado de cadáveres, alguns inclusive trajados com roupas elegantes, não me assustou nem fez meu estômago revirar.

Agora me lembrava não só da sala de azulejos, mas também, com a precisão de um sonho, da mesa ampla sobre a qual jazia papai.

Meu pai estava muito doente, a enfermidade consumia-o por dentro, ele, que sempre havia sido forte e gozava de uma saúde de ferro, a duras penas mal conseguia sustentar uma pena entre os dedos. Ao lançar um olhar sobre seu manuscrito, que, como sempre, era um formigueiro de cifras e fórmulas que eu não entendia, observei que os números estavam tão tremidos que mal consegui ler. Ao vê-los, a tristeza invadiu-me. Sabia que fazia anos que não publicava seus cálculos, mesmo que lhe pedissem, porém sabia que as cifras sinalizavam o caminho em direção a um conhecimento que, para ele, era a vida. Ao ver aquela letra, compreendi que a vida de papai começava a apagar-se e que os números se dispunham a empreender com ele o caminho sem números.

Gostaria de ter conseguido afugentar essa recordação sombria, mas, por mais que focalizasse meu carrinho de mão, o rosto imóvel de papai permanecia diante de mim. De que servem as más experiências? Pode-se se inclinar com humildade em face do inevitável, sentir-se abatido quando se intui que a morte se aproxima dos entes mais queridos.

Todavia, reconfortei-me com a ideia de que papai, que vencera tantas batalhas na vida, não sucumbiria naquela ocasião.

Aquela vez que o avião aterrissou, papai precisou tirar-me do aparelho. Eu tremia e soluçava, negava-me a olhar para o céu, onde os atrevidos pilotos-acrobatas executavam cambalhotas, serpenteavam até as nuvens e mergulhavam abruptamente na direção do telhado dos hangares. Papai me levantou e me pôs sobre os ombros. Ele não disse: coitadinho, nem me repreendeu, mas carregou-me nos ombros e ia mostrando os trens que passavam a nossos pés soltando chispas, ao mesmo tempo que dizia o nome deles como se fossem parentes ou filhos. Levou-me assim até a pequena ponte de madeira que se arqueava sobre a via férrea e deixou que eu cuspisse na chaminé da primeira locomotiva que passou embaixo. Quando veio uma que soltava chispas e fumaça, ele mesmo inclinou-se sobre o parapeito para dar o exemplo e o jorro potente de vapor e fumaça que saía da chaminé arrancara-lhe o chapéu. Em seguida, observamos impotentes como o chapéu desceu e acabou pousando em um monte de carvão em um dos vagões e perdeu-se na distância. Papai sorriu e disse que seu chapéu também era acrobata, e eu, contemplando entusiasmado como desaparecia, esqueci o pavor provocado pelo voo.

Na mesma noite, papai voltou para casa com seu chapéu enegrecido de fuligem, sabe-se lá onde o achara, e para minha diversão transformou-o em um chapéu-coco que logo pôs para fazer o papel de palhaço, imitando Chaplin. Ele gostava de entreter as pessoas e, quando ria, ria desenfreado, com todo o seu ser. Sabia rir daquilo de que as pessoas riem, mas também do que as desesperava ou aborrecia. Muitas vezes eu quis divertir-me da mesma maneira, alegre e relaxado, mas carecia da força, da espontaneidade e da concentração de papai.

A sra. Vênus jogou uma pazada de lixo em meu carrinho de mão.

— Sabe quantas pessoas passaram pela mesa dele?

Eu não sabia e ela respondeu em tom vitorioso:

— Cinquenta mil!

— Isso não — interveio o jovenzinho atrás de mim —, não venha com histórias. Seriam vários regimentos!

— É assim, Jaroušek. E todos mortos por morte violenta! — A sra. Vênus riu como se tivesse dito algo muito divertido.

Então, dias antes do Natal, fizemos amor pela primeira vez, sob o telhado de uma casa barroca, em um sótão com janelas pequenas e paredes grossas. No outro lado da rua, em frente, erguia-se o muro de um palácio com enormes janelas de duas folhas em cujas cornijas descansavam pombos transidos de frio. O local recendia a óleo com ligeiro cheiro de gás e continuava na penumbra inclusive ao meio-dia. Além disso, a estátua de Estêvão, o Mártir, tapava as janelas. A restauração da estátua estava quase terminada, mas Daria abandonara o trabalho, incomodava-a que suas mãos tivessem de seguir diretrizes alheias.

Eu desejava que ela gostasse de fazer amor comigo, estava tão obcecado por essa ideia que tremia de ansiedade, e ela também tremia. Tinha em casa marido e uma filha, e aconchegava-se agora em meus braços e desejava ser levada a um lugar do qual não havia retorno. Carreguei-a e percebi que a cada passo pesava um pouco mais, que a aguentava a duras penas. Eu tinha medo, assustava-nos a ambos o desejo que sentíamos um pelo outro. A cama, enorme e sensacional, rangia a cada movimento e tratávamos de abafar os rangidos sussurrando palavras cheias de ternura. Olhávamos o rosto um do outro e surpreendia-me como sua face se transformava, como se adocicava e adotava uma expressão antiga, ancestral. Quem sabe fosse o rosto esquecido de minha mãe ou a lembrança de minhas primeiras imagens, minhas primeiras fantasias a respeito da mulher a quem um dia haveria de amar.

Voltei para casa de noite e deitei-me ao lado de minha mulher. Ela não desconfiava de nada, aconchegou-se em mim e adormeceu. Confiante como uma criança. Quando fechei os olhos, dei-me conta de que o sono me abandonara. Ouvia o trinado de um pássaro no jardim, os trens zuniam ao longe e, diante de mim, como a lua em plena escuridão, erguia-se o rosto daquela outra: serena, bela, oculta em mim desde sempre e por vezes imóvel como o rosto de suas esculturas, observava-me assim, suspensa no espaço, fora do tempo e de todas as coisas, e senti saudade, angústia, desejo e tristeza.

Nevou muito naquele inverno. Ela acompanhava a filha à aula de piano e eu caminhava atrás delas sem que a menina notasse. Ia afundando na neve recém-caída, porque não olhava onde pisava, só olhava para ela, caminhando; em seu modo de caminhar sempre havia uma pressa mal oculta, talvez o afã de viver. Ela segurava a filhinha pela mão e apenas de vez em quando lançava um olhar fugaz para trás — eu percebia seu amor inclusive àquela distância.

Outro dia passeamos por uma planície nevada perto da cidade, a nossos pés havia uma granja abandonada e um bosque, acima de nós, o céu gelado sob um baldaquino de névoa.

Paramos e ela, de costas, apoiou-se em mim. Abracei-a — na cintura, salientada pela jaqueta de couro — e sentimo-nos de pronto transportados para a eternidade, despojados do tempo, de medos, de alegrias, do frio e do soprar do vento, e ela disse em voz baixa: É possível que nos amemos tanto?

Crianças patinavam sobre o lago como em uma tela de Bruegel. A taverna estava quase vazia, o fogo crepitava na lareira imensa, em um quadro pendurado na parede uma fazenda ardia e valentes bombeiros lutavam contra o fogo. A taverneira trouxe-nos uns destilados, depois girou um botão e o incêndio do quadro iluminou-se por trás com chamas rubras.

Daria alegrou-se feito criança: Tanto fogo, e ainda por cima nós dois!

Sinto de verdade o calor que me banha, sinto-o por dentro também, sinto-me como um grão na primavera, sinto que estou desabrochando, que estou abrindo em direção à luz.

Ela adivinha e diz:

— Você vai ver como, a partir de agora, conseguirá tudo o que quer!

— Por que pensa isso?

— Porque você agora começa a viver de verdade.

Ela crê que até então eu não vivera. Que estava preso, o gelo invadia meu corpo, do manancial em mim brotavam apenas algumas gotas frias. Disse ainda: Você viveu somente com a cabeça, mas o que você faz não pode ser feito apenas com a cabeça. Podemos dominar com a cabeça alguns motores, quem sabe. Promete que me ensinará a escutar as vozes ocultas.

Quero saber o que eu ensinarei a ela.

Limitar-se-á a escutá-las comigo. Logo diz: Vou escutar você; não preciso aprender nada, preciso estar com você!

A taverneira apagou o quadro luminoso, saímos no frio do entardecer. Antes de nos separarmos, beijamo-nos; beijávamo-nos como se não houvesse nada diante de nós nem atrás de nós, como se quiséssemos enclausurar nossa vida nesses beijos. E ela pergunta-me: Você já amou alguém de verdade?

É claro que ela não quer ouvir falar de minha mulher, de meus filhos nem de papai, não quer ouvir falar de ninguém vivo, quer ouvir que só a ela amo de verdade. Talvez ela me engane, talvez seja fruto da angústia, ela surpreende-se que me despeça dela, que vá a outros lugares; teme que a traia, intui em mim lugares que a assustam.

Minha mulher também intuía em súbitos acessos de tristeza, queixava-se de que eu não conseguira entregar-me a ela, que minha alma sofrera trauma do qual nunca me recuperei porque na infância a morte me cercara de modo constante. Como são os sentimentos de alguém em lugares onde a morte sobrevoa de modo mais frequente que os pássaros?

No gueto havia muitas meninas com as quais eu me encontrava e conversava, quando tinha apenas 12 anos. Em meio àquele horror, como poderia pensar que houvesse algo que afugentasse o medo, se guardas armados nos vigiavam, fome e deportações perduravam?

Só a levaram no começo de 1943, encontrei-a apavorada em um dos corredores transversais de nosso alojamento — estava perdida. Perguntou-me o caminho e eu, veterano, levei-a ao local que lhe havia sido designado.

Enquanto andávamos, ela contou de onde era, que não tinha pai e que estava com medo ali.

Consolei-a, dizendo que não devia ter medo, que ali era possível viver — apesar de tudo, se desejasse, eu a protegeria.

Ela disse-me que jamais esqueceria aquilo.

No dia seguinte fui buscá-la e apresentei-lhe meus amigos; nenhum deles lhe faria mal, não precisava protegê-la deles, mas percebi que ela pensava diferente, precisava de minha presença, sentia-se mais segura comigo. Tinha a minha idade, distinguia-se das demais meninas por ter cabelos loiros, da cor do centeio ou do trigo. Nunca ficamos a sós, estávamos sempre em companhia de nossos amigos, embora sempre estivesse o mais próximo possível dela, trocávamos os poucos livros que tínhamos, não nos atrevemos a nada mais, eu não me atrevi a nada mais; e de repente tudo mudou, a vida começou a transcorrer entre marcos diferentes, não entre a manhã e a noite, não de uma refeição a outra, mas de um encontro a outro. Acabou o sal no gueto, as batatas eram negras e podres, o pão, mofado, nada disso me importava, nem que tinham levado meu avô ao hospital do campo e suspeitávamos que não voltaria mais, mas eu mal percebia isso. Os corredores do quartel estavam sempre tão cheios, esvaziavam-se, se ela estava a meu lado, o espaço diminuto que nos fora dado alargava-se ou encerrava-se em si mesmo e tornava-se infinito.

Eu tinha alguns lápis de cor e folhas de papel em branco, uma noite tentei desenhar seu rosto de memória, mas não consegui. Ocorreu-me que poderia escrever-lhe um poema e garatujei um par de versos que se referiam mais a fenômenos climáticos que aos meus sentimentos, e entreguei-lhe.

Ela disse que gostou e esculpiu um bonequinho sorridente em uma castanha. Pendurei-o no meu beliche, acima de minha cabeça, assim podia contemplá-lo um instante antes de adormecer. Naquela época, passava mais tempo com ela, socorria-a sempre que um perigo a ameaçava. Carregava-a nos braços para fora da masmorra em que a enfiaram nua para torturá-la e conseguia chegar até ela disfarçado, noite após noite repetia minhas devotadas e viris façanhas até adormecer.

Ela levou de casa uma xícara de porcelana quase translúcida e decorada com dragões e flores. Serviu-me nela várias vezes um chá de ervas, bebíamos ambos da mesma xícara, ela com ar solene. Um dia, como não poderia deixar de ser naquele tumulto e desordem constantes, alguém atirou a xícara no chão. Quando ela se pôs a chorar, pedi-lhe os fragmentos de porcelana, coloquei-os com cuidado no fogão aquecido e observei o que acontecia. O fogo parecia consumi-los, os fragmentos de porcelana ardiam em suas próprias chamas, mas quando retirei as cinzas encontrei-os inalterados, algo chamuscados, porém intactos. Retirei-os das cinzas, limpei com cuidado, fiquei com um dos pedaços, devolvi-lhe os outros, sentia por eles uma espécie de afeto, admiração, por terem sobrevivido à queda, ao fogo e ao calor. Precisamos de ajuda; que um dia nos também desenterrem intactos das cinzas.

Em minhas fantasias, defendia-a de todos os males, mas não pude salvá-la. Chamaram-na para o transporte, chamaram quase todos os moradores de nossos alojamentos.

Ela saiu correndo daquele lugar cheio de confusão e lamento, para onde se mudaram e lotaram os miseráveis apartamentos da prisão com uma pressa desesperançada; ela tinha apenas um instante, queria estar com a mãe, que se desesperava. Conhecíamos um lugar na esquina do aterro onde a encosta estava coberta por grama e velhas tílias; era o local mais tranquilo de todos na fortaleza. Era onde nós dois e nossos amigos passávamos mais tempo, mas nenhum deles estava lá. Dissemos quem entre nossos amigos foi chamado para a deportação e garantimos um ao outro que a guerra terminaria logo, que a libertação estava próxima, que não havia nada a temer, que nos veríamos de novo, o lugar do encontro não combinamos, não nos pareceu importante. Ficamos calados, de que falaríamos em um momento como aquele? Demos uma volta no lugar, então ela disse que devia voltar. Parou ainda, aproximou-se de mim e senti o toque de sua boca em meus lábios. Seu alento embriagou-me e meu corpo estremeceu. Ela virou-se e saiu correndo. Quando a alcancei, pediu-me que não a acompanhasse, já nos havíamos separado.

Naquela tarde, ela foi-se embora. Observei tudo da janela, não era permitido sair. Procurei-a na multidão que se arrastava pela rua, mas não a avistei. Ocorreu-me que talvez não tivesse ido embora, que não era possível que tivesse desaparecido, que não estivesse mais lá.

Afastei-me da janela e bati na porta da sala contígua, mas, como ninguém respondia, abri. Aquela sala, que um pouco antes estava cheia de gente, vozes e coisas, agora se encontrava deserta. Tive a impressão de estar empoleirado em uma rocha, sobre a beira de um precipício tão profundo que não era capaz de enxergar o solo sob mim. Uma vertigem apoderou-se de mim e dei-me conta de que eu também desabava, era inevitável, uma simples questão de tempo. O que parecia sólido arruinou-se em um momento, o que parecia ligado de maneira indissolúvel dissolveu-se.

Fugi do quarto vazio, caí no leito e cerrei os olhos. Nesse momento, apareceu-me o rosto dela sobre mim como uma lua que me contemplava do céu noturno: claro, longínquo, inacessível, e senti que me inundavam felicidade, dor e desespero.

Às nove horas em ponto, sentamo-nos na taverna U Boženky. Era um local tedioso. Nada avivava as paredes enegrecidas, a não ser cartazes de publicidade e de proibições. As toalhas de mesa tinham manchas da comida do dia anterior. Em um canto, havia uma mesa de bilhar abandonada e maltratada, com o tecido verde desbotado e acinzentado por causa das cinzas e da fumaça.

A taberna de minha infância era repleta de cores. Após a morte de meu amigo, ia lá poucas vezes, quando papai mandava buscar cerveja, e ele tomava cerveja no máximo uma vez por mês. Diante da porta, um faisão roxo estendia as asas coloridas, nas paredes havia quadros alegres de cavalos e carroças de transporte, por certo não passavam de obras de um pintor de cartaz de placas de lojas e alvos de rifle de feiras, e o proprietário usava um avental limpo e aprumado. Quando terminava de encher a jarra com a cerveja, saía de detrás do balcão para entregá-la com segurança em minhas mãos. Na taberna de minha infância, ainda havia um espírito livre.

Papai nunca desejou educar-me, nunca me ordenava nem proibia coisa alguma. De vez em quando, saía para passear com mamãe e comigo, quase sempre na direção do aeroporto, porque, embora apreciasse o bosque, parques e todas as paisagens aquáticas, as máquinas o interessavam mais que tudo e, entre elas, as que conseguiam voar. Ao chegarmos ao aeroporto, contemplava os aviões que deslizavam sobre a pista, os imponentes biplanos e os ultraligeiros, e naquele momento esquecia-se de que estávamos ali, ia atrás dos homens de macacão, ficava conversando com eles, enquanto aguardávamos no campo expostos ao vento.

Papai se interessava por tudo o que voava. Ensinou-me a fazer aviões de papel, não os comuns que são lançados contra a lousa quando o professor vira as costas, mas naves aéreas que flutuavam no ar com habilidade e elegância, executavam voos ascendentes antes de descrever curvas em direção ao solo.

Também fizemos pipas e, antes que terminassem nossas brincadeiras, excursões e voos, montávamos uma grande maquete de avião com palitos de dente, pau-de-balsa e papel macio e firme. Na fuselagem, púnhamos uma tira de elástico, podíamos dar corda para a hélice girar. O avião, papai prometia, voaria alto o suficiente para sobrevoar a torre da igreja em Prosek.

E de fato, em uma manhã de domingo quando o levamos à margem da pista do aeroporto, demos corda na hélice, o aviãozinho fez um salto, arremessou para a frente e, um instante depois, elevou-se rumo ao céu, onde descreveu um grande círculo predeterminado. Mas o círculo não se completou, algo aconteceu em determinado momento, o avião oscilou, partiu-se e caiu no solo.

Ao nos aproximarmos dele, encontramos um monte de palitos de dente, paus-de-balsa e um punhado de papéis esticados com cuidado.

Choraminguei e lamentei a perda e papai disse-me então: Lembre-se, homens nunca choram! Essa foi uma das poucas lições que me ficaram dele. Ele riu para os pedaços de lixo enquanto os recolhia e acrescentou que aquele era o destino de todas as coisas, quem se atormentasse por isso fazia mal a si próprio.

Pedi um chá, enquanto os demais, sem terem solicitado, foram servidos com grandes cervejas, o jovenzinho bebia água mineral. Vênus tirou um pacote de Start, estendeu o pacote ao outro vizinho, a seguir, ofereceu-me. Agradeci, não fumo.

— O senhor é um exemplo — disse. — A sua mulher deve estar muito contente com o senhor.

— Eu, se não tivesse ficado embriagado — interveio o supervisor —, não teria me casado. Porque já pressagiava que o matrimônio é a sepultura da vida.

Conheci Lída ao terminar os estudos. Nosso encontro não teve nada de extraordinário, não foi acompanhado por nenhum evento nem augúrio especial. Conhecemo-nos e gostamos um do outro. Ela era seis anos mais jovem, mas eu tinha a impressão de que uma vida nos separava.

A primeira vez que a convidei para ir ao cinema, ela obviamente chegou atrasada. Fiquei sentado muito tempo em meu lugar, conformado com a ideia de que ela não iria. Avistei logo sua cabeça loira reluzindo entre os demais retardatários, parecia-me tão graciosa que duvidei que estivesse vindo a meu encontro.

Saímos durante quase um ano, vendo-nos quase todos os dias, e não discutimos uma única vez em todo esse tempo, parecia que nada poderia nos separar ou distanciar. Na última noite antes do casamento, a maioria dos homens embriaga-se, eu não me embriaguei. Não por princípio, apenas isso não me ocorreu. Passei a noite em claro, desacorçoado.

Não eram dúvidas sobre minha escolha que me afligiam, mas a consciência de termos tomado uma decisão para sempre. Suspeitava que o maior prazer para mim não era encontrar a mulher que eu amasse, para tê-la a meu lado, mas, ao contrário, de vez em quando precisava esticar a mão no vazio, deixar amadurecer o desejo até doer, alterar a angústia da separação com o consolo do reencontro, a possiblidade da fuga com o retorno, vislumbrar uma luz errante diante de mim, a esperança de que o encontro definitivo ainda me aguardava.

O homem resiste a aceitar que o mais essencial de sua vida já passou, que suas esperanças foram preenchidas. Nega-se a fitar os olhos da morte, e poucas coisas se aproximam da morte tanto quanto o amor correspondido.

Em nossa lua de mel, voamos para as montanhas Tatra.

Começava o tempo de ventos de outono, os lariços principiavam a dourar e os campos cheiravam a espigas maduras. Subimos até o limite em que terminavam os bosques, acima de nós elevavam-se ainda cristas afiadas de rocha nua. Deitei-me na relva, a companheira de minha vida cantava, e tive a impressão de que sua voz preenchia o espaço inteiro do céu até o sopé das rochas, demarcando o território em que me moveria para sempre.

— O senhor, Marek, deve ter sido uma boa peça — disse Vênus. — O meu marido, quando voltava embriagado, tinha que dormir com as éguas ou na garagem.

— E quando foi que vocês tiveram carro? — interessou-se o supervisor.

— Na Eslováquia, é claro. Míla tirou um velho Wartburg sabe-se lá de onde. A primeira vez que saímos em excursão com as crianças, depois de Topoľčianky[9], o escapamento caiu e o carro começou a fazer tamanho estrondo que parecia que estávamos em um tanque. Quando chegamos em cima, Míla, de tanta raiva, apanhou os óculos, enfiou-se debaixo do carro para amarrar o escapamento com arames, e quando terminou descemos morro abaixo; ela desligou o motor para não fazer tanto ruído, mas o carro ia cada vez mais rápido, as crianças estavam adorando porque derrapávamos nas curvas e eu gritei com ela:

---

9   Município da Eslováquia, com pouco mais de 2 mil habitantes.

Míla, você quer fazer picadinho de nós, você perdeu a cabeça? E ela disse: A cabeça não, os freios!

Compreendi que a sra. Vênus estava contando sua história sobretudo para mim, porque eu era novo ali e perguntei então:

– E como a viagem terminou?

– Freando o motor. Sempre conseguiu domar qualquer égua.

– Exceto você – disse o supervisor. E soltou uma gargalhada que deu início ao alvoroço. Quem mais se divertia era o capitão, cujo aspecto familiar ainda me intrigava. Lembrava-me algo, remetia-me a algum lugar, mas eu não sabia o que era. O jovenzinho com rosto feminino insinuou um sorriso, de repente tive a impressão de que a morte pairava sobre ele. Acontecia às vezes, em especial na infância, eu olhava para alguém, assaltava-me a ideia de que logo aquela pessoa não existiria mais. Com isso não quero dar uma de adivinho. Equivoquei-me desde então muitas vezes. Há pessoas que respiram morte a vida toda e continuam vivas e saudáveis.

Durante a guerra, papai esteve no mesmo campo, entre as mesmas muralhas que eu, mas não podia vê-lo, separavam-nos muitos muros e proibições. Até que um dia nossa porta se abriu e ali estava papai, de modo inesperado. Emagrecido, o cabelo cortado rente pouco antes, vestindo um macacão, apareceu naquela porta e esquadrinhou a sala com os olhos. Gritei, por fim ele me viu e disse: Quieto, quieto, estou consertando a instalação elétrica. E sorriu-me. Tomou-me nos braços, embora eu já fosse grande, apertou-me junto de si e disse: Meu filhinho! E continuava sorrindo, mas de modo estranho, os olhos umedecidos, e quando olhei melhor vi assombrado que meu papai grande, forte e poderoso chorava.

Terminada a guerra, quando soube que, dos que eu gostava e conhecia, todos estavam mortos, mortos com gás feito insetos e incinerados feito lixo, fiquei desesperado. Quase todas as noites eu caminhava ao lado deles, ingressando com eles em um espaço fechado, estávamos todos nus e de repente começávamos a ficar asfixiados. Tentava gritar, mas não conseguia, ouvia o estertor dos demais e via o rosto deles se retorcer e deformar. Eu acordava aterrorizado, tinha medo de adormecer de novo e esforçava-me para manter os olhos abertos na escuridão vazia.

Nessa época eu dormia na cozinha, em um canto perto do fogão a gás. Levantava sempre para convencer-me de que não havia gás escapando. Estava claro que ficara aqui por erro, descuido do destino, que poderia ser corrigido a qualquer momento. O horror e angústia abateram-me tanto que caí doente. Minha enfermidade confundia os médicos, eles procuravam com insistência por onde o micróbio chegara a meu coração, mas não encontravam o pórtico certo.

Mandaram eu permanecer deitado em repouso absoluto. Naquele sossego pude cercar-me de meus amigos, convertidos em espectros, passar com eles o tempo que transcorria lento, envolver-me no tempo deles, que não fluía mais. Nunca falei a respeito deles, mas estava sempre com eles e convidavam-me para estar com eles com tal persistência que compreendi que eu também devia morrer.

Continuava, porém, com medo da morte, apavorava-me tanto que não me atrevia sequer a olhar-me no espelho. Permaneci imóvel durante semanas, até que mamãe trouxe os três volumes de *Guerra e paz*, pôs na mesinha que havia ao lado do sofá e proibiu-me de pegá-los sozinho porque eram pesados demais. Eu estava debilitado, de verdade, e tinha forças para levantar apenas um volume, embora fossem livros comuns. Mas, quando mamãe entregou-me um volume, apoiei-o nos joelhos e comecei a ler curvado. E conforme lia comecei a rodear-me aos poucos de companhia diferente. Por vezes ocorria-me que as pessoas sobre as quais lia também estavam mortas, que também deviam morrer aquelas que a morte não alcançara nas páginas do livro. Mas, apesar de mortas, viviam. Foi quando tomei consciência do extraordinário poder da literatura ou então da criatividade humana: fazer os mortos viverem também e os vivos não morrerem. Fascinado por esse prodígio, pelo estranho poder do escritor, começou a despertar em mim o desejo de conseguir algo parecido.

Pedi que mamãe comprasse cadernos. Quando ficava sozinho, passei a juntar minhas próprias experiências e devolver a vida àqueles que não estavam mais vivos, então os fantasmas começaram a distanciar-se, seu aspecto hirto, frio e angustiante foi desaparecendo. Quando, depois de meio ano, o médico permitiu que eu me levantasse, as imagens dos mortos haviam se dissipado por completo, como se tivessem saído do caminho. Eu não era mais capaz de invocá-los, e, se me mostrassem o retrato de algum amigo morto, eu diria: não conheço. Mas não é o esquecimento da morte nem o olvido tão comum de nossos dias, quando os mortos e os vivos que nos incomodam somem no silêncio, esquecimento que devora até a palavra. Tratava-se mais de uma forma de rememoração especial, que ergue os mortos das cinzas e tenta elevá-los a uma nova vida.

Eu estava vivo e o médico celebrou o milagre que as pílulas recém-descobertas causaram, as que me receitara, mas eu sabia por que estava vivo, sabia que enquanto pudesse escrever estaria vivo e liberto de meus fantasmas. Sei até hoje, mas também sei que nada desaparece no mundo, que até a imagem de uma menina assassinada há muito tempo continua oculta alhures, talvez em minha mente, flutua em suas profundezas assim como sua alma flutua sobre a terra e sobre as águas. Agora, quando observo o rosto dessa mulher que conheci quase no crepúsculo de minha vida e que, em algum lugar no fundo de minha alma, sentia ser próxima, ocorreu-me que era ela que, quem sabe graças a um milagre, devolvera aquela que eu amei desde o princípio, à noite ao contemplar de novo essa face imóvel, amorosa, diante de mim, sentia-me inundado por ondas de felicidade e angústia de novo, apesar de ter comprovado com alívio que Daria já estava com 3 anos quando asfixiaram a primeira.

— Vocês desciam a serra a toda velocidade — disse o supervisor dirigindo-se à sra. Vênus —, mas o que você diria se estivessem voando rápido, lá para as alturas? — e apontou para o teto com um gesto tão sugestivo que olhamos para cima. Trinta e cinco anos antes, ele trabalhara no aeroporto de Stříbro e ali, além dos fantásticos caças S-199, havia um globo aerostático de treinamento que pertencera aos alemães. Uma vez um sargento ordenou-lhe que deixasse o balão pronto, o que significava colocar um paraquedas na nacela e sacos de lastro. O sargento ajudou-o, mas, enquanto punham o primeiro saco de areia, o cabo da âncora soltou-se e foram disparados para cima com tanto impulso que, em poucos segundos, estavam por cima das nuvens. – Posso assegurar-lhes que era mais rápido que um foguete. E estávamos em mangas de camisa – o supervisor deixava-se levar pela própria história –, porque embaixo era pleno verão e de repente estávamos no polo Norte. Eu disse: "Camarada sargento, comunico que estamos voando, destino desconhecido, mas é provável que tomamos no rabo". Ele, que era um bom rapaz, disse-me: "Marek, dei-lhe uma ordem incorreta, dizendo que entrasse sem paraquedas. Procure sair desta com vida". E estendeu-me o único paraquedas a bordo. E eu respondi: "Sargento, o senhor tem mulher e filhos, se nos ferrarmos, salte o senhor". E ele retrucou: "Você é um rapaz correto, Marek, ou vamos nos ferrar os dois juntos ou seremos ambos heróis". Já começava então a formar gelo no rosto.

– E por que vocês não tentaram soltar o gás? – admirou-se o rapazinho.

– E o que acha que fizemos? A maldita válvula congelada não servia para merda alguma. – O supervisor continuou descrevendo durante alguns minutos as terríveis condições atmosféricas daquelas altitudes geladas, até aterrissarem em Lysá, três horas depois.

– Há 35 anos – interveio o tipo que me lembrava meu otorrinolaringologista –, eu estava em um campo de concentração em Márianské Lázně, muito perto da fronteira. Um dia os americanos começaram a mandar balões com folhetos. Algumas vezes os folhetos chegavam até nós, mas quem recolhesse se arriscava a ir para o calabouço.

– O que estava escrito neles? – interessou-se o jovem.

– Nada que valesse a pena acabar no calabouço. O que se pode esperar de um pedacinho de papel?

– Balões e barcos têm futuro, mas eu não subiria num balão – observou o capitão, reconduzindo a conversa aos limites adequados. – Nem num avião. Se um barco afunda, a pessoa tem chance, mas se um avião cai...

– O senhor não precisa me dizer isso! – disse o supervisor ofendido. – Às vezes havia tamanha pancada que dos rapazes não sobrava nem um pedacinho assim – bateu a cinza do cigarro com o dedo. – E quando alguém por milagre salvava a pele... era evidente que não servia para mais nada.

Com Daria, andávamos por cima da terra e das águas, dia após dia, mês após mês. E à noite também, quando se instalava a distância entre nós, em nossos sonhos e fantasias que amiúde eram próximos.

Isso acontecia, explicou-me, porque de noite nossas almas se encontravam.

— Você acredita que a alma pode abandonar um corpo vivo?

Ela contou-me a fábula de um feiticeiro centenário que por meio de magia ocultou sua aparência real. Vivia solitário em uma casa de pedra no meio do bosque que se estendia até o mar do Norte. Quando se cansou da solidão, atraiu uma jovem formosa que pretendia transformar em esposa. Ao descobrir seu aspecto verdadeiro, ela suplicou aterrorizada que a deixasse ir; ele já era velho, a um passo do túmulo, enquanto ela tinha a vida inteira diante de si. O bruxo respondeu: "Tenho aspecto de ancião, mas não morrerei, porque minha alma não reside no meu corpo". Quando quis ver onde a alma dele vivia, ele respondeu que era muito distante dali. Além das montanhas e dos rios, havia um lago; no meio do lago, uma ilha; na ilha, um templo; o templo não tinha janelas, apenas uma única porta, impossível de abrir. Dentro morava um pássaro, e ele não morreria enquanto o pássaro estivesse vivo, porque sua alma vivia no pássaro. Enquanto o pássaro vivesse, ele também viveria.

A jovem tinha um namorado e enviou-lhe notícias de seu destino. O rapaz saiu em busca da ilha e do templo. Com o auxílio de bons espíritos, abriu a porta impossível de abrir, capturou o pássaro incapaz de morrer por si próprio e levou-o para encontrar sua amada. Ela escondeu ambos sob o leito do feiticeiro e disse ao rapaz que apertasse o pássaro com força. O namorado obedeceu e logo o velho sentiu-se mal; quanto mais o rapaz apertava, pior o feiticeiro ficava. Foi quando suspeitou de algo e começou a fazer uma busca no quarto. Mate-o, mate-o!, gritava a jovem. Seu namorado esmagou o pássaro com o punho e o feiticeiro por fim expirou.

Compreendi que ela me contava essa história para que eu nunca esquecesse que sua alma era um pássaro que eu segurava na mão.

A alma abandona o corpo depois da morte e entra em outro corpo, em um animal ou uma árvore. Por isso ela preferia trabalhar com pedras ou argila em vez de madeira. Quando cortam uma árvore, ouve-se o seu soluço. Na viagem para um corpo novo, a alma pode cobrir qualquer distância. Por que não poderia fazê-lo em vida? Ela é imaterial e não há força no mundo capaz de agrilhoá-la ou aprisioná-la, se a alma deseja escapar, elevar-se ou apegar-se a alguém.

Ela disse-me, uma outra vez, que vira em pleno dia uma bola dourada se movendo entre os roseirais e as rosas refletiam-se na bola e tudo estava em movimento, livre e deslumbrante. Logo depois, uma tarde, ou melhor, uma noite, quando retornava para casa, viu-me, do outro lado da rua, apoiado em um poste, correu atrás de mim, mas eu me dissolvi diante de seus olhos. Fora uma ilusão provocada por um poder maligno ou um sinal de amor?

Tudo o que acontecia deve ser ditado por uma instância superior, ela procurava para tudo uma explicação na posição dos planetas. Constatou que minha estrela da sorte mais poderosa era o Sol, que eu o tinha na décima casa em Virgem, e que foi graças ao Sol que sobrevivi a tudo, graças a ele conduziria minha vida feliz até o momento em que devesse abandoná-la. Porque deixaria meu corpo assim que tivesse cumprido a missão e tivesse terminado o trabalho que deveria realizar. Que destino poderia ser mais feliz?

No Dia de Reis, derretemos juntos chumbo na água,[10] minha figura era uma mulher que cobria o rosto e uma ave de rapina ou talvez um Hermes alado. Na mulher, ela reconheceu a si própria, na criatura alada, a mim. Eu descera até ela para levá-la ou para entregar-lhe uma mensagem dos céus.

E por que a mulher cobria a face?

É provável que tivesse medo de mim.

Procurou um maço de cartas de tarô da famosa Mademoiselle Lenormand e jogou-as várias vezes, tanto para mim como para ela, indagando o passado, o presente e o futuro próximo ou

---

10 Alusão a uma tradição de derreter chumbo em água para prever eventos do ano seguinte.

distante, e, de modo surpreendente, elas pressagiavam-me um futuro animador, esplêndido.

Eu não considerava essas adivinhações mais que uma forma estranha de jogo amoroso, mas disse a ela que minha vida era similar à do homem que foi o único sobrevivente da queda do avião que se chocara com a torre de uma igreja em Munique, ou da jovem que sobrevivera ao desastre aéreo nos Andes e que, sozinha, abriu caminho pela selva, por noites e dias, conseguindo chegar a uma aldeia no limite de suas forças. Faz pouco tempo que conheci o homem e entendemo-nos bem, nunca vi a moça, mas concordaríamos, sem dúvida, que aquilo que para o outro é desolador para nós constitui uma bagatela sem importância.

Na verdade, para ela nada era um jogo, para ela tudo era vida e cada segundo que passávamos juntos devia ser preenchido de amor; nos momentos em que estávamos juntos, apareciam monstros de todos os lados, como no Apocalipse, serpentes com muitas cabeças que enroscavam em suas pernas. Ela defendia-se e pedia-me ajuda, pedia que eu não a abandonasse, que ficasse com ela se era verdade que a amava, que ficasse com ela ao menos por mais um momento, se a amava. Mas eu já estava escapando, em espírito eu já estava correndo para casa, perseguindo o bonde que estava saindo para poder chegar antes de minha mulher, que não suspeitava de nada, que sorria ou franzia o cenho segundo o humor, independentemente de meus atos. Era assim que nos separávamos, beijando-nos outra vez na esquina, e logo virávamo-nos para acenar e eu chegava a ver um sorriso congelado em seus lábios amorosos e lágrimas que caíam de seus olhos.

Sempre fui devotado a meu trabalho, lutava por um instante mais para escrever, agora roubava do trabalho minuto após minuto, que se convertiam em horas e dias. Era evidente que desejava rebelar-me, implorar pelo menos uns instantes de descanso, porque escrever para mim era a vida.

Ela disse: Como você pode sequer falar disso? O que é a arte toda, comparada à vida?

Se deixar de escrever, morrerei. Mas morrerei amando.

E ainda que minhas lembranças da guerra enfraquecessem, eu sempre voltava a elas. Era como se tivesse uma dívida com aqueles aos quais sobrevivi e devesse recompensar a força benévola que me poupou do destino comum, concedendo-me a vida.

Foi com esse fardo que ingressei na vida. Com apenas 18 anos, comecei a escrever uma peça de teatro sobre um motim em um campo de concentração de mulheres, sobre a decisão desesperada de viver em liberdade ou morrer. O sofrimento decorrente de uma vida privada de liberdade parecia-me o mais importante de todos os temas a respeito dos quais cabia refletir e escrever. Assim como na fortaleza, também agora, depois da guerra, sentia que me agarrava à liberdade com todo o meu ser. Era capaz de recitar a reflexão do cativo Pierre Bezúkhov[11] sobre a liberdade e o sofrimento, tão próximos entre si que se torna possível encontrar liberdade até no sofrimento.

Eu não compreendia Tolstói, do mesmo modo que não me dava conta de que perto de minha casa novos campos estavam aparecendo, onde as pessoas tinham uma nova oportunidade: procurar a liberdade até mesmo no sofrimento. Só conheci campos iguais na infância.

Passamos pela rua V Dolinách, completamente limpa, fomos precedidos pela máquina de limpeza automática dirigida hoje pelo sr. Kromholz. Ele trabalha com tanto cuidado que não parecia pertencer a esta época, e aproximamo-nos do monstruoso edifício que assentaram no planalto de Pankrác. Queriam chamá-lo originalmente de Palácio dos Congressos, uma vez que era este seu objetivo autêntico: criar um entorno de dimensões grandiosas para reunir todas as entidades, úteis e inúteis, e antes de mais nada aquela que nos governava a tudo e todos, mas acabaram, de modo astuto, chamando-o de Palácio da Cultura.

— Sim, eles têm outro tipo de mecanização aí — exclamou o supervisor ao perceber para onde eu olhava. — Aí andam pelos corredores minúsculas máquinas coletoras de lixo, limpadores e enceradeiras, tudo importado. E tudo a serviço deles, sabe quantas pessoas tem aí?

— É uma monstruosidade! — declarou o capitão. — Explora a todos nós!

---

11 Referência ao conde Piotr *Pierre* Bezúkhov, personagem principal do romance *Guerra e paz* (1869), de Lev Tolstói.

– A semana passada – interveio a sra. Vênus –, um garotinho se perdeu aí dentro. Pensavam que ele tinha saído e que havia se perdido em Vyšehrad, mas tinha ficado aí dentro, se enfiou em um salãozinho, adormeceu ali e ao despertar começou a correr pelos corredores até se encontrar na casa de caldeiras, perdeu-se de fato, de tanto dar voltas entre canos e turbinas coloridas. De manhã, quando o encontraram, estava todo atarantado.

Com um passo em que se mesclava indolência desajeitada com o ar de quem se sente importante, vinham em nossa direção dois policiais. Um deles era robusto, rosto agradável com um bigodezinho de janota, o outro parecia uma debilitada criança crescida, garoto loiro e olhos de um azul-celeste. Ao vê-los senti um calafrio. Eu não havia feito nada, com certeza, mas minha experiência de pessoa inocente com agentes, uniformizados ou não, não era boa. Eu não tinha consciência de que, graças ao traje laranja, estava na própria fronteira dos uniformizados.

– Como estão, garis? – perguntou-nos o mais janota dos dois. – Muito lixo?

– Não podemos nos queixar – respondeu o supervisor. – Hoje não precisamos limpar nenhum conjunto residencial... lá as pessoas vivem como gado.

– Mas nós, em compensação, tivemos alvoroço – disse o almofadinha pondo a mão no ombro do supervisor, de modo amigável. – E bem aqui do lado, apontou na direção de Vyšehrad. – Como o pervertido que estrangula mulheres anda por este bairro, uma velhota pensou que ele a perseguia e começou a pedir socorro; foi um alvoroço! Cercamos o parque todo, éramos cinco patrulhas, vieram até da brigada de emergências de Vršovice e só apanhamos um sujeito. Percebi na hora que não era ele, porque esse pervertido não tem mais de 20 anos e 1,90 metro de altura, e esse tinha uns 50 anos e a altura do Pequeno Polegar e não tinha nem passagem para o bonde, assim, o que faríamos com ele?

– Era um redator – acrescentou seu companheiro – que está se recuperando de um infarto e saiu para passear.

– Dizem que já estrangulou sete mulheres, não é? – perguntou a sra. Vênus.

– E quem lhe contou esse disparate, senhora? – disse, zangado, o janota. – Foram dois assassinatos e quatro tentativas de estupro denunciados, e mais nada!

– E quando vão pegar o homem? – continuou perguntando a sra. Vênus.

– Não tenha medo – observou o almofadinha, e afagou o estojo do revólver. – Já nos acertamos! Sabemos que ele é loiro, tem quase 2 metros, magro, e tem olhos azuis, é isso! – E olhou para o colega, que correspondia à descrição com fidelidade assustadora. – Se por acaso virem alguém assim... está claro?

– Claro – assegurou o supervisor.

O janota tornou a dirigir-se ao capitão:

– E o que aconteceu com suas calças? – brincou. – Quando vestirá calças mais longas?

– No caixão – respondeu o capitão –, em casa tenho ambas as coisas preparadas.

O almofadinha soltou uma gargalhada e levou a mão na direção da pala de seu quepe.

– Está claro. Quanto mais olhos, melhor!

– Só temos que ter cuidado para não apagar nenhum vestígio com a vassoura – disse a sra. Vênus quando o janota deu as costas. E para fazer o serviço ganham mais que um mineiro!

Às onze e vinte acabamos de limpar os arredores do palácio. Com isso cumprimos nosso dever do dia. Levamos os utensílios até o antigo ginásio do Sokol e nos restava uma única tarefa: esperar três horas para o término de nossa jornada de trabalho e depois cobrar o pagamento diário. Meus companheiros já estavam, claro, de olho em uma tasca e foram para lá de imediato. Eu poderia ter ido com eles, mas não tive vontade. Basta-me ir a tavernas de vez em quando.

O primeiro conto de Franz Kafka que li é um dos poucos relatos extensos que ele finalizou. Fala de um viajante em visita a uma ilha qualquer a quem um oficial apresenta com amor e dedicação seu extravagante aparelho de execução. A máquina quebra durante a apresentação e isso representa tamanha desonra para o oficial que ele se voluntaria para o bloco de execução. De forma fria e consistente, o autor descreve os pormenores do monstruoso aparelho, como se assim pretendesse encobrir o mistério e o paradoxo incompreensível dos episódios relatados.

Fui atingido por um raio e fiquei fascinado com a aparente impenetrabilidade do mistério, e ao mesmo tempo me senti deprimido. Mas só pude compreender o conto no nível mais superficial. O oficial – cruel, meticuloso, entusiasmado com sua tarefa de executor – pareceu-me uma visão profética dos oficiais que encontraria, uma premonição do inspetor Höss de Auschwitz[12], e assombrei-me com a ideia de que a literatura pode não apenas ressuscitar os que já morreram, mas também descrever a aparência dos que ainda não nasceram.

De repente estava de novo em Vyšehrad. Cruzei o parque para chegar ao cemitério e à igreja, que estava rodeada de andaimes. Eu nunca fora a essa igreja, embora consiga vê-la do penhasco atrás de nossa casa e tenha até uma gravura antiga em que ela aparece: *Sacro-Santa, Regia, et exempta Ecclesia Wissehradensis ss Apostolorum Petri et Pauli ad modum Vaticanae Romanae a Wratislao I. Bohemiae Rege A. 1068 aedificata, et prout ante disturbia Hussitica steti, vere et genuine delineata, et effigiata. A. 1420, 2 Novembris ab Hussitis destructa, ruinata et devastata*[13].

O edifício que aparece na gravura era diferente do que se erguia diante de mim agora, e não só por ter sido *destructa, ruinata et devastata* pelos hussitas, mas também porque desde a época da gravura o templo fora reformado várias vezes, e em todas ficou pior. Em nosso país, modificam-se de modo contínuo: a fé, os edifícios, o nome das ruas, algumas vezes para esconder a passagem do tempo, outras para simulá-lo, pois nada deve aparentar o que realmente é, nada pode conservar o testemunho fiel de sua época.

---

12 Alusão a Rudolf Franz Ferdinand Höss (1900-1947), oficial alemão da SS nazista, comandante do campo de concentração de Auschwitz durante a Segunda Guerra Mundial.

13 Em latim, no original: "Sacrossanta, Régia e isenta igreja de Vyšehrad dos Santíssimos Apóstolos Pedro e Paulo, erigida por Vratislav I, rei da Boêmia, no ano de 1068, verdadeira e fielmente projetada e moldada à maneira do Vaticano, e que estava em pé antes dos distúrbios dos hussitas. Destruída, arruinada e devastada pelos hussitas em 2 de novembro de 1420". Sobre os hussitas: Jan Hus (1369-1415) foi um pensador e reformador religioso tcheco. Iniciou um movimento religioso baseado nas ideias de John Wycliffe e foi queimado vivo pela Inquisição. Seus seguidores ficaram conhecidos como hussitas.

Conforme circundava a igreja, vi que o portão de entrada estava entreaberto. Espiei dentro – e vi ali um monte de bugigangas de construção, andaimes e baldes, alguns bancos cobertos com lonas. Ao lado do altar, distingui um dos novos companheiros da manhã, aquele que me recordava o médico que extraíra minhas amígdalas. Sem o uniforme laranja, era óbvio que estava entregue à contemplação.

Preferi não entrar. Não queria interrompê-lo nem começar uma conversa com ele.

Quando cheguei ao parque, ele alcançou-me.

– Que absurdo – queixou-se – isso de ter que esperar tanto tempo pelo pagamento diário.

Assenti com a cabeça. Disse que se chamava Rada. Reparara em meu nome de manhã. Quarenta anos antes, no Seminário de Litoměřice, conviveu com um rapaz que tinha o mesmo nome.

Eu disse que meus familiares morreram na guerra.

Ele tinha dois irmãos mais jovens. O do meio vivia em Toronto e o caçula era médico, radiologista, um bom médico, disse, mas gostaria de ter sido explorador, era feliz apenas quando via novas paisagens. E sempre estava viajando, a última vez foi até o Camboja.

– Pode acreditar que lá até aprendeu a língua khmer? Isso o diverte: aprender uma língua numa semana!

Saímos de Vyšehrad pelo portal dos Ladrilhos e aproximamo-nos de novo dos lugares que tínhamos limpado pela manhã – eu estava contente por haver terminado o trabalho e poder passear por aquela ruela tranquila, à hora em que as folhas amareladas voltavam a cair nos jardins vizinhos, diante dos olhos sombrios das casas que me observavam cansadas, porém serenas.

De repente sobressaltei-me: em uma janela vi um enforcado, o rosto colado ao vidro, a língua comprida pendurada da boca aberta e um fulgor sanguíneo banhando-o vindo de baixo.

O sr. Rada deu-se conta do que eu olhava e disse:

– O que nos exibe hoje o mestre?

Percebi que a figura na janela era um boneco de trapo bem preparado. Ao observar melhor, vi outra cabeça – metade mulher, metade cão – com os dentes cravados na coxa do enforcado.

– Ora, ora – observou insatisfeito meu colega –, acordamos com o pé esquerdo. Às vezes ele põe coisas mais divertidas na janela. Há pouco tempo, tinha colocado alguns acrobatas coloridos que dão cambalhotas. De vez em quando, venho de propósito para ver o que ele imaginou. Meu irmão, quando veio comigo, declarou que são obras de um demente. – O sr. Rada voltou a falar de seu irmão, a quem, claro, eu não conhecia, mas era evidente que tinha uma função importante em sua vida. – Para ele, tudo o que é imprevisível é louco. Na realidade, ele pensa que o planeta inteiro está enlouquecido, que o mundo precisa de uma terrível sacudida, uma grande revolução que apagasse as diferenças entre empanturrados e famintos. Discutimos com frequência. A última vez que ele voltou, me falou de revolução, eu nem conseguia acreditar. Ao lado do hospital, há um poço cheio de pessoas assassinadas. Esses cadáveres todos ninguém poderia imaginar. Ele talvez tenha se dado conta do que as revoluções trazem para as pessoas. – O sr. Rada deteve-se e olhou em volta, mas estávamos sozinhos na rua limpa e solitária. – O Apocalipse! – Foi essa a palavra que ele usou, ainda que não acreditasse no Juízo Final e, nas Revelações, visse no máximo imagens poéticas.

O consultório de minha mulher era perto dali.

A sala de espera estava vazia, por sorte. Bati à porta. Em um instante a enfermeira olhou pela porta, engoliu a censura que estava na ponta da língua e convidou-me para entrar.

Vi Lída sentada à mesa, meio encoberta por um ramalhete de rainhas-margaridas. Ela revisava algo nas tabelas de manchas de Rorschach.

– Você veio me ver? Que coisa boa!

– Eu estava passando por aqui.

– Já vai para casa?

– Acho que antes vou fazer uma visita ao papai.

– Mas que coisa boa você ter vindo me ver. Quer um café?

– Não, obrigado. – Faz 25 anos que a minha mulher me oferece café, gostaria de saber se ela já se deu conta de que eu não tomo café.

A enfermeira desapareceu, ouvi-a fechar a porta sem fazer ruído. Sentei-me numa poltrona ocupada por pessoas com depressão, tristeza, paixões reprimidas, complexo de Édipo, inclusive pensamentos suicidas. Doíam-me as pernas.

– Viu as flores que me deram? – apontou para elas. Elogiei as flores e perguntei quem as levara. Os pacientes gostavam dela. Era amável com eles e dedicava-lhes mais tempo do que o protocolar, em troca eles levavam-lhe flores. Quando foi a última vez que lhe levei flores?

Para a outra eu levava flores e repetia à saciedade que a amava – ela continuava a despertar minha ternura, repetidas vezes.

Eu sentia ternura por minha mulher também, mas tinha medo de demonstrar, porque o mais provável era que começasse a falar a respeito dessa emoção ou ainda me elogiasse por isso.

Ela recebera as flores de uma paciente que a preocupava. Tinha quase 19 anos, mas não conseguia resignar-se com a separação dos pais. Deixou de estudar, deixou de cuidar-se, quem a visse veria como definhara nas últimas semanas.

Por um instante, minha mulher falou-me da jovem cujo destino a preocupava. Ela assumia a carga das pessoas que a procuravam. Procura formas de ajudá-las e atormenta-se quando não consegue. Ela talvez fale a respeito dessa moça para demonstrar a desolação que a ruptura de um casamento pode causar – sem dúvida, esses casos afetam-na muito.

Hoje a jovem contou-lhe um sonho: ao anoitecer, caminhava por uma estrada no campo e de repente apareceu um brilho à sua frente. O brilho se tornava mais próximo e ela percebeu que a terra se abria e labaredas subiam dali. Sabia que não havia como escapar das chamas, mas não tinha medo, não desejava fugir; observava como a terra se abria diante de seus olhos.

Observo minha mulher, vejo seu rosto intenso. Ainda é bonita, até agora não lhe descobri rugas, ou não as percebo, meu olhar associa a imagem passada com seu aspecto de hoje.

– Tenho receio de que ela faça algo contra si mesma!

Levantei-me e acariciei-lhe o cabelo.

– Você já quer ir? – Ela entreabriu a porta da sala de espera. – Não, não tem ninguém, não precisa ter pressa. Você ainda não me contou – ela lembrou – como foi lá… com… – buscava em vão a palavra para a minha varrição de ruas.

– Te conto à noite.

— Está bem, teremos uma noite agradável. — Ela foi até a porta comigo. Disse que a deixei feliz. Ela sempre fica feliz quando me vê inesperadamente.

Gostaria de ter-lhe dito algo parecido, que sua presença me revigora, que me aqueço com sua proximidade, mas não consegui me decidir a fazer isso.

Ela voltou, arrancou a maior flor do vaso e entregou-me para que eu entregasse a papai. Era uma flor felpuda, amarelo-escura com um toque âmbar na ponta das pétalas.

Ela não suspeitava, jamais deve ter reparado, que meu pai não gostava de coisas supérfluas e inúteis como as flores.

Beijei-a depressa e despedimo-nos.

"Quando o quarto anjo tocou a trombeta", eu lia em casa no Apocalipse, "uma terça parte do sol escureceu, um terço da lua e um terço das estrelas e o dia perdeu um terço de sua luz e aconteceu o mesmo com a noite... O quinto anjo tocou a trombeta. E vi como a estrela que caiu do céu sobre a terra recebia a chave do poço do abismo, e começou a subir uma fumaça, como de um grande forno que escureceu o sol e todo o ar". Em outra parte ainda, eu lia: "Quando se cumprirem mil anos, satanás será libertado de sua prisão e sairá para seduzir os povos nos quatro cantos da terra... Reuni-los-á para a batalha e serão tão numerosos quanto a areia do mar... Mas baixou um fogo dos céus e devorou-os. E o diabo que os seduzira foi atirado no lago ardente de enxofre... E vi um grande trono branco e aquele que estava sentado nele; diante de seu olhar a terra e o céu desapareceram e não havia mais lugar para eles".

Durante séculos, talvez desde o instante em que começou a refletir sobre o tempo e, por conseguinte, sobre o próprio passado, o homem imaginou que o princípio de tudo foi o paraíso, que o homem vivia feliz sobre a terra, onde: *non galeae, non ensis erat: sine militis usu mollia securae pereagebant otia gentes...*[14]

---

14 Em latim, no original: "nem capacete e espada; e, sem usar polícia, as pessoas em paz fruíam doces ócios...". O autor cita dois versos da obra *Metamorfoses* (Livro I) do poeta romano Ovídio (séc. I d. C.). A tradução é de Raimundo Nonato Barbosa de Carvalho, *Metamorfoses em tradução* (relatório de pós-doutoramento). São Paulo: Universidade de São Paulo, 2010.

Ao mesmo tempo, profetizaram o advento da ruína. Era inescapável, aconteceria por decisão celestial.

À noite, uma jornalista americana apareceu em casa de modo inesperado. Era jovem, exalava perfumes franceses e autoconfiança. Sorria para mim com lábios grossos, sensuais, como se fôssemos velhos amigos. Queria saber como evoluiria a luta pelos direitos humanos em meu país, que atitude teriam meus compatriotas em relação aos seus, como os receberíamos se viessem feito libertadores. Também desejava saber se eu considerava que a guerra era provável, o movimento pela paz, útil, e o socialismo, factível.

Talvez ela pense de verdade que seja possível, para algumas de suas perguntas, uma resposta que caiba em uma coluna de jornal. Ela pergunta como se eu fosse representante de algum movimento, ou ao menos representante de algum coletivo. Não percebe que, se eu me convertesse em representante de qualquer coisa, deixaria de ser escritor, seria um simples porta-voz. Mas isso, sem dúvida, não lhe importa, porque ela não precisa de mim como escritor, de qualquer modo não lerá nenhum de meus livros.

Há pouco li em um jornal americano a notícia alentadora de que catorze idiotas completos e incompetentes para a linguagem aprenderam *jerkish*. Esse é o nome que recebe uma linguagem de 225 palavras desenvolvida em Atlanta para a comunicação entre humanos e chimpanzés – cada vez mais infelizes, como acreditam os autores do artigo, por comunicar-se em *jerkish*. Logo me ocorreu que por fim encontraram uma língua em que o espírito de nosso tempo pode expressar-se, e assim essa língua vai estender-se de polo a polo, de leste a oeste do meridiano, será a língua do futuro.

Não me entendo com aqueles que aceitam apenas a literatura que eles próprios controlam e que, por causa deles, é escrita em *jerkish*, e receio que tampouco me entenderei com a bela jornalista, apesar de ela garantir que deseja liberdade absoluta para mim e para meu país tanto quanto para si própria e para seu povo. Temo, porém, que falemos línguas distantes demais entre si.

Ao despedir-se, mais por cortesia do que por outra coisa, ela pergunta no que estou trabalhando neste momento. Surpreende-a que desejo escrever sobre Kafka. É evidente que ela acredita que gente em minha situação deveria escrever a respeito de questões mais transcendentais: a repressão, os cárceres, as injustiças cometidas pelos órgãos do Estado. Pergunta se ao menos escrevo sobre a obra de Kafka por tratar-se de um autor proibido.

Mas escrevo sobre Kafka porque me agrada. Quando o leio, sinto de fato que se dirige a mim, de modo pessoal e direto, de um passado distante. Acrescento que, para sermos exatos, suas obras não estão proibidas, simplesmente tentaram removê-las das bibliotecas públicas e da mente das pessoas.

Ela quer saber por que justo a obra de Kafka. Sob o ponto de vista político é tão subversiva? Ou incomoda por Kafka ser judeu?

Penso que será difícil encontrar em nosso século poucos autores interessados em política ou na vida pública, e não há nada em sua obra que faça alusão direta à sua condição de judeu. O fato de a obra de Kafka ser reprovada em nosso país tem outras razões. Não sei se é possível delimitá-las de forma simples, mas diria que o que mais incomoda na personalidade de Kafka é sua autenticidade.

A jornalista ri. Quem não riria dessa explicação?

Quando foi embora antes da meia-noite, eu estava impaciente para me deitar. Estava cansado após um dia que havia começado às cinco da manhã.

Minha mulher aconchegou-se perto de mim, mas não consegui sossegar meus pensamentos. Uma garra pesada no peito sufocava-me.

Outrora, à noite mal conseguia esperar a manhã seguinte. A noite era um cão raivoso deitado no meu caminho. Assim que acordava pela manhã, passava pelas janelas de nosso apartamento, que se abriam para os três pontos cardeais, a fim de deleitar o olhar nas distâncias ora verdes, ora embranquecidas pela neve. Gostava de meu emprego e também das pessoas da redação, ficava à espera dos encontros inesperados que podiam acontecer, abria as correspondências com esperança – aguardava sempre receber alguma boa mensagem, uma notícia excitante ou uma declaração de amor. Desfrutava dos livros que lia. Em todos os momentos livres eu lia: no bonde, na sala de espera do médico, no trem e até nas refeições. Engolia tamanha quantidade de histórias e tramas que elas começavam a se entrelaçar, muitas vezes não sabia o que estava onde. Sentia prazer em viver, lançava-me assim de uma experiência a outra, parecia um devorador compulsivo que, por ânsia pura pelo próximo prato, era incapaz de saborear o que comia. E eu não bebia nem fumava, não por alguma forma de puritanismo, mas por medo de reduzir a agudeza de minha percepção e perder alguma experiência, algum possível encontro. Sabia, desde minha infância na guerra, que todos vivemos à beira de um abismo, sobre um buraco negro no qual um dia cairíamos, mas sentia que a abertura se distanciava de mim, que me ligavam à vida inúmeros fios entretecidos em uma rede sólida sobre a qual, então, dançava em alturas vertiginosas da existência.

Mas os fios se rompiam pouco a pouco, alguns apodreciam com a idade, outros se quebravam com minha falta de jeito, outros as pessoas cortavam. Eu poderia dizer: a época!

Às vezes, quando me deito, sinto essa garra pesada no peito. De manhã, ao acordar, tenho vontade de fechar os olhos de novo e adormecer.

Faz algum tempo veio me ver um colega de classe de minha filha, que uma vez tentou cortar os pulsos e perguntou: Por que uma pessoa precisa viver?

O que eu poderia responder? Vivemos porque é a lei da existência, vivemos para transmitir nossa mensagem, cujo significado somos incapazes de compreender — é misterioso e irrevelável. Meu pai vivia para o trabalho, fazia-o tão feliz ser capaz de pôr a matéria em movimento de uma forma nova que não pensava em mais nada, e por esse propósito renunciou a todas as demais alegrias, inclusive o sonho. Mas é provável que por causa disso fosse capaz de extasiar-se quando via o sol nascer ou quando ouvia um quinteto de Schubert. E ocorre-me que vivemos porque nos esperam encontros pelos quais vale a pena viver. Encontros com pessoas cuja vida se cruza com a nossa apenas com um olhar fugaz... O que mais eu poderia dizer?

Ainda assim, uma noite ele voltou a cortar os pulsos e com as mãos ensanguentadas enforcou-se em uma árvore no promontório norte da ilha Žofín[15] enquanto perto dali outros jovens se divertiam em uma antiga sala de baile. Minha filha contou-me banhada em lágrimas sobre o colega morto, exclamou: "A não ser por isso, era absolutamente normal!".

À tarde, quando estava na casa de meu pai, de repente ele começou a ter febre. Batia os dentes e seu olhar perdia o viço. Umedeci um lençol e tentei envolver seu corpo esquálido, mas ele resistia, arrancava-me o lençol das mãos e gritava repetidas vezes: Pegue e queime!

Sim, eu respondia, pegarei e queimarei.

Durante a vida, papai fora preso duas vezes, duas polícias secretas diferentes vasculharam nosso apartamento – pensei que ele se referia, naquele momento, a cartas e documentos. E perguntei, por fim: O que é que devo queimar?

Ele olhou-me com os turvos olhos cinza-azulados, que na minha infância tinham a cor dos liquens azuis, e disse: A febre, é claro!

Peguei sua febre e, com jornais e velhos manuscritos meus que por trinta anos esperavam em vão no armário, acendi uma pequena fogueira no piso. Enquanto queimava a febre, entre as chamas pude ver-lhe a face que parecia o rosto de uma pálida boneca de porcelana e fiquei esperando que a face derretesse ou estalasse, mas ela resistia ao fogo como um caco de porcelana vetusta, retorcia-se em agonia e percebi que a boneca chorava, lágrimas escorriam de sua face pálida, entre as chamas.

As chamas extinguiram-se. Levantei-me, aproximei-me de papai e pus a mão em sua testa. Estava molhada e fria. Papai entreabriu os olhos e sorriu. Por um momento percebi a força de seu sorriso e inundou-me uma esperança aliviadora.

Mas quando olhei em volta a febre jazia nas cinzas, a face de porcelana envelhecera de novo, ressecada e ansiosa.

Eu queria adormecer, mas sentia a noite deslizar com leveza a meu redor – feito gato que caça, para o qual tudo carece de sentido, exceto a presa. Examinei os fios com os quais a vida me sujeitava: continuavam me segurando sobre um buraco escuro

---

15 Ilha no rio Vltava, em Praga, cujo nome oficial é Slovansky Ostrov.

cuja abertura estava tão perto que por vezes eu reconhecia sua borda lisa.

O que mais me ligava à existência era minha escrita – tudo o que vivi convertia-se em imagens. Às vezes cercavam-me com tanta intensidade que me sentia em outro mundo, e isso enchia-me de felicidade ou ao menos de consolo. Convenci-me, há alguns anos, de que era capaz de transmitir essas imagens aos demais, de que havia gente que até as aguardava para poder desfrutá-las comigo ou compartilhar minha aflição. Fazia de tudo para realizar essas expectativas, não havia nisso nem orgulho nem sentimento de superioridade, nada além do desejo de compartilhar meu mundo com alguém.

Compreendi depois que, em uma época em que a maioria observava os olhos do espírito *jerkish* com submissão e fidelidade, apenas para não ter de encarar os olhos dos ginetes do Apocalipse, pouca gente se interessaria pelas imagens ou palavras do outro.

Escrevo ainda, redijo histórias com palavras e orações, as minhas visões. Com frequência, trabalho dias em um único parágrafo, preencho páginas que logo atiro no lixo, continuo tentando expressar da forma mais completa e precisa o que me vem à mente, para evitar mal-entendidos, para que nenhuma das pessoas às quais me dirijo sinta-se enganada. Cada vez que termino de escrever um livro ou uma peça de teatro, meu corpo rebela-se e castiga-me com dor, e sei que da editora chegará a resposta com uma única frase: *Estamos devolvendo seu manuscrito porque não se encaixa em nossos projetos editoriais.* Logo entrego para alguns de meus amigos lerem e alguns que ainda se recusam a submeter-se ao espírito *jerkish* copiarão e emprestarão a seus amigos. Mando-os também ao exterior, onde, se não se perderem pelo caminho, serão publicados. Quem sabe, agarro-me a esses fios, haja um punhado de pessoas no mundo com as quais, apesar do desconforto, eu possa relacionar-me.

Escrevi ao longo desses anos todos em que não podia aparecer em nosso país nenhuma linha com minha assinatura, quando meus velhos conhecidos evitavam-me porque temiam que um encontro comigo pudesse lançar uma sombra de dúvida sobre a integridade deles. Escrevi de modo obstinado, embora por vezes o peso da solidão me afligisse. Passava horas sentado à mesa, ouvindo o silêncio que me absorvia. Não podia ouvir nada além do rangido de cada um dos fios que se soltava e buscava ansioso alguma esperança à qual pudesse agarrar-me. Então ela apareceu.

Se tivéssemos nos encontrado em outro momento, é provável que teríamos passado um pelo outro, mas naquele momento saltei sobre ela feito um perturbado e não consegui recuperar-me nesses anos todos. Ao mesmo tempo, nunca deixei de ter uma disputa silenciosa com ela. Sempre que mais ansiava por ela, minhas palavras morriam na garganta no instante em que ela me encarava, enquanto a noite me afastava de seu olhar envolvente e reconfortante, eu começava a formular contestações a perguntas, censuras, desejos e nostalgia que deixara até então sem resposta.

Também agora, enquanto a noite caía indolente sobre mim, eu continuava, como de hábito, a silenciosa carta em que defendia e tentava provar que não queria magoá-la. Antes de deixá-la em uma caixa repleta de desejos e cartas não enviadas, cheia de promessas, pedidos e esperanças pronunciadas à meia-voz, tentei imaginar o que ela estaria fazendo em seu quarto, quem sabe se estaria lá, eu não sabia como ela passava as noites, talvez estivesse voltando para casa, seus passos apressados fechando o círculo. Se eu me levantasse e corresse atrás dela, quem sabe pudesse romper o círculo, apertá-la contra meu corpo e esquecer tudo o que havia além das paredes desse círculo, tudo o que foi, o que é e o que virá a ser de modo inevitável. Em vez disso levanto-me cedo para ir às ruas que me propusera a limpar. De repente ocorreu-me que esse era o motivo pelo qual na manhã anterior estava com um carrinho de mão na rua. Precisava ter um lugar para ir pela manhã, ter um objetivo claro ao menos durante um tempo: ir a algum lugar, realizar alguma atividade e ouvir qualquer tipo de conversa, a fim de não ouvir em silêncio o ranger dos fios.

Talvez, pensei, estivesse em algum espaço novo. Eu entrara no lugar em que nascia o olvido. Ou o desespero. Também o conhecimento. Talvez até o amor – não como miragem, mas como espaço em que se movimenta a alma.

2

Quatro semanas mais tarde, outra vez às nove da manhã, voltamos a nos reunir, o mesmo grupo, algo que acontecia sempre, na mesma taverna do primeiro dia.

Quando vesti o uniforme laranja pela primeira vez, não sabia quantas vezes mais decidiria fazê-lo, mas a princípio ia para o trabalho ao menos a cada dois dias, estava curioso em saber a que partes de Praga eu seria levado, a que ruazinhas estreitas, nas quais de outra forma nunca pisaria.

Gosto de minha cidade natal e não somente das partes que massas errantes de turistas inundam, mas também da periferia, onde entre construções do período secessionista[16] casinhas rústicas ficaram esquecidas, ou mais provavelmente condenadas à morte em alguns projetos, onde inesperadamente sobreviveu uma alameda de álamos velhos ou uma pequena colina com bosque e cercas cobertas de cartazes cujas cores chamativas captavam minha atenção e cujos textos eu não lia. Por vezes, enquanto arrastava meu carrinho com a lixeira, descobria uma placa desbotada em alguma parede desconhecida, e quase sempre cheia de mofo, um busto ou até um memorial amontoados em algum recanto. Era para recordar que, anos antes,

---

16 O movimento, também chamado Secessão (1897-1914), foi um estilo arquitetônico criado pelo arquiteto Joseph Maria Olbrich (1867-1908), nascido em Opava (hoje República Tcheca), que se espalhou de Viena para os domínios dos Habsburgo. Suas premissas valorizavam o decorativo e o ornamental em formas assimétricas.

ali nascera, vivera ou morrera um artista, um pensador, um cientista ou um herói nacional, em outras palavras, um espírito que se supõe ter sido capaz de elevar-se. Mas acontecia com mais frequência que em alguma dessas ruazinhas ou entre os jardins floridos eu me recordasse de que pouco tempo antes ali vivera um conhecido: um artista, um pensador, um cientista ou um herói nacional, mas não agora, porque vivia além das montanhas, além dos rios, quase nunca além do rio Lete, que devia ser triste, embora humano, pois era um exilado, um desterrado, uma vítima da vergonha comum. Nas paredes dessas casas não havia bustos nem placas, nem mesmo um cartão de visita para recordar que atrás daquelas paredes residira um espírito humano que lutara para elevar-se. Eu olhava para meus companheiros em momentos assim, mas eles não se davam conta de nada. Mencionei algumas vezes alguns desses nomes, mas eles não desconfiavam de nada, salvo o sr. Rada, que se estivesse conosco assentiria com a cabeça.

Vestindo o uniforme laranja, tendo como testemunhas meus colegas, eu percorria assim as ruas e as ruelas de minha cidade, que aos poucos ia perdendo seu espírito. Limpávamos uma cidade que se cobria de lixo, fuligem, cinzas, chuva tóxica e esquecimento. Avançávamos com nosso uniforme feito flamingos, como anjos do crepúsculo que limpam o lixo e os dejetos das ruas, anjos de além-vida, além-morte, além de nosso tempo, de todo o tempo, e o espírito *jerkish* pouco nos afetava. Nossa fala parecia-se com nossa vassoura velha, provinha de tempos remotos, arrastava-se por caminhos atávicos. Mas atrás de nossos passos vêm outros: chegam os varredores *jerkish* arrastando veículos embandeirados, fingindo que terminam o trabalho de limpeza apagando todas as lembranças do passado, tudo o que em outros tempos foi elevado e sublime. E, quando se instalam em algum local que lhes parece higienizado o suficiente, chamam algum de seus artistas *jerkish* e ele erige um monumento ao olvido, uma efígie de botas de cano, sobretudo, calças e carteira, e por cima um rosto anódino, desprovido de espírito e alma, mas que o poder oficial apresenta como a face de um artista, de um pensador, de um cientista ou de um político.

Há uma garoa leve desde a manhã, talvez nem chova de verdade, quem sabe seja névoa condensada que cobre a cidade de sujeira e contribui para submergi-la no esquecimento.

Em dias como este, Daria chegava a asfixiar-me; a vida parecia-lhe insuportável, a pedra e a madeira impossíveis de esculpir, e, como a água que brotava das nuvens, de seus olhos brotavam lágrimas, e eu consolava-a em vão.

Meus companheiros também não estão de bom humor. Esta manhã quase não reconheci a sra. Vênus. Ela tinha o olho direito inchado e formava-se abaixo um hematoma arroxeado. Nos últimos dias, o rosto do capitão perdera a cor habitual e adquirira um tom cinzento. O supervisor, por sua vez, metido em seu macacão recém-lavado e passado, calava-se em nossa caminhada pelas ruas.

Pedi um chá quente e o capitão, em vez de sua cerveja habitual, um destilado.

– Quem lhe arrumou o monóculo? – voltou-se para a sra. Vênus.

– Sabe, um homem melhor que você – ela cortou –, porque um tipo como você eu quebraria antes que levantasse a mão para mim.

A sra. Vênus gostava de exibir-se, mas parecia que era de boa índole e que seu bom coração lhe custara caro. Homens que amou ou com os quais viveu é provável que tenham sido muitos, mas todos a abandonaram ou ela fugiu deles. Criou três filhos, ainda que não tivesse tido muito tempo para dedicar a eles. Na época de nossa juventude, ganhou corpo a ideia de que as mulheres deviam consagrar-se a tarefas e obrigações mais transcendentes que cuidar dos filhos. Ela agora vivia sozinha. Ao seu apartamento, como pude entender, chegava-se por um pátio interior, resumia-se a um único quarto com um fogão a gás. Seu filho mais velho, operário metalúrgico em Vítkovice, deu-lhe de presente uma televisão na qual ela podia assistir em cores aos programas *jerkish*, de modo que, quando em vez da taverna preferisse o lar, tinha companhia garantida. Na extremidade do pátio vivia, ou melhor, morria aos poucos um viúvo solitário, inválido fazia anos devido a um infarto, e às vezes ela ia limpar o apartamento dele ou assava-lhe um bolo – assim, sem razão nenhuma, apenas porque o homem ficara ali feito um cão abandonado.

– Você? Sim, só se dois me segurassem – cortou o capitão. Em suas palavras não se podia perceber nada excepcional. Em geral ele ocultava a estranheza de seus pensamentos. Na verdade, não era capitão, apenas trabalhou em estaleiros antes de perder a mão. Mais que a barcos, dedicava-se a inventos. Comunicou-me em voz baixa no segundo dia em que varríamos juntos: ele inventava aparelhos que tinham como objetivo melhorar as condições de vida. Infelizmente deparou apenas com incompreensão. Aonde quer que fosse com seus inventos, encontrava burocratas tapados encarregados de impedir o progresso e o bem-estar autênticos. Ofereceu-se a mostrar algo de suas invenções.

Não me enganei quando desde o primeiro momento ele me pareceu familiar.

Eu ainda trabalhava no jornal. Um dia chegou à redação a carta de um inventor que se queixava da rejeição de um invento. Consistia no aproveitamento de produtos de rejeito, em especial fuligem, para eliminar os blocos de gelo do Ártico e da Antártida. Encarregaram-me de redigir a resposta. Escrevi que não poderíamos ajudar naquele assunto. Em poucos dias, o autor da carta apareceu na redação. Era um tipo amável e divertido. Em seu aspecto não havia nada que chamasse atenção, nada que pusesse em dúvida sua credibilidade. Estava apenas mais bronzeado do que era de esperar naquela época do ano, mas acabara de chegar da costa africana, segundo me disse. Foi quando, por não conseguir dormir à noite devido ao calor, refletiu sobre o curioso e perigoso desequilíbrio da natureza. Em algumas zonas havia calor, em outras, umidade e em outras, nada além de areia ou gelo. Durante aquelas noites, pensou tanto na forma de anular esse desequilíbrio que acabou tendo na cabeça uma vozearia maior do que na Academia. Por fim, descobriu o erro principal cometido pela natureza, e com ela pela humanidade. Menosprezavam a cor negra! De fato, o que havia de negro na natureza? E a humanidade, talvez com exceção dos chineses, fez da cor negra a cor do luto. O negro era a cor que combinava de modo mais completo com a força básica da vida, com o calor, ao passo que o branco supostamente era a cor da inocência, dos vestidos de casamento, repelia o calor, era a cor da neve e da maioria dos venenos. Essas imensas capas brancas deviam ser eliminadas da superfície da Terra, a vida ocuparia o espaço preenchido pelos desertos, haveria calor onde reinava o frio. Levou muito tempo até descobrir os meios e o método corretos. Os meios eram uma mistura que ele inventara, uma solução de fuligem com sete solventes e três catalisadores, e o método seria o derretimento das calotas polares. Assim que o gelo fosse borrifado com sua mistura, perderia a brancura mortífera, começaria a absorver calor e derreteria.

Compreendi, óbvio, que estava falando com um louco, ou com um saltimbanco que apresentava uma zombaria elaborada e magnífica. Ou podiam ser ambas as coisas. Um inventor tresloucado que enganava a si próprio. Suas divagações divertiram-me tanto que continuei ouvindo sua visão de um mundo futuro em que nos círculos polares seriam cultivados laranjas e arroz, em nosso país teríamos duas colheitas ao ano e abundariam as frutas-pão e as tâmaras.

Escutei-o, mas me desculpei afirmando que não tinha tempo para ir com ele ver como funcionava a máquina de pulverização de sua mistura. Ele foi-se embora encolhendo os ombros, ao despedir-se presenteou-me com umas fotografias coloridas que mostravam um conjunto de objetos estranhos num gramado. Não tenho memória técnica para recordar depois de anos suas formas, e as fotografias perderam-se quando me forçaram a deixar a redação.

Em alguns dias o inventor reapareceu. Eu havia percebido que nevara pouco antes. Ele pedira emprestado o carro do vizinho só para mostrar-me de modo convincente seu equipamento. Quando o visse, eu compreenderia o significado revolucionário e acabaria escrevendo sobre ele.

Com o velho Tatra fomos até Kralupy[17], paramos ali depois da ferrovia. A casa era pequena e, à primeira vista, de um solteirão. Na parede em frente à porta havia a fotografia de um

---

17 Kralupy nad Vltavou, cidade na Boêmia Central, a cerca de 25 quilômetros de Praga.

homem grisalho, se não me engano era Edison, lia-se na parte de baixo, em letras maiúsculas, uma frase do inventor: *Minha obra é uma obra de paz!* Sob a janela uma mesa coberta de papel de embrulho com desenhos, rolos de projetos, nas estantes diversos modelos de navios elaborados com perícia. Tomei apressado a xícara de café, e saímos para o quintal pela porta dos fundos.

Observei que a neve da manhã perdera sua brancura mortífera, era de um cinza sujo. Meu guia nem sequer olhou, apressou-se até um galpão atrás da casa, abriu o largo portão e retirou seu equipamento. Em contraste com a casa, era um objeto de aparência admirável. Lembrou-me as antigas viaturas de bombeiros: toda de latão e peças brilhantes de metal. Poderia ser um artefato perfeito para uma exposição de op art. A longa mangueira terminava em um bocal.

Ele arrastou o aparelho até o jardim, desenrolou a mangueira e começou a bombear. Da mangueira começou a espalhar-se uma neblina fedorenta. Observei como a névoa pousava sobre a neve, em vez de escurecer parecia cada vez deixá-la mais branca devido a alguma reação química entre a neblina artificial e a imundície química que caía do céu. Em pouco tempo estávamos no meio de uma ilhota branca, enquanto ao redor havia montes negros em toda parte. Eu não disse nada, ele também estava calado. Em seu olhar não havia decepção, tampouco alegria por conta da troça executada com perfeição. Em instantes ele parou de pedalar, recolheu a mangueira e rebocou o aparelho lustroso para o galpão. Aproveitei o momento em que ele estava no galpão e caminhei depressa ao longo da ferrovia até a estação. Caminhava pela neve negra e dizia para mim mesmo que, ainda que esse homem fosse louco, não estava mais louco que o resto da humanidade, que em busca do conforto espargia névoa negra sobre o mundo e acreditava ser esse o melhor caminho para o Jardim do Éden.

Não teria sido agradável se ele também tivesse me reconhecido, mas isso não aconteceu; não se lembrou de mim. Estava obstinado demais em sua missão para notar o rosto de alguém que seria um mero intermediário.

Prometi que veria seus inventos assim que tivesse tempo, e ele não insistiu dessa vez.

— Talvez tenha sido o seu filho Jíndra que esteve comigo — disse a sra. Vênus. Sua face parecia mais inchada que pela manhã, olhava-nos com o olho direito feito coruja. — Ele não se parece com você, não se interessa só por máquinas!

— E ele ia ver justo você, sua velha! — O capitão tomou um gole de destilado, tirou o cachimbo e encheu-o com a mão boa.

Segunda-feira passada chovia ainda mais que hoje, tivemos de deixar a rua antes da hora, e como estávamos perto da casa do capitão pareceu-me o momento adequado para uma visita.

Ele me conduziu a uma casinha que tinha aspecto ainda mais abandonado que anos antes, quando me mostrara seu equipamento. Abriu a porta, pendurou atrás dela seu quepe de capitão em um prego enferrujado. As paredes da entrada estavam úmidas e não recebiam pintura fazia muito tempo, por toda parte viam-se pilhas de objetos empoeirados e peças de roupa espalhadas. Pelo aspecto e pelas dimensões, o quarto parecia mais uma cabine de navio. Sobre o catre havia diversos desenhos pendurados na parede, a maioria representando moinhos de vento. Não vi em lugar algum nada que lembrasse nosso primeiro encontro. É possível que estivesse enganado e o capitão nada tivesse a ver com o rapaz de anos atrás. O número de inventores fracassados no mundo era crescente, assim como o de poetas malsucedidos.

Ele abriu a última gaveta e retirou pastas com projetos. Nos últimos tempos, ocupava-se com a ideia do uso efetivo da força do vento. Desenrolou a primeira folha e vi um fantástico navio, o convés coberto por cinco torres com pás de moinhos de vento. Ele me mostrou outros desenhos, um ônibus-moinho-de-vento e um moinho voador, todos impulsionados pelo vento. Os desenhos eram meticulosos, cada parte tinha um código de letras e números: reconheci uma engrenagem de propulsão, outra de transmissão, e as pás de uma hélice, como as vira na infância nos desenhos de papai. Havia outros desenhos que pareciam paisagens povoadas de torres de madeira que sobressaíam acima das pitorescas copas das árvores.

Pensei então que o capitão não era nem maluco nem saltimbanco, era um homem com coração de poeta. O que pode fazer um poeta autêntico quando se dá conta de que hostes de vendedores de palavras e imagens *jerkish* inundaram o mundo com suas bugigangas? O que pode fazer para enfrentar esses palácios que asfixiam a terra, a não ser construir moinhos de vento que se elevam ligeiros sem deixar atrás de si ruído nem fedor?

Perguntei quanto tempo ele dedicava a seus inventos. Respondeu que agora pouco. Estava cansado. Em outros tempos, tantas ideias formigavam em sua cabeça que os dias e as noites não bastavam para expressá-las. E casou-se pensando que a mulher compreenderia suas atividades, mas que mulher chega a entusiasmar-se por algo em que não vê proveito algum? Ela começou a aborrecê-lo e por fim jogou fora do apartamento seus desenhos e modelos. Quando o filho tinha apenas 3 anos, a esposa acabou abandonando-o. O capitão cuspiu em um canto de sua cabine e abriu um armário cheio de objetos estranhos. Quis voltar aos seus antigos projetos, mas de repente descobriu: pedras rangiam dentro de sua cabeça. Desabou. Uma vez, quando cortava uma chapa de metal com uma tocha de soldagem, lidou com isso tão mal que a tira cortada caiu e esmagou a mão, tiveram de amputá-la acima do pulso. Transferiram-no então para o almoxarifado. Ali, de vez em quando vinham-lhe umas ideias. De sua ex-mulher não teve notícias por muitos anos. Mas ela não estava bem, o sujeito com quem fugira espancava-a, soube pelo filho. Talvez ela volte um dia, não a mandaria embora – sempre teria uma cama preparada. Apontou a parte superior do beliche, e percebi então que a manta xadrez estava coberta por uma grossa camada de poeira.

– Quantos anos tem seu filho? – perguntei. Ele me olhou surpreendido e em seu lugar respondeu a sra. Vênus.

– Jíndra vai prestar o serviço militar.

Na taverna sombria escureceu mais ainda e as gotas batiam nos vidros ruidosamente, mas isso não era nada comparado com o martelar das gotas de chuva caindo sobre o telhado do estúdio no sótão, onde em dias como esse a escuridão era tanta que não víamos um ao outro, podíamos procurar-nos com as mãos e os lábios, com nossos corpos. Uma vez, do nada, ela caiu em prantos, quando nos despedíamos, quando me beijava no pátio com seus lábios úmidos, pediu que eu não me aborrecesse, que eram as nuvens que a deprimiam, e prometeu que me escreveria uma carta.

66

Sempre desejei receber uma carta que demonstrasse que eu era amado, e ela de fato mandou o que escrevera naquela tarde chuvosa, ou talvez à noite, quando o vento dispersou as nuvens.

Meu amorzinho, meu mais querido, agora deixaria tudo aqui, não levaria nada comigo, e se você me dissesse: vem, eu iria para qualquer lugar que mandasse. Sei que se paga por isso, mas é justo que seja deste modo, porque por algo assim deve-se pagar. E ainda que tivesse que morrer, ainda que tivesse de enlouquecer, o que me parece pior, eu iria...

Assustaram-me suas promessas e resoluções, mas ao mesmo tempo encheram-me de felicidade.

Ela também escreveu que me amava até sentir angústia e dor, que tinha uma dor enorme porque eu não estava com ela naquele momento, que tudo de bom que existia nela estava unido a mim, tinha medo de que eu sufocasse nosso amor ou que enterrasse tudo com trivialidades.

Era esse o nível de seu chamado por mim, eu sabia que sempre desejara encontrar uma mulher assim. Tudo nela fazia-me tão feliz que eu nem percebia a realidade de sua dor e seu desespero. Ou eu estava velho demais para compartilhar suas esperanças sem medo? Eu tinha medo de que acabássemos como as pessoas cujo desejo se apaga só porque se deitam um ao lado do outro, dia após dia? Ou não era medo, mas incapacidade de varrer de minha vida a minha mulher, de quem eu gostava e que faria parte de minha vida até o fim de meus e de seus dias?

Se existisse o diabo – disse ela escolhendo para mim a citação adequada –, não seria aquele que se decide contra Deus, mas aquele para quem a eternidade não basta para decidir-se.

Como pode ser amado quem não é capaz de tomar uma decisão? Minha mulher não suspeita de nada, confia em mim. Mas os pesadelos a atormentam. Ela caminha com sua turma por uma planície coberta de neve no alto de uma montanha, de repente todos aceleram o passo, ela não os acompanha. Fica sozinha no frio e no gelo, procura o caminho em vão. Cai a névoa. Ela sabe que nunca sairá dali. Outras vezes sobe uma montanha com os amigos e, quando está sobre o pico mais escarpado, todos desaparecem. Paralisada pela vertigem, abraça-se à rocha. Não consegue subir nem descer, pede ajuda, mas ninguém responde.

Ela me conta seus sonhos e busca uma interpretação. Remonta à infância, quando ficava sozinha, quando não tinha ninguém para se aproximar.

Sei que ela se equivoca em sua interpretação, mas me calo, deixo-a à mercê de suas visões angustiantes.

Mas pode ainda acreditar no amor quem não sente compaixão?

O supervisor tomou a segunda cerveja e começou a falar. O que o oprimia não era tanto a mudança da pressão atmosférica, mas o medo de perder o bônus, compreendi. Pediu a terceira cerveja e anunciou que já havia decidido: finalmente daria uma lição a Franta!

Franta é o jovem bobalhão com um tique no rosto, quando ele fala não entendo uma palavra. Para meu assombro, também trabalha como supervisor, até dirige um carro e controla também nosso trabalho, parece, não por ter autoridade, mas pela possibilidade de alcaguetar. Todos o odeiam. Porque é deformado, ou porque é delator, não sei avaliar.

A sra. Vênus contou-me que o operaram fazia pouco tempo e removeram sua masculinidade. Franta de fato tinha seios grandes e pronunciava sua fala incompreensível com voz de falsete. Semana passada, o supervisor contava agora aborrecido, o deficiente denunciou-o dizendo que em vez de ir ao médico ele teria ido tomar cerveja.

— Sim, canalha, ontem encontrei ele na última parada do Dezenove na porcaria da camioneta dele, agarrei ele pelo pescoço, joguei no chão e disse: "Você vai se ajoelhar agora e pedir perdão, seu nojento, ou traga umas panelas pra recolher os pedaços da porcaria da sua cara!". Obriguei ele a se ajoelhar no barro e repetir: "Sr. Marek, peço perdão, nunca mais vou dizer uma palavra". Precisou me chamar de *senhor*, porque para ele não sou companheiro.

O supervisor é um antigo suboficial, serviu durante um tempo no aeroporto, é evidente que considera heroica e feliz aquela época, gosta de recordá-la e com isso ajuda-me a lembrar de minha infância. Invejo sua memória, ele se lembra não apenas de um monte de histórias e frases célebres, mas sabe também o nome de todas as ruas do nosso bairro – e são várias centenas. Ele sabe, além disso, o nome de todas as tavernas e a hora em que fecham com a mesma precisão com que domina a técnica da limpeza. E puseram-no no mesmo nível do mutilado!

– Devia ter exigido que pagasse uma rodada – opinou o capitão –, lembraria bem se tivesse de raspar o bolso.

– Dele eu não aceitaria – disse a sra. Vênus –, prefiro beber água.

– É um pobre miserável – pronunciou-se o sr. Rada, da mesa ao lado. – O que esperavam dele?

– Dele? – irou-se o supervisor. – É um pequeno bastardo astuto, sabe bem que se cortar o meu bônus, ele é promovido. Quem acredita que o mês passado, naquele dia que chovia tanto, saiu-se com a história de que não tínhamos limpado a rua Lomnického?

– Sim, é um miserável – acrescentei.

– Vocês não o conheceram – a sra. Vênus dividia seu olhar machucado entre mim e o sr. Rada – antes da operação. Quando saía, ainda que fosse ao meio-dia em plena rua, só de ver uma mulher já tirava aquela sua coisa!

– Gente como ele os médicos deveriam abater assim que nasce – o supervisor não tinha piedade.

– E como poderiam? – objetei.

– Por que não poderiam? Depois precisam se ocupar deles a vida toda e não têm tempo para gente normal. Não é assim? – o supervisor dirigiu-se aos demais. – E para as pessoas decentes não resta mais nada a não ser trabalhar, até ir para o outro mundo.

– E quem decidiria quais pessoas são normais e quais não são?

– Hoje todos os médicos sabem perfeitamente. E digo uma coisa – o supervisor decidiu cortar a discussão sobre a eutanásia –, se esse degenerado delatar algum de nós, eu pego ele e levo até o Botič e aperto o pescoço dele até ele ficar roxo!

Há dois milênios e meio, nas terras da Ásia, quando o povo grego se sentia ameaçado por alguma peste ou catástrofe, os habitantes elegiam um retardado ou uma pessoa com deformidade, levavam-no até o altar dos sacrifícios, punham-lhe figos secos nas mãos, um pão de farinha de cevada e queijo, golpeavam-no sete vezes nos genitais e queimavam-no ao som de flautas.

Esse também foi um triste dia de chuva, mas de começo da primavera. Na janela do palácio em frente dois pombos empapados aconchegavam-se um no outro – também nós, cansados de fazer amor. Comecei a levantar-me, porque queria ir para casa, onde me esperavam mulher e filhos, meus familiares desavisados e enganados e meu trabalho negligenciado e abandonado. Ela já conhecia o gesto prudente com o qual eu começava a ir embora, mas não disse como de hábito: mais um minutinho! Desatou a chorar.

Quis saber o que se passava, mas ela soluçava sem parar e afastava-me de mim. Não aguentava mais, não tinha mais forças para essa eterna separação, para estar junto e separar-se de novo, não servia para ser mulher de dois homens, não suportava a sordidez, queria estar com quem amava.

Mas estamos quase sempre juntos.

Como podia dizer semelhante desatino, se a cada noite eu me deitava com outra mulher.

Mas é minha mulher!

E tinha a coragem de dizer-lhe isso! Ela estremecia entre soluços. Nunca quis viver assim, o que fiz dela? Uma vagabunda que nem tinha o direito de me ver quando estava triste ou precisava de mim, no entanto devia sair correndo todas as vezes que eu quisesse, cada vez que eu podia escapar um momento.

Eu calava, desconcertado por sua explosão de dor e ira, e ela aos gritos pedia que eu dissesse algo, por que não me defendia, não a convencia de que ela se enganava, não dizia que a amava, que me importava com ela?

Voltamos a fazer amor, caía a noite no palácio em frente à janela, os pombos empapados sumiram. Ela queria ouvir de novo e de novo que a amava, eu repetia com uma veemência estranha e fizemos amor com intensidade igual, e ela sussurrava-me que estávamos predestinados um ao outro, que em vão nos rebelávamos contra nosso destino, que em vão me rebelava se a desejava também.

E eu calava-me, abraçava-a, fundia-me com ela e esforçava-me para expulsar a angústia que se expandia em mim.

Mas eu não queria viver uma mentira eterna. Ao chegar em casa, falei sobre a outra para minha mulher.

Eram quase dez horas, horário em que tínhamos o hábito de abandonar nosso refúgio na taverna. O supervisor, que era amigo da pontualidade, olhou o relógio preocupado: "Mais uma cerveja", decidiu, "e vamos embora, ainda que caia o mundo". E para nosso consolo lembrou que havia exatos trinta anos chovia a cântaros durante o verão todo, ele estava acampado no sul, além de Kvilda[18], no fim do mundo. No segundo dia, teve a sorte de seduzir uma belezinha morena da contabilidade de uma madeireira. De manhã, foi vê-la no escritório, em meia hora fez os cálculos que ela levaria o dia todo para fazer e assim podiam ir direto aos negócios.

O supervisor era um bom narrador e a qualidade de sua história crescia com o interesse dos ouvintes. Despertou em mim um ouvinte atento, recompensava-me não apenas falando comigo mais vezes, mas também como sinal de apreço arrumava-me trabalhos melhores e mais lucrativos. No entanto, o ouvinte mais agradecido era o rapazinho, fosse porque em sua idade a avidez por histórias como aquelas era maior ou porque o destino o privara da maioria das coisas que o supervisor contava.

Eu já sabia que ele nem sempre tinha sido um menino doente. Assim que terminou a escola, deixou-se atrair pelos termos favoráveis em uma fábrica de produtos químicos, onde lhe ofereciam de pronto um adicional de periculosidade e um apartamento no prazo de um ano. Não completara nem cinco meses na fábrica quando houve um acidente, como as publicações *jerkish* denominam os eventos que custam a saúde e até a vida de um grande número de trabalhadores. Escapou gás venenoso, duas mulheres morreram no ato, e depois de meio ano o rapaz saiu do hospital aposentado. O fígado e os rins estavam danificados e seria melhor nem pensar mais em mulheres. Apesar disso, tomou gosto por uma condutora de bondes, a sra. Dana, dez anos mais velha, divorciada e mãe de dois filhos, parecia-lhe que não ficaria sem esperanças. Cortejou-a por um ano e trabalhava como gari para ganhar um dinheiro extra para não aparecer de mãos vazias.

18 Aldeia a 165 quilômetros de Praga.

A chuva dificultava as incursões amorosas do supervisor, até que se lembrou um dia que perto do aeroporto havia um velho Messerschmitt[19] oxidado e destruído durante a guerra. O interior, claro, fora saqueado, mas se a cabine fosse fechada, se um cobertor fosse colocado no piso, era quase um hotel. Quando foram lá pela primeira vez, assim que tirou a saia, a morena passou a gritar apavorada, porque uma serpente saiu do painel de instrumentos. Era um ninho inteiro de víboras e nosso supervisor precisou liquidá-las todas, tapar os buracos com estopa, até que pudesse dedicar-se por fim ao buraquinho mais generoso.

– Tenho que dizer – concluiu o supervisor –, comprovei isto muitas vezes na vida: a cama não é tudo!

Já eram quase dez e quinze e ainda chovia. Ao ouvir histórias alheias, sejam quais forem, sinto estar em dívida, um eterno convidado que nunca convida os demais à mesa, mas em geral não me decido a pedir-lhes a atenção.

Há alguns anos, a irmã de minha mulher mudou de apartamento. Pediu-me que a ajudasse, porque a senhora que lhe cedia a quitinete era louca, enchera o lugar de trastes que por certo recolhia das lixeiras; e tinha tanto medo de que pudesse acontecer alguma coisa com eles que se negava a deixá-los nas mãos dos homens da mudança, de modo que minha cunhada não sabia como poderia mudar-se para lá.

Quantas coisas podem caber em um único quarto? Imaginei que minha cunhada exagerasse, entendi lixeiras no sentido figurado. Prometi que levaria as coisas da senhora por partes. Já à porta envolveu-me um odor estranho que vinha do lado de dentro. Assim que me abriu a porta, senti um forte cheiro de putrefação e mofo. Aquela mulher era toda limpa, deu-me a mão, que era branca de tanto lavar, e convidou-me para entrar. Avancei por um corredorzinho entre caixas, caixinhas e montes de pacotes até chegar à janela, e perguntei se podia abri-la. Entrou uma onda de ar fresco carregado de fumaça e gases dos escapamentos, mas nada pôde vencer a atmosfera apodrecida que reinava ali. Então ajudei a mulher a terminar os embrulhos. Amarrávamos pilhas de cadernos de crianças desconhecidas e colocávamos em

---

19 Avião utilizado pelos alemães na Segunda Guerra Mundial.

caixas com lâmpadas queimadas e pares de sandálias sem alça que não combinavam, pedaços de cortiça pisoteada, bonecas sem braços, envelopes velhos, carcaças de transistores, panelas enferrujadas, um lustre arrebentado e esferas de vidro. Era claro que aquela mulher dedicava todo o seu tempo livre a coletar no lixo objetos que lhe infundiam um sentimento de esperança ou segurança. Fiquei cinco dias dirigindo de lá para cá. Ela me agradeceu e prometeu-me salvação eterna, que eu teria logo, pois estava próximo o momento em que a humanidade deveria reunir-se para o Juízo no lugar chamado Armagedom. Eu quis perguntar por que ela guardava todas aquelas coisas, mas não teria sentido formular perguntas àquela mulher maluca quando poderia perguntar a qualquer pessoa ou a mim mesmo.

Quando já tinha carregado uns cinquenta pacotes, não pude resistir à tentação de desamarrar e atirar o conteúdo de um deles na lixeira mais próxima, deixei por cima alguns vasos de plástico vazios e restos de comida que estavam na lixeira ao lado e levei o resto dos trastes da casa de minha cunhada.

Depois de uma hora, voltei para a carga seguinte, precisei esperar muito até que a senhora abrisse. Ela ficou parada junto à porta, hesitava em deixar-me entrar.

– O senhor, o senhor... – disse ela – e eu confiei no senhor!

– Imagine! – interveio o supervisor. – Isto eu posso lhe dizer, aprendi isto na vida muitas vezes: as mulheres não sabem o que é gratidão!

Lá fora surgia a neblina, subindo de calçadas e gramados encharcados. Na cabine telefônica defronte à taverna, uma jovem desconhecida lançava um sorriso gracioso a alguém do outro lado da linha.

Eu também sorria, parecia estar de fato vendo minha amada e que podia alcançar com os olhos o que ela via. Dizia-me: fora da janela há um corvo pousado em um galho já faz um bom tempo e está congelando, ele me diz algo, mas eu não o ouço. Eu estava congelando como o corvo, precisei respirar no vidro para enxergar fora. Havia um corvo descansando em uma árvore coberta de geada. O que estaria dizendo? *Never more, never more*, pensei ter entendido, nunca mais voltaremos a encontrar alguém a quem amemos tanto.

A jovem saiu da cabine telefônica, meus colegas ainda estavam parados languidamente na porta da taverna. Levantei o fone, vacilei um instante, mas precisava tanto ouvir uma voz familiar que disquei o número: Lída disse que se alegrava de ouvir-me, e queria saber de onde eu a chamava, o que estava fazendo, se não tinha frio, que ansiava que eu fosse para casa. Eu teria gostado de dizer à minha mulher também algo delicado, abordá-la com ternura, como a chamava outrora: Lištičko, ou pelo menos Lidunko, perguntar no mínimo o que ela estava fazendo, em que pensava, mas não fui capaz de dizer-lhe mais nada além de que iria para casa depois de visitar papai no hospital.

Fiquei mais um instante na cabine. Meu chamativo uniforme refletia-se no vidro. Procurei uma moeda no bolso. Aquele outro número vinha-me à mente com tanta insistência que o sussurrei.

Não tinha nenhuma moeda de 1 coroa. Observava meus colegas subindo devagar em direção ao pequeno parque onde deixamos as ferramentas em um galpãozinho. A sra. Vênus viu-me e acenou.

Uma outra vez, meu amor, mas não estou calado porque não penso em você; é que não tenho nada de novo para dizer.

E você pensa que este silêncio, o modo como vivemos agora, está bom?

Não sei se está bom, só não conheço nada melhor.

Não conhece nada melhor? Olhe só para você, que fantasia é essa? Você está fazendo penitência ou o quê?

Não, é um trabalho bem honesto. Permite-me refletir bem.

Permite que você reflita? Fico contente. Mas e eu? Ou nem lhe interessa o que se passa comigo? O que me aconteceu? Depois de tantos anos não mereço sequer um telefonema?

Falamos muito um com o outro. Pelo menos mil vezes!

Não conte. Não quero ouvir números. Isso era antes, mas depois você não me telefonou mais uma única vez.

Dissemos tudo um ao outro. Estávamos cansados de tanto falar. O que mais poderíamos dizer?

E é a mim que você pergunta? Poderia me dizer ao menos se tudo isso significou alguma coisa para você.

Você sabe bem o que significou para mim.

Não sei nada sobre isso depois de seu comportamento. E eu que pensava...

O que você pensava?

Tanto faz. Não pude acreditar nisso. Depois de tudo o que me disse quando estávamos juntos, como podia acreditar que você me enxotaria como a uma...

Não chore, por favor!

Diga ao menos, você gostou de mim ao menos um pouco?

Você sabe muito bem.

Não sei de nada. Como posso saber?

Uma anciã aproximou-se da cabine. Talvez nem quisesse telefonar, mas por garantia abri a lista telefônica e fingi procurar algo nela.

Se você me amasse, não teria se comportado como se comportou!

Estava louco por você.

Não venha com evasivas, perguntei se você me amou alguma vez. Se é capaz de amar alguém.

Não me torture!

Eu torturo você? Eu a você! Diga, meu querido, o que é isso o que você me fez? Explique ao menos o que há de bom em tudo isso.

Eu não podia continuar desse modo. Me perdoe, mas eu não podia mais viver assim.

E eu, como preciso viver? Você não pensou em como eu ficaria? Como pode ficar assim em silêncio, isso não é sequer humano! Você tem que dizer algo, fazer alguma coisa. Fazer algo a nosso respeito!

Durante certo tempo, escrevi peças teatrais. Os personagens falavam sem parar, mas suas palavras se entrecruzavam, seus enunciados passavam de um para o outro como o corpo escorregadio dos peixes, nem sequer chegavam a tocar-se. Escrevia assim por não acreditar que pudéssemos escapar de nossa solidão? Ou porque precisava encontrar a forma de evitar respostas? Ali onde as palavras se desencontram, onde as pessoas não se encontram, não pode haver conflito autêntico. Ou eu intuía que o homem não se justifica aos olhos do outro, e se fala é apenas para sufocar o silêncio que se estende a seu redor? Ou para ocultar a realidade que consegue perceber apenas em momentos de lucidez excepcionais?

O único passageiro que sobreviveu à queda do avião que se espatifou na torre de uma igreja em Munique trabalha em Belgrado como redator. Eu tinha curiosidade de conhecer um homem que se ergueu das cinzas, mas acabara de perder a irmã vítima de câncer e pediu que adiássemos o encontro por alguns dias. Quando o visitei depois, outra irmã estava gravemente enferma, de câncer também. Os médicos dão a ela apenas um mês de vida, ele comunicou-me, fiquei sabendo esta manhã. Sabe o que é curioso? Eu andava pela rua e não ouvia nada. Como da outra vez. Depois da queda houve o mesmo silêncio.

Alcancei meus colegas. O rapaz passou-me a pá que carregava no carrinho e a sra. Vênus disse:

— Não ligou para sua mulher.

Junto ao meio-fio percebi que havia um rato morto. Recolhi-o com a pá e atirei no lixo restante.

Minha mulher estava assombrada por aquilo que eu dissera. Não queria acreditar que eu a enganava por tanto tempo.

Eu disse aquilo que é provável que a maioria dos homens diz nessa situação, que desejava evitar-lhe a dor, que eu acreditava que tudo terminaria depressa.

— E você não quer terminar? — ela perguntou.

Disse-lhe que gostava da outra, que nunca amei a nenhuma mulher assim como a amava.

Mas pensei que você me amava mais que tudo! Os olhos encheram-se de lágrimas. E logo quis saber pormenores, qualquer verdade era-lhe mais cara que o silêncio. Queria saber o que ela tinha feito de errado e o que poderia corrigir.

Despejei todas as minhas queixas e explicações, mas depois de alguns minutos não fazíamos mais do que desfiar quem fazia compras, quem cozinhava, quem lavava roupa, louça, quem esfregava o chão, até que me horrorizei com a esterilidade de minhas próprias palavras. Calei-me, mas minha mulher queria ouvir mais a respeito daquela outra, e, com repentino alívio que me proporcionava a franqueza recém-conquistada, comecei a elogiar as qualidades e os dotes de minha amante, a descrever a excepcionalidade daquilo que estávamos vivendo. Conforme fundia tudo em palavras, transformava em algo comum, categorizável e convencionalmente melodramático experiências próprias, que eram somente minhas e pareciam-me inimitáveis e insubstituíveis. Mas era incapaz de parar de falar e minha mulher escutava-me com tanto interesse, tão disposta a compreender-me, ou até a aconselhar-me, que me deixei levar pela ilusão ingênua de que ela poderia entender parte de meus sentimentos. Entretanto, ela calculava com perspicácia que, se recebesse minha confissão e ouvisse de maneira atenta, poderia transformar minhas palavras sobre nosso distanciamento no ato inicial de nossa reaproximação. Contraporia sua paciente compreensão à impaciente insistência da outra.

Quando sugeri – de repente, não muito convicto de que era o que de fato desejava no momento – que sairia de casa, pelo menos por um tempo, ela disse que, se eu desejava abandonar os filhos e a ela, não me impediria, mas que, se eu decidisse voltar depois de um tempo, não poderia garantir que fossem capazes de aceitar-me de novo. Estava longe de adivinhar o que desejaria fazer depois, mas em seus olhos eu entrevia tanta tristeza e decepção, tanta angústia pela solidão iminente, que não repeti minha sugestão.

Fomos dormir de madrugada. Quando acordei, devo ter dormido só uns minutos, porque lá fora ainda não amanhecia, ouvi gemidos abafados a meu lado.

Ela chorava, soluçava sem parar, a boca coberta com o travesseiro, talvez para não me acordar.

Gostaria de acariciá-la ou dizer-lhe algo, consolá-la como sempre fizera quando alguma coisa a deprimia, mas quem a afligia era eu. Se eu não mudasse minha decisão, seria a única pessoa que não poderia consolá-la. Dei-me conta de repente de que a posição em que eu estava, em vez de proporcionar um sentimento de alívio, atormentava-me.

De manhã um estalido acordou-me, o som de algum material espatifando-se no chão.

Encontrei minha mulher no corredor, a seus pés estavam os fragmentos da única escultura que já tivemos em casa. A cabeça angulosa do pássaro estava arrebentada e os olhos humanos rolaram sabe-se lá para onde. Não tinha sido um presente afortunado.

Por um instante, ficamos ambos calados, e minha mulher disse então: Desculpe... Eu tinha de fazer algo!

Em um súbito movimento de compaixão, sem levar em conta que no dia anterior eu dissera o contrário, prometi que não a abandonaria, que ficaria apenas com ela. Tínhamos filhos em comum e uníramos nossas vidas para sempre.

Logo depois fomos visitar juntos um professor de nossa filha — ele inaugurava uma exposição de seus quadros em uma galeria rural. Percorri os quadros, cada um expressava de alguma maneira a solidão dos homens, esforcei-me para amordaçar a nostalgia. No fim da tarde, chegavam os convidados, quase todos eram pintores e falavam muito de arte, o que me recordava a outra; levavam a sério as próprias declarações, pareciam buscar um sentido para sua atividade, mas naquele momento todas as palavras pareciam inúteis, apenas um substituto para a vida, para o movimento, para a paixão. Escapei para a margem do rio. Minha mulher encontrou-me lá e queria saber se não estava triste, se sentia saudade, minha mulher, a curadora voluntária, prometia que ficaríamos bem juntos, que começaríamos uma nova vida, que eu seria feliz com ela. Queria saber o que planejava escrever, e queria ouvir o que eu de fato pensava, falou sobre sinceridade e sobre uma vida vivida dentro da verdade. Eu a ouvia e sentia como se algo se partisse dentro de mim, como se cada palavra sua fosse um golpe a escancarar algo; fiquei surpreso que ela não ouvisse os estalos, mas ao mesmo tempo parecia que o desespero sumia de sua voz. Sempre desejei que ela fosse feliz comigo, que as penúrias da vida não a afligissem demais, seu consolo trazia-me um pouco de alívio.

A rua continuava molhada, mas o ar já estava limpo, e quando nos afastamos da sombra do edifício os raios do sol de outono nos alcançaram, e era como se dispersassem o sombrio humor matinal. O jovenzinho começou a assobiar uma melodia dos irmãos Gershwin, o sr. Rada mostrou-me de repente um livrinho em cuja capa havia a ilustração de um carrinho de gari com a vassoura, enquanto para minha surpresa o título sugeria uma reflexão crítica ao culto da personalidade. O senhor conhece?

Eu via o livrinho pela primeira vez na vida.

– Uma reflexão interessante a respeito de como endeusamos a nós próprios e a matéria. – Abriu o livrinho e leu em voz alta: – A raiz do culto está aqui, o próton pseudos, que os pobres mortais, o efêmero mortal, proclama a seu próprio respeito: *Ich bin Ich. Das Ich ist schlechthin gesetzt.*[20] Eu sou a quintessência divindade da matéria!

Fechou o livrinho, então vi a capa de novo. Havia uma enorme cabeça humana no carrinho do gari.

– E o que somos, na realidade? – perguntou o sr. Rada, e nesse momento compreendi a relação entre o desenho da capa e o que acabara de ouvir.

O rapaz continuava assobiando a melodia familiar e irritava-me não ser capaz de me lembrar da letra.

– Sim, é *The Man I Love*, óbvio – disse-me satisfeito ao ver que eu conhecia os compositores, e começou a cantar em compasso de quatro por quatro: "*Someday he'll come along, the man I love*"[21]. – Perguntou-me: – O senhor gosta de Gershwin?

Disse-lhe que a ópera negra *Porgy and Bess* foi encenada em Praga trinta anos antes e que, depois de muito tempo, fora a primeira visita de um grupo do outro lado do mundo dividido. Arrumar entradas era um milagre, mas eu consegui.

A recordação distanciou-me da rua varrida. Não que eu lembrasse algo do espetáculo, que me entusiasmou então, mas emergiu a ruazinha no subúrbio de Detroit, onde um grupo de meninos negros gritava na calçada e um negro de cabelos grisalhos estava sentado em uma cadeira de rodas defronte a uma casa em estado deplorável. Alguém tocava trompete ou pusera um disco de Armstrong ou de algum outro músico, via-se lixo em toda parte, pedaços de papel, folhetos publicitários, latas de Coca-Cola; o ar quente cheirava a cebola, águas residuais e um odor penetrante de corpos humanos.

Fiquei com saudade daquele país. De repente vi-me de uniforme laranja empurrando esse miserável carrinho. Claro, não precisaria usar essa roupa em particular, mas de qualquer

20 Em alemão, no original: "Eu sou eu. Isto é uma sentença óbvia".
21 Em inglês, no original: "Algum dia ele virá, o homem que amo".

modo me fariam usar alguma jaqueta colorida para que eu fosse reconhecido de longe e pudesse ser evitado. Isso acontecera na infância, enfiado em uma roupa colorida, não desejava nada mais do que me livrar do estigma de deserdado.

— Tocávamos muitas peças dele — disse o rapaz. Quando percebeu a minha surpresa, explicou: — Tínhamos um grupo de jazz, antes de meu fígado ficar arruinado.

O capitão arregaçou as mangas de seu suéter emporcalhado.

— Tenho algo que talvez seja útil para o jardim — disse dirigindo-se ao supervisor.

— Se não for aquele seu inseticida contra os pulgões — alarmou-se o supervisor —, depois de usá-lo, os pulgões começaram a pular feito esquilos e acabaram com as rosas.

— Tocávamos Ellington, Irving Berlin, Kern, os ragtimes de Scott Joplin — o rapaz começou a enumerar entusiasmado —, mas gostávamos mais de Gershwin, era quem fazia mais sucesso, porque as pessoas já tinham ouvido antes.

— E agora você não toca?

— Imagine, agora eu não sopraria nada. E sabem o que eu mais respeitava? Que ele nunca frequentou nenhuma escola especial, e ainda assim como compunha!

— E você compunha? — perguntei.

— Todos nós. Tocávamos jazz e sempre saía algo.

O capitão tirou de um de seus bolsos enormes um pedaço de borracha murcha, preso a um pequeno fole, apertou o fole algumas vezes e a borracha inflou-se até a forma de um pequeno balão.

Os balõezinhos eram um dos objetos que mais interessavam ao supervisor.

— Que tolice é essa com cérebro de pássaro? — perguntou, e apoiou sua grande pá na parede da casa; não suspeitava que foi com grande acerto que nomeou a engenhoca, uma vez que, soubemos mais tarde, destinava-se a assustar pássaros. Ao globo com fole estavam unidas de um lado as pás de um moinho de vento, do outro um apito, contou-nos o capitão. O pequeno moinho de vento inflamava o globo com o auxílio do fole, quando a pressão do ar excedia o limite, a válvula cedia e o apito soltava um som curto mas potente para espantar os intrusos.

Com a ajuda do gancho, o capitão tirou do bolso um objeto que lembrava o tubo de um pequeno órgão e com dois dedos rosqueou-o no bico do globo.

Todos observávamos impacientes seu comportamento, porém não se ouviu o apito esperado, apenas o sibilo do ar que escapava.

– Qual é a vantagem em relação a um chocalho comum? – questionou o supervisor.

– Não lhe ocorreu que o chocalho matraqueia sem parar e as bestinhas acabam se acostumando? – O capitão começou a pressionar o fole de novo e, apoiados nas ferramentas, assistíamos a como o balão se inflava.

– E se não houver vento? – perguntou com interesse o supervisor.

Nisso ouviu-se um breve estalido, como se fosse um disparo tênue, o que era globo há instantes não era mais.

– Sabe, nos deixavam ensaiar duas vezes por semana no clube da fábrica – lembrou o rapaz –, mas depois pudemos ficar o tempo que precisássemos. Tocávamos até a madrugada muitas vezes, depois deitávamos sobre as mesas por um instante antes de cair fora.

– E não esperavam você em casa? – admirei-me.

– Em casa? Eu já não morava em casa!

– Se não ventar – respondeu o capitão –, funciona com eletricidade!

– Se o senhor tiver tempo e vontade – disse o jovem –, os rapazes tocarão domingo em Radlice[22] – procurou algo na carteira e tirou dois ingressos. – Pode ser que sejam do seu agrado.

Objetei que as entradas eram para ele, mas assegurou que poderia conseguir quantas desejasse, sua Dana não teria tempo para ir.

Comprei as entradas e, depois de termos varrido as folhas e as castanhas que caíam do frondoso castanheiro, ele explicou o caminho.

Às vezes sinto nostalgia da América. Também em sonhos passeio livre entre arranha-céus ou viajo a toda velocidade em

---

22 Bairro de Praga.

estradas com paisagens infinitas, sempre cheio de expectativas. Mas quase todos esses sonhos acabam com final angustiante: fico ali naquela terra do outro lado do oceano, não volto nunca mais para casa, ao lugar em que nasci e onde as pessoas, pelo menos algumas delas, falam minha língua materna.

Puseram-me um uniforme que me oprime. Poderia tirá-lo, atirá-lo com um gesto de desdém e ir para algum lugar onde ninguém me obrigasse a vesti-lo, mas sei que não farei isso, porque assim deveria renunciar também ao meu país.

Franz Kafka foi um dos escritores mais proeminentes que viveram e se criaram entre os tchecos. Maldizia Praga e seu país, mas nunca conseguiu abandoná-los, decidiu não se separar deles. Seus relatos oníricos transcorriam em um espaço que pouco tem a ver com algum lugar real. A verdade é que sua cidade natal foi mais que um pano de fundo para suas histórias. Impregnou-o com sua polifonia, nostalgia, sua penumbra, sua fragilidade. Era um lugar em que o espírito podia elevar-se até alcançar quaisquer alturas, mas onde flutuava um cheiro de putrefação pouco perceptível, que lhe afligia o espírito.

Kafka falava um tcheco impecável, talvez um pouco rígido, escrevia em alemão. Não era alemão, mas judeu.

Nunca nenhum historiador da literatura tcheca teve suficiente generosidade, valentia ou tolerância para arrolá-lo entre os escritores tchecos.

O sentimento de desamparo e solidão que ele retratou repetidas vezes em sua prosa surgia de seu temperamento, das circunstâncias de sua vida. Compartilhava-o inclusive com muitos de seus contemporâneos. Mas Praga o realçava. Ansiava fugir dela, como ansiava fugir da solidão da vida de solteiro. Não fugiu. Não conseguiu libertar-se, a não ser com sua escrita.

Se tivesse conseguido libertar-se de outra maneira, é provável que tivesse vivido mais e alhures, mas não teria escrito.

Minha casa transformou-se em uma jaula. Eu precisava escapar, mas cada vez que saía, se minha mulher estivesse em casa, eu detectava receio em seu olhar. Ela não expressava desconfiança, desejava confiar em mim como confiara antes, como confiava em pessoas desconhecidas, mas seu olhar não deixava de me acompanhar aonde quer que eu fosse. Quando eu retornava, ela vinha ao meu encontro e alegrava-se por eu estar em casa de novo; aco-lhia-me com ternura. E ela, que nunca se importou muito em sa-ber como eu passava meu tempo, o que pensava ou o que comia, perguntava se não tinha fome, enquanto jantávamos especulava aonde poderíamos ir a fim de termos um dia agradável juntos, estava de acordo com cada uma de minhas objeções. Não era o seu jeito habitual, ela sempre conseguira impor seus interesses e suas vontades; agora, submissa e humilhada, esforçava-se em preencher sua imagem com o que seria meu ideal de mulher boa e atenta, e seu esforço canhestro me envergonhava e comovia.

Não havia espontaneidade. Sempre me pareceu que ela se movia mais livre no mundo dos pensamentos e das doutrinas que entre as pessoas. Faltava-lhe naturalidade no contato com as pessoas. E ela gostaria de tê-la, necessitava-a em seu trabalho, pois precisava ganhar a confiança de seus pacientes. Eu notava seu esforço para conseguir o que a outros fora dado como dom. Sabia que desejava sentir-se querida pelas pessoas; sentia-se feliz se valorizavam suas boas qualidades e sua capacidade; na ânsia de corresponder aos demais com atos ou ao menos com palavras, chegava a embaraçá-los. Gostaria de tê-la ajudado a não se sentir abandonada pelas pessoas, e agora ficou acuada num canto do qual tentava escapar.

Tinha por certo muitos conhecidos e colegas que a aprecia-vam, mas poucos amigos de verdade. As crianças cresceram e o dia em que sairiam de casa aproximava-se. Se eu também a abandonasse, quem estaria a seu lado, quem a acompanharia em sua iminente velhice?

Mas eu ainda conseguiria?

Estamos deitados um ao lado do outro, abraçados. Quer sa-ber se foi bom para mim; intuo que essa pergunta mascara mui-tas outras, latentes, angustiantes, e peço que não me pergunte mais nada. Diz que me ama, que verei como seremos felizes juntos, extenuada deixa-se vencer pelo sono, ao passo que eu caio em um estranho vazio entre a vigília e o sono. Defendo-me do sono, nesse estado não serei capaz de afugentar a voz que começará a falar comigo.

Em outros tempos era minha mulher que me aparecia. Es-perava-me nas esquinas das cidades de meus sonhos, surgia por milagre em um trem em movimento, encontrava-a em casas e entre pessoas estranhas. Descobríamos juntos camarotes abandonados, uma cama arrumada em um corredor deserto ou um lugar escondido em um bosque ou jardim, ali sussurrávamos palavras ternas e versos, abraçávamo-nos, amávamo-nos em sonho com mais paixão e entrega que na realidade.

Depois ela começou a desaparecer de meus sonhos; apareciam outras mulheres, ao abraçá-las sentia-me desleal e sujo, ao despertar descobria com alívio que era minha mulher deitada ao lado. Ainda outro sonho voltava-me. Tinha consciência da velhice próxima, entretanto dava-me conta de que permanecera sozinho na vida, não conseguira encontrar uma mulher que me desse filhos e isso angustiava-me.

Nos sonhos pronuncia-se a voz oculta ou reprimida da alma do homem. Aquele sonho, dizia para mim, era uma lembrança de minha adolescência, quando me convertia em adulto e receava não conseguir nunca o amor de uma mulher. Mas eu compreendia de modo correto a voz de meu interior?

Estava agora em meu sonho sob meu plátano e sabia que pessoas poderiam vir de direções diversas. Eu não ficaria sozinho. Assustava-me, contudo, a ideia de que as duas mulheres que eu esperava pudessem encontrar-se. Ambas pertenciam-me, mas não estavam unidas entre si. Primeiro aparecia minha amante. Eu levava-a apressado e logo vagueávamos por locais cada vez mais inóspitos, procurávamos um local onde pudéssemos permanecer em paz juntos. Vez ou outra aparecia alguém que nos observava com olhar atento. Mais tarde conseguíamos encontrar um refúgio, fazíamos amor em locais estranhos e desolados, isolados do mundo inteiro ao redor, como só pode acontecer em sonhos, inebriados um com o outro, mas, no instante em que se aproximava o clímax, minha mulher entrava de súbito por uma porta oculta e esquecida, e em vão eu tentava esconder minha amante sob um cobertor bastante curto. Lída ficava de pé à porta e fitava-me com olhar suplicante. Não me censurava, não gritava, apenas olhava.

Na última casa, onde começam as ladeiras íngremes de Vyšehrad, nosso supervisor ergueu os olhos para as janelas fechadas e confirmou satisfeito que não havia nenhum vestígio de vida. – Estão todos na cadeia! – advertiu-nos. E logo pronunciou o nome do proprietário e informou-nos que ele se dedicava ao transporte a grandes distâncias e contrabandeava metais preciosos. Quando o prenderam, encontraram na casa 2 quilos de ouro e meio milhão de dólares em notas.

– Meio milhão? – exclamou o jovenzinho. – Isso é exagero!

– Sei disso com certeza, porque me contou um amigo do mundo do crime – disse o supervisor, ofendido. – Só de prata tinha 3,5 toneladas. Da Polônia à Áustria. E comprava sempre em dólares.

– E não poderia ter me falado dele antes? – o rapazinho apoiou-se no ancinho, corado de excitação. – É que o nosso médico... Na Suíça, há um remédio que de fato é mais caro do que o Legalon[23], mas, se eu o conseguisse, disse o doutor que poderia curar meu fígado.

– E daí? – perguntou a sra. Vênus. – Não podem dar no ambulatório?

– O doutor me disse que eu precisava ser pelo menos alguém de renome nacional, premiado.

– Isso é claro – concordou o supervisor –, esses que têm acesso aos hospitais estatais recebem comprimidos, se tomam, podem empanturrar-se e encher a cara nessas recepções que fazem. Mas gente como nós, sem chance. Posso dizer a vocês por experiência própria: ninguém liga para pessoas comuns! Se tem de bater as botas, tente ao menos poupar-se!

– É que pensei – disse o jovem – que se tivesse sabido antes...

– O que teria acontecido? – cortou o supervisor. – Um mafioso como esse por certo mandaria você se danar!

Nossos dias transcorriam implacáveis, às vezes telefonava para Daria e conversávamos até que o frio me obrigasse a sair da cabine telefônica, íamos passear juntos em Šárka[24], escalávamos diques polvilhados de branco e ela insistia em perguntar-me o que seria de nossa vida, e acusava-me de tê-la abandonado.

---

23 Hepatoprotetor indicado para o tratamento dos distúrbios digestivos que ocorrem em decorrência de doenças do fígado.
24 Reserva natural a noroeste de Praga, às margens do lago Džbán.

Um dia chamou-me para vê-la imediatamente no ateliê, em sua voz havia tanta insistência que me assustei.

Venha depressa, ela disse, e fez-me entrar, eu estava te esperando. Contou que tivera um sonho, um sonho que era uma visão de nós dois, e compreendera que pertencíamos um ao outro, era nosso destino e não adiantava resistir a ele.

Quando nos abraçamos, quando tornamos a nos abraçar, não pensei em nada sobre o futuro, o que aconteceria, o que diria, aonde retornaria, aonde iríamos, percebi apenas sua proximidade, o bem-estar de sua proximidade.

Voltei à mentira outra vez. Não há nada com que o homem possa justificar a mentira. Ela corrói a alma como a indiferença ou o ódio. Durante horas, noite após noite, estava deitado sem sono imaginando como salvar-me. Quando adormecia, despertava após algumas horas e sentia de novo aquela areia fina que me destruía por dentro. Em meu desespero formulava justificativas e explicações, jamais cheguei a pronunciá-las, sabia que não havia defesa para mim. O homem não vive para defender-se, há momentos em que deve agir, ou reconhecer pelo menos sua incapacidade e calar.

Para que eu agisse faltava-me dureza, ou o amor não me cegava o suficiente. Também carecia do necessário amor-próprio. Sei que permanecer com o par histórico, quando se está apaixonado por outra, é considerado fraqueza, até mesmo traição cometida contra nós próprios e contra quem amamos de verdade.

Atiramos no depósito de lixo os objetos gastos e eles crescem até alturas celestiais. Assim são também os depósitos de pessoas abandonadas às quais ninguém próximo dirige a palavra ao entardecer, que não têm com quem sentar-se à mesa, exceto talvez comensais igualmente abandonados. Ainda se esforçam em esboçar um sorriso e despertar alguma esperança interior, mas emanam na realidade um cheiro mofado de abandono.

— E você me abandonaria assim? — indagava-se Daria. Outra hora dizia: — Isso é culpa deles. Somos todos responsáveis pelo nosso destino e nossa queda, ninguém mais pode salvar-nos.

Kafka não fugia apenas das aflições por intermédio das palavras, mas também vivia graças a elas. Para ele escrever era como fazer uma oração – assim diz uma de suas poucas afirmações a respeito do que a literatura era para ele. E o que é uma oração? O que significava para ele, que acreditava tão pouco em qualquer Deus revelado e aceito? É bem provável que para ele fosse um meio de confessar, de modo pessoal, pleno e sincero, tudo o que pesa sobre a alma humana. Dirigimo-nos a alguém cuja existência e cuja língua também apenas intuímos. É provável que essa seja a essência do sentido da escrita: pronunciamo-nos sobre o que é mais íntimo em uma linguagem dirigida às pessoas e a alguém acima de nós e que, por meio de um eco ou reflexo, também habita em nós. Essa linguagem não é dirigida a quem não é capaz de ver ou ouvir em seu interior algo que transcende até as profundidades do universo, esse discurso não o atinge, a literatura não foi feita para ele. Similar delimitação tem uma vantagem: inclui não só o autor, mas também o leitor. A literatura sem aqueles que a recebem seria tão absurda como um mundo em que não se ouvisse outra língua além do *jerkish*, que não pode dirigir-se a ninguém e a nada que esteja acima do homem.

Mal terminou o inverno, contraí uma rara enfermidade. Os lábios, a língua, todo o interior da boca estavam cobertos de bolhas brancas, de forma que eu não conseguia engolir um bocado sequer sem dor. Estava deitado com febre e em silêncio, não penetrava um som o dia todo. Minha mulher chegava ao anoitecer, tratava-me com afeto, preparava-me um mingau e falava um pouco a respeito do seminário do qual participava.

No terceiro dia, levantei-me, vesti-me e fui até a cabine telefônica. A manhã estava clara e úmida, na rua deserta espalhava-se um perfume primaveril dos canteiros em flor.

Liguei para minha amante.

– Você está doente? – surpreendeu-se. – Temia que você tivesse contado tudo em casa e que não pudesse estar comigo.

Ela quis saber o quanto me doía a boca, o que eu fazia durante o dia, agora que não podia fazer nada, se pensava nela. Recebeu uma encomenda, ao menos poderia terminá-la com tranquilidade. Tem um pedaço de pedra tão grande que nem sequer consegue movê-lo, acontecia com a pedra quase o mesmo que comigo, mas com a pedra uma amiga poderia ajudá-la. Falou ainda um instante a respeito do fardo da pedra, portanto de mim. Então fala do medo que tem de que eu me resfrie na cabine, promete escrever e me manda voltar para a cama.

Sua voz cheia de ternura chega-me de longe, pousa seus lábios suaves sobre meus lábios doentes, sua língua toca minha língua enferma, já estremeço de frio. Gostaria de estar com ela, observá-la como golpeia a pedra para comprovar se é pura e rija, para descobrir-lhe as veias, como ela bate a matéria dura, deixar-me embalar por esses sons até adormecer, despertar e vê-la perto.

Em dois dias chegou um pacote. Em cima uma carta e um saquinho de ervas que ela própria secou. Camomila, marroio, agrimônio — ervas secas sob a cabeça, estamos deitados no prado e fazemos amor —, devo fervê-las e fazer gargarejos, porém o mais importante é apaziguar-me, que a minha alma esteja em harmonia com o corpo. As enfermidades podem prender o corpo, mas provêm da alma, que se retorce convulsiva, se o homem for incapaz de escutá-la e a oprimir e asfixiar com seus atos.

Li a carta e então liberto o pequeno objeto dos pedaços de trapo que o protegiam — uma estatueta. Ela fez para mim, dois corpos nus apoiados em uma árvore. Homem e mulher, Adão e Eva, Eva não se envergonha de sua nudez e não oferece a Adão o fruto da árvore da sabedoria, falta também a serpente, não são Adão e Eva, somos nós dois no Jardim do Paraíso, aqui se abriu nosso amor.

Olho a estatueta que seus dedos tocaram, libertaram da escuridão da matéria informe, olho as formas que não teriam nascido sem ela. Que formas poderiam me parecer mais perfeitas? O selvagem rosto da mulher com sorriso largo observa-me com os grandes olhos inanimados e sua postura pressagia o prazer, sugere um abraço iniciante. Seu corpo é formado por favos de mel.

Quando me curei, ela explicou: tenho sete corpos, quem chegar, nem que seja uma única vez, àquele que está mais oculto será quem irá capturar-me e a este vou pertencer por completo e para sempre.

Perguntei: como é esse corpo mais oculto?

Você tem razão, isso já não é um corpo, nada mais é que o último revestimento de minha alma. É fina e translúcida.

Com isso quis falar da fragilidade desse revestimento. Qual é então seu conteúdo?

Quando eu tinha 14 anos, atiraram a primeira bomba atômica na Terra. Depois de um tempo, li o livro de um médico de Hiroshima que sobreviveu à explosão; ele fazia um relato objetivo e com pormenores da destruição da cidade e das pessoas, mas não disse nada sobre almas. Ocorreu-me então: o que acontece com a alma humana no epicentro de uma explosão atômica? Ainda que a alma fosse imaterial e rodeada de matéria, com essência muito distinta, seria capaz de suportar aquele abrasamento? Quem pode imaginar uma alma no interior do Sol ou de outras estrelas?

Você não faz mais que quebrar a cabeça com perguntas absurdas. Para quê?

Diga-me ao menos o que acontece com a alma que não resiste ao embate do mundo que a cerca e estoura; ela rompe-se em fragmentos que ninguém recolherá?

Não se preocupe, ela não perecerá. Talvez de cada fragmento brote uma alma nova – como a árvore da semente. Ou em outro tempo, em outra vida, todos os fragmentos confluem, fundem-se como gotas em uma nuvem. Pergunte-se o que você deve fazer para que as almas a seu redor não pereçam.

Isso eu também pergunto.

Melhor não perguntar mais nada. Procure ser um pouco menos sagaz. Fique comigo e não pense em mais nada!

Fala-me de cambojanos que dançavam, cantavam e não se preocupavam com o futuro. Sabiam que Deus está próximo, mas não ficavam investigando. E ainda assim o que conseguiram criar em tempos remotos! Tenta descrever-me as centenas de estátuas que estão nos limites da estrada para o Arco do Triunfo em Angkor Thom, serve-se até mesmo da ajuda de um lápis e traça de memória a figura do rei leproso com a face cheia de paz.

Pena, ela lamenta, que você não esteve lá comigo. Mas iremos lá um dia juntos.

Não sei como iremos a qualquer parte, faz dez anos que confiscaram o meu passaporte.

Não seja tão terrivelmente racional!

Mesmo que eu não seja, na fronteira serão.

Peça então um passaporte. Algum dia precisaremos ir juntos a algum lugar. A um lugar com mar e calor, para ficarmos juntos.

Pedirei o passaporte para que possamos ir juntos ao Camboja, país de gente feliz e despreocupada, onde estaremos tão longe que não ouvirei nenhuma outra voz que não fosse a dela.

De todo modo ninguém me chama.

A meu redor estende-se a névoa e o mundo perde o contorno. De vez em quando, a neblina se desprende e conseguimos ver um pedaço de paisagem inundado pela luz rubra do entardecer, com a chuva brusca a superfície de água sob as janelas do hotelzinho começa a eriçar-se, e do outro lado reluz a cúpula de uma torrezinha barroca, de um afresco dissolvido pelo tempo sorri-nos uma Virgem Santa intercessora, talvez não estejamos completamente perdidos, diante de nossos olhos, as faias vestem-se de folhas novas, vão se dourando e avermelhando, uma folha cai e caímos com ela, deitados na relva, no musgo e na areia, sobre nós avançam bandos de aves migratórias, as nuvens e o tempo, este detém-se um instante em gritos reiterados; e acendemos o fogão a gás, porque faz frio no cômodo, aproximamos a cama de seu corpo quente, em pausas breves falamos da época em que não nos conhecíamos, do dia anterior, da exposição de uma amiga sua, de nossos encontros e sonhos, falamos das fotografias de Diane Arbus e de seu mundo feio, da feiura na arte, do *Lobo da estepe*, de nossas possibilidades ocultas, da antiga arte mexicana e de sua influência em Moore, óbvio em Zadkin e Camus também, sobre Tsvetáieva, de meu livro de contos e dos livros de meus amigos que lhe emprestei em manuscritos, na única frigideira que temos guisamos pedaços de carne, comemos juntos sentados a uma mesinha, tomamos vinho tinto, enquanto lá fora remoinham flocos de neve. O cômodo tem odor de argila, tinta e do hálito dela. Ao entardecer fomos ao parquinho de Kampa[25], ainda não conseguimos separar-nos um do outro, beijamo-nos no caminho deserto sob uma árvore nua. Uma velhinha com cabecinha de corvo, que parecia ter sido modelada pelos dedos de Daria, lança-nos um olhar malévolo, por um instante não crê no que vê, e põe-se a cacarejar: Que beleza, que beleza! E acrescenta algo sobre nossa idade, que deveríamos ter vergonha!

25 Ilha no rio Vltava, no centro de Praga.

Tenho meu trabalho, pelo mundo transitam pessoas que ainda pouco tempo atrás gostaria de ver, nossa filha Běta quer desenhar-me, o filho Petr convida-me para um concerto mas não tenho tempo, minha mulher encontrou um trabalho decente afinal, quer que comemoremos.

Běta se apaixonou pela primeira vez, pela segunda vez, por um narcômano que adora o grupo Pink Floyd e cheira cola, minha mulher está horrorizada e pede que eu intervenha de algum modo. Até tarde da noite conversamos, minha filha e eu, ela compreende tudo, concorda comigo, encontrará depressa um novo amor, enquanto isso continuo na mesma, sou adicto também? Inspiro essa névoa, e dissolvem-se em meu sangue partículas embriagadoras que me entorpecem a razão e a vontade. Não vejo nada diante de mim nem ao redor, vejo a ela, vivo um único instante, que transcorre agora mesmo. Devo alegrar-me pelo presente que me coube, devo lamentar minha fraqueza, por ser incapaz de resistir à paixão que me consome?

Não consigo tomar uma decisão, não consigo renunciar à minha paixão nem deduzir as consequências. Não consigo nem ir embora nem ficar por inteiro, já não sou capaz de viver de verdade. Rodeei-me de desculpas, um cão de guarda controla cada uma de minhas frases. Hospedei toda uma matilha em meu interior, caminho entre eles, às vezes seus latidos me ensurdecem e seu passo silencioso aterroriza-me em sonho. A qualquer momento um deles chegará perto de mim e cravará os dentes em minha garganta e nem sequer gritarei, ficarei mudo, por merecimento e para sempre.

Por quanto tempo aguentarei isso, quanto tempo pode durar?

Até a morte, meu amor!

Você pensa isso de verdade?

Ou até abandonar você, porque você nunca decide nada. Põe-se a chorar. Chora porque não sou capaz de tomar uma decisão, porque sou prudente demais, porque anteponho princípios ao amor, porque estou fechado na vida feito pedra, mais que uma pedra, pois ela pode ser lavrada, pode-se dar forma à pedra, chora porque sou mais duro que uma pedra, brinco com ela da forma mais cruel e torturo-a como ninguém a torturou até agora, chora porque sou gentil, porque consigo estar com ela como ninguém esteve até agora, chora porque tudo na vida para ela se transforma em sofrimento.

Sei que se entregou a mim de modo casual, e aterroriza-me a ideia de defraudá-la.

No terracinho sob as escadas de madeira bate o sol de primavera, chega até aqui o odor das fraldas penduradas no varal, atrás do muro da casa em frente aparece o telhado de um convento decorado com uma coroa de bordo.

Daria está sentada a meu lado, vestida com uma blusa branca recém-passada e uma saia de veludo cor de chocolate, está elegante porque vamos a um concerto esta noite, parece-me tão bela e cativante como se eu voltasse quarenta anos e contemplasse com adoração minha própria mãe. Mas agora nos levantamos, subimos apenas uns passos, ela se livra da roupa e de sua pureza imaculada e joga-se em meus braços e sinto que as finas paredes de minhas veias estão a ponto de estourar, que não resistirei a essa torrente de prazer.

Estamos deitados um ao lado do outro na noite que se inicia, em algum lugar longe, para além do palácio e do rio, músicos começam a tocar um concerto de Beethoven.

O que você mais deseja no mundo?

Sei o que deveria responder, o que espera que eu responda, mas pergunto: Agora ou no geral?

Agora e no geral, se é que há alguma diferença entre as duas coisas.

Ficar com você, respondo, ficar com você agora.

E no geral?

Gostaria de saber qual é o destino da alma.

Gostaria de saber de verdade?

Abraço-a. Ela aperta-se em mim e sussurra: Você quer saber tantas coisas, meu querido, precisa aprender algo sempre?

Foi você quem me perguntou.

Contente-se, porque há coisas que não se pode conhecer — apenas pressentir.

Ela abraça-me com tanta força que solto um gemido. E o que você pressente?

Não tenha medo, a alma não perece, de alguma forma prossegue.

Em outro corpo?

Por que precisamente num corpo? Eu vejo sua alma como uma coluna. Parece de pedra, mas é de fogo e vento. E é tão alta que do chão não se vê o capitel. E ali em cima sorri.

A coluna?

Sua alma, meu amor. Porque você tem um sorriso dentro de si, embora pense que tem dor, e por isso me sinto bem com você. Então ela pergunta: Você já pediu o passaporte?

No bosque florescem de novo as hepáticas e anêmonas, ninguém vem aqui além de nós. Fazemos amor de um modo que perco a razão. Ela quer saber: Não se sente bem comigo?

Sinto-me bem com você. Nunca senti nada igual.

Você não está inteiramente comigo. Pergunta: Como pode viver desse jeito?

Como assim?

Tão incompleto, tão dividido.

Ela espera algum sinal de que por fim me decidirei, mas o sinal não vem. Pergunta: Você irá comigo a algum lugar no verão?

Como posso arranjar as coisas para poder viajar com ela? Que mentira poderia inventar? Uma angústia gelada envolve-me.

Você é capaz de fazer algo por mim?

Pedirei o passaporte, mas estou cansado. Vencido pelo prazer, pelo amor e pelas repreensões, pelo desejo e por minha própria indecisão, vencido pelas constantes escapadas, pela paixão de minha amante e pela confiança submissa de minha mulher.

Não consigo nem acreditar nisso, recebo o passaporte, os abrunheiros florescem. Até onde a vista alcança, não há ninguém deitado sob eles, sobre nosso corpo desnudo pétalas de flores delicadas pousam em silêncio, acima de nós zumbem as abelhas. Ela pergunta: Você também está feliz, querido?

Estou feliz com ela, e ela sussurra: Você vai comigo para a praia no verão?

Alguém calculou que, se amontoassem numa pilha de 100 metros quadrados todos os assassinados no Camboja, ultrapassaria a montanha mais alta do país.

Em sua autenticidade, Kafka podia escrever apenas sobre o que sentia. Descrevia sua viagem solitária ao abismo. Desceu até onde foi capaz de descer, e ali encontrou o fim, o fim de sua viagem e de sua escrita. Não foi capaz de desvincular-se do pai nem de entregar-se ao amor pleno e maduro — esse era seu abismo. No fundo do precipício via uma pessoa querida, à medida que descia até ela, a imagem dessa pessoa aproximava-se e ao mesmo tempo perdia-se nas trevas, e, quando parecia estar tão perto que bastava estender a mão, o mergulhador ficava sem ar, o desfalecimento o embebia.

Seu abismo se parece com os abismos a que todos lançamos pelo menos um olhar curioso ou angustiado. Podemos vislumbrar nele o espelho do próprio destino, a nós mesmos tentando alcançar em vão a maturidade, estendemos as mãos uns aos outros em vão e àquele que está acima de nós. Não sei se somos capazes de descer a qualquer espécie de abismo, se não estamos mal acostumados ou corrompidos para poder reconhecer ou admirar o autêntico, se não tratamos de reduzi-lo, questioná-lo ou adaptá-lo à nossa visão. A autenticidade para nós não é senão incapacidade de viver ou a origem das enfermidades mentais, valor de uma debilidade digna de compaixão. E esse criador débil, incapaz de viver segundo nossa visão e nossas exigências, que nos parece aceitável e compreensível, compadecemo-nos de sua solidão, vulnerabilidade ou corpo doente. Como sofreu, como foi infeliz se comparado a nós. Não somos capazes nem de advertir o que esse doloroso descenso ao abismo provoca. O mergulhador solitário descobre em um instante o que a maioria de nós, que tanto nos compadecemos dele, não enxergamos em toda a vida.

A montanha mais alta do Camboja fica nas cordilheiras Cardamomo, perto de Phnom Penh, chama-se Phnom Aural, está coberta de selva e tem 1.744 metros. Nosso avião roçou a copa das árvores e fundiu-se com a vegetação. Conseguimos saltar por uma fenda na fuselagem antes que se incendiasse. Abrimos caminho na vegetação rasteira e ela procurou um lugar onde pudéssemos nos instalar, a salvo de serpentes e escorpiões. Mas cada vez que encontrava um lugar que lhe parecia vazio, estava cheio de cadáveres.

Eu disse: Precisamos procurar outro país para que possamos estar juntos.

E então saíram da selva dois soldados com galões vermelhos no uniforme sujo de barro e um deles falou em uma língua que de modo surpreendente compreendemos bem: Melhor buscar outro mundo.

Ambos os soldados deram estridentes gargalhadas khmer, riram e logo começaram a atirar em nós. No último instante compreendi que dois cadáveres a mais ou a menos, a quem importaria, exceto a nós, em um mundo em que havia 5 bilhões de pessoas, e a maioria passando fome?

Por volta do meio-dia, chegamos ao fim de nossa viagem. – Hoje a coisa demorou – o supervisor olhou para o céu, coberto de novo por nuvens compostas de vapores de água e dióxido de enxofre. – Digo a vocês: há meses em que as pessoas se revezam como em uma taverna, todo mundo só olha para o dinheiro e as ruas estão uma confusão. Cada coisa no seu lugar, e vocês... É de tirar o chapéu! Foi percebido até no escritório. Outro dia examinaram o distrito todo sem nenhuma observação. Se não fosse esse bastardo fedorento deslocado que nos diminui sempre que pode!

Caminhávamos em desordem – de um lado erguiam-se prédios sombrios, do outro, um pequeno parque, enormes bordos e tílias de cujas copas, com as rajadas de vento, choviam folhas murchas. O jovenzinho parou e contemplou o parque, talvez a caminhada pela ligeira encosta o tenha cansado, ou quem sabe viu alguém conhecido na trilha do parque ou sentira a necessidade de descansar ou olhar alguns palmos acima do solo:

Às vezes o varredor
perseguindo desesperadamente
o seu trabalho abominável
entre as poeirentas ruínas
de uma exposição colonial vil
para maravilhado
diante de estátuas extraordinárias
de folhagem e de flores

Esses versos de Prévert[26] vieram-me à mente de imediato – também a voz que as pronunciara.

– Mas os comprimidos podem ser obtidos em outro lugar também – disse a sra. Vênus. – Conheço um rapaz que entrou numa gangue daquelas que vasculham o aterro sanitário de Slivenec[27]. Precisam até de um carro para levar de lá tudo o que recolhem!

– O que a senhora está dizendo? – irritou-se o supervisor. – Ninguém teria a menor chance com eles, são um bando subordinado a um tal Demeter, nem o promotor pode com eles.

No final da rua, numa taverna lotada, por sorte encontramos lugar em uma mesa da qual se levantava um grupo de pedreiros de uma obra próxima. Nosso supervisor disse aos que saíam:

– A minha noiva espera um apartamento faz sete anos e na cooperativa falaram que ela deve esperar mais sete, no mínimo. Quando vejo esses comilões folgados, tenho vontade de partir a cara deles. E quem deixou a senhora com esta cara? – dirigiu-se à sra. Vênus. – Não me diga que caiu da escada.

– Mas foi – disse a sra. Vênus com uma voz que eu continuava a admirar –, às vezes as pernas falham.

– No seu lugar, Zoulová, eu não toleraria isso. Vá ao ambulatório – aconselhou o supervisor. – Que façam um relatório e denuncie-o por agressão. A multa vai fazer ele se lembrar!

– Mas ele é quase meu cunhado! – objetou a sra. Vênus.

– Qual, por favor?

– Aquele de Ostrava[28], irmão do Pepa, que morreu faz dois anos. Sempre aparece sem avisar. Uma vez por ano.

– Ainda trabalha nas minas? – interessou-se o supervisor.

– Esse é o problema – explicou Vênus –, ele é tão idiota como o Pepa. Os pulmões já se foram, cheios de fuligem. E o médico, o mesmo assassino que cuidou do Pepa, disse que não poderia conceder-lhe a invalidez, que não lhe dariam a aprovação, e, se escrevesse o que ele tem, mandariam ele limpar lâmpadas por

---

26 Alusão ao poema *Parfois Le Balayeur* [Às vezes o varredor], do poeta francês Jacques Prévert (1900-1977).
27 Distrito de Praga.
28 Terceira maior cidade da República Tcheca, na Morávia.

uma ninharia e a pensão seria um lixo. O criminoso enrolou o Pepa com essa história. Daqui a um ano, prometeu, concederemos a invalidez, o porco prometeu quando o coitado já não conseguia nem subir escadas. No fim de seis meses tanto fazia ter ou não a invalidez. E eu disse para o meu cunhado: "Mas, Véna, veja como o Pepa acabou. Você é bobo? De que serve o dinheiro se você está em outro bairro?". Ele aborreceu-se e eu disse: "Isso é típico de vocês, homens, para quebrar a cara de uma mulher vocês têm coragem, mas se borram nas calças se tiverem que enfrentar seu supervisor".

— Há homens e homens — defendeu-se o supervisor.

— E o senhor fala assim! Quantos anos o senhor esteve no Exército?

— Vinte e cinco anos — percebia-se certo orgulho na resposta do supervisor.

— E quantas vezes entrou em combate?

— Não havia quem combater — replicou o supervisor em tom seco.

— E quem disse isso?

— O soldado luta quando recebe uma ordem — explicou-lhe —, se não recebe a ordem, não pode fazer porcaria nenhuma.

— As mulheres lutariam até sem ordem — cortou-o a sra. Vênus. — Por que acha que não dão armas às mulheres? E por que o senhor fica com essa cara? — dirigiu-se a mim. — O senhor teria sido ao menos um Ho Chi Minh!

— Ouça, Zoulová, sossegue! — observou o supervisor. — Sabe, sempre pensei bem da senhora. Terá logo a oportunidade de comprovar. — Sabíamos todos que havia na companhia a função vaga de encarregado, e o supervisor tinha como certo que o cargo seria seu. — Um dia a senhora também vai se fartar de varrer.

— E o quê? — perguntou a sra. Vênus. — Vai me dar um carro com rodas de ouro?

Dei-me conta de que o capitão escutava a disputa com satisfação. O inventor maluco visitou-me uma vez mais na redação. Foi na época em que botas de soldados estrangeiros ressoavam em Praga. Sentou-se em uma cadeira: o que acabara de acontecer o animara a dedicar-se de novo à solução para a fuligem. Modificou as proporções dos sete solventes e acrescentou catalisadores – agora estava certo dos resultados. O gelo seria convertido em água e a água correria para o mar. Compreendia as consequências? Tinha consciência dos países que seriam inundados pela água, se o nível dos oceanos subisse?

Em um primeiro momento, pensei nos Países Baixos, mas ele tirou do bolso um mapa da Europa e estavam sombreados os territórios que desapareceriam sob as águas. Seriam afetados os Países Baixos, a península da Jutlândia, mas a pior parte seria a das planícies a leste, com as grandes cidades.

Imaginei o Cavaleiro de Bronze[29] com água até a cabeça, desaparecendo devagar nas ondas:

> Destinados pela natureza
> A cortar uma janela para a Europa
> Fincar pés firmes junto ao mar
> Aqui em suas novas ondas
> Todas as bandeiras irão visitar-nos
> E livres no espaço

– Entende agora? – perguntou, e juntou as mãos como em oração.

> Cerco! Ataque! Ondas ferinas,
> Canoas sobem às janelas feito ladrões.
> Vidraças partidas golpeiam a popa
> Hospedam velas molhadas
> Destroços de cabanas, toras, telhados,
> Mercadorias do comércio
> Pálidas ruínas de nada
> Pontes demolidas por tormenta
> Caixões de cemitério devastado

---

29 Referência ao poema *O cavaleiro de bronze* (1833), do poeta e escritor russo Aleksandr Sierguéievitch Púchkin (1799-1837), que dá nome à estátua equestre do imperador Pedro, o Grande, em São Petersburgo (tornou-se um dos símbolos da cidade), criada pelo escultor francês Étienne-Maurice Falconet (1716-1791).

Entendi. Tivesse ou não a mente perturbada, ardia nele uma chama que nós todos, os outros, com malícia afogávamos por prudência.

Sempre desejei que a vida ardesse com pureza dentro de mim; por que viver e hospedar a penumbra em nosso interior, viver e exalar a morte? Que sentido teria?

Mas que chama ardeu em mim durante os últimos anos? Não era capaz de responder, a razão abandonou-me. Tudo o que me havia rodeado, tudo o que tinha significado, o que me enchia de alegria ou dor, aplainou-se e jazia a meus pés feito tela desbotada.

Nosso filho passava as noites sozinho tocando canções de seus cantores preferidos. Os textos dessas canções criticavam, persistentes e vigorosos, o estado sinistro de nossa sociedade. Ele aferrou-se a um protesto parcial como se desejasse compensar a parcialidade com a qual eu dava as costas a todas as injustiças que ameaçavam distanciar-me da paisagem de minha felicidade.

Nossa filha costumava chegar tarde em casa, exalando vinho e fumaça de cigarro, e proferia falas cínicas sobre o amor. Não encontrava o amor que procurava porque eu o havia encontrado ou, ao contrário, por ser capaz de ver além enquanto eu estava cego?

Minha mulher ia a sessões regulares com seu psicanalista, ela também descia a seu abismo, submergia nele com confiança, guiada pela luz de um sábio mestre, e chegava a conclusões inesperadas sobre si própria e sobre mim, sobre seu relacionamento com a mãe e meu relacionamento com a mamãe; alegrava-se por ter aprendido finalmente a compreender-se e a melhorar com isso. Lamentava que eu não me animasse a fazer algo assim, que não aspirasse a conhecer-me, que me agarrasse a falácias sobre mim mesmo.

As pessoas a quem eu amava sabiam como eu deveria viver, sabiam o que era correto na vida, a ordem dos valores, ao passo que eu era o único que me debatia entre inseguranças.

Não duvidava que minha mulher tivesse me superado havia tempo com o conhecimento dos mistérios ocultos da alma, da origem das paixões e sentimentos humanos e das razões das inesperadas quedas, mas o que sabia de meus impulsos, de minha paixão e de meu naufrágio? Aqueles que nos são mais próximos são os que menos nos veem, percebem-nos de memória. Ela começou a ler livros sobre costumes e rituais indígenas, de povos que nunca vira, e o mais provável é que nunca visse a terra natal deles, e queria convencer-me de que na vida das pessoas, inclusive na nossa, faltavam rituais. Durante esses anos todos, interessamo-nos pouco um pelo outro, a monotonia instalara-se em nosso relacionamento. Ela perguntou-me se podia ler um fragmento de seu estudo sobre sacrifício e autossacrifício, e eu disse que a ouviria com prazer. Deitei-me no sofá, a cabeça junto à cadeira em que estava sentada, esforçava-me em prestar atenção, mas o cansaço me vencia, o sentido das palavras escapava-me. De vez em quando, lançava um olhar para minha mulher, já estamos havia 25 anos juntos, ao mesmo tempo sem estarmos. Compreendi seu interesse e esforcei-me para capturar o sentido de algumas de suas frases. Por um momento ela ergueu os olhos do papel e perguntou angustiada se não me estava aborrecendo, e respondi apressado que não, que me interessava o problema dos bodes expiatórios – foi meu próprio destino na infância –, assim como o que ouvira a respeito dos rituais de imolação dos ndemba e do povo khond da Índia, embora me consternasse o grau de crueldade ou de sadismo oculto na natureza humana. Ficou satisfeita e prosseguiu a leitura, enquanto me acariciava a cabeça com os dedos. Percebi depressa sua proximidade e angustiou-me o fato de não conseguir estar ali com ela de modo pleno, e sentia culpa pela minha falta de atenção, uma culpa infantil: mamãe inclina-se sobre mim com amor, e, para esconder meus sentimentos, finjo que não percebo, que durmo. Inspirava-me ternura e lástima tê-la deixado falar tanto tempo, deixar que lesse em voz alta sem que eu a escutasse. Queria tê-la abraçado e ter contado tudo o que me afligia: Perdoe-me e fique sempre assim comigo! E pedir à minha alma: Fique com ela, é a sua mulher! E pedir à minha alma: Sossegue!

E pedir àquela outra: Deixe-me ir sem rancor e sem a sensação de injustiça! Eu disse em voz alta: Você fez um bom trabalho mesmo. E ela sorriu-me com seu antigo sorriso de adolescente.

– Uma vez trabalhei num barco capitaneado por uma mulher – disse o capitão –, foi no Báltico.

– Como se chamava? – interessou-se o supervisor.

– Aquela velhota? Não sei. O barco chamava-se *Delfín*, era da fábrica de pescados. Estávamos testando o motor após uma revisão geral, ou seja, saímos com o barco vazio, apenas seis homens, aquela mulher e eu.

– Era a única mulher entre os seis homens? – o supervisor esperava uma história com trama erótica. Mas o capitão tinha outros interesses. Saímos de Warnemünde[30] na direção norte e logo viramos 30 graus leste, porque do contrário em pouco tempo atracaríamos no porto dinamarquês de Gedser. Soprava o vento noroeste e chovia, visibilidade de uns 300 metros. Depois de uma hora, algo parecia flutuar no mar. Parecia inacreditável a 15 milhas da costa, mas eram duas pessoas, um homem e uma mulher num colchonete de borracha, ambos em roupa de banho.

– O vento os afastou da costa? – questionou o jovem.

– Por favor, acabei de dizer que o vento soprava na direção da costa. Queriam chegar à Dinamarca. De noite, cruzaram o cordão de vigilância, o mau tempo favoreceu. – O capitão, toda vez que se afastava do terreno de suas fantasias, era lógico e racional. – Quando os viram, os dois náufragos começaram a remar feito loucos para afastar-se do barco, mas a capitã mandou baixar um bote e conduzi-los ao convés. Os pobres estavam congelados, apesar disso imploravam que fossem deixados na água, porque lhes faltava apenas meio dia, mas a velhota decidiu que deveríamos entregá-los.

– E o que aconteceu com eles? – perguntei.

– Sei lá eu – disse o capitão –, no lugar deles eu teria construído um bote que ninguém alcançasse. Mas gente como aquela não tem nenhuma ideia de técnica. Arriscam atravessar nadando, nado de costas, de peito. Então ninguém volta a vê-los a menos que a água os devolva à costa. – O capitão puxou o quepe para trás e tomou umas e outras. Entre seus planos estava o projeto de um pequeno bote submarino propelido

---

30 Estância balneária na cidade de Rostock, Alemanha, no mar Báltico.

a ar comprimido ou com um mecanismo movido a propano e butano.

— Pois é, ninguém tem a vida garantida — disse o supervisor, para lembrar-nos que estava ali.

— Mas por que tentam — surpreendeu-se o jovenzinho —, se sabem que não têm possiblidade alguma?

— Porque são uns estúpidos — interveio o supervisor de novo —, todos acreditam que serão a exceção. Que estupidez!

— Talvez não sejam estúpidos!

— Ou o quê, então? — admirou-se o supervisor com a minha objeção.

— Se os deixassem ir de barco, não tentariam assim. Nem todos podem se sentar num barco e ir aonde desejam, não é verdade? — dirigiu-se o supervisor aos demais. — Se vejo que não me deixam ir, me sento sobre meu traseiro e espero.

Conseguimos por milagre um pequeno quarto com um beliche em uma casinha de tijolos onde a península de Dars é mais estreita. Do jardim, onde amadurecia a groselha- preta, via-se a superfície da baía do mar, sobre a qual havia mastros e velas coloridos, acima gaivotas, e sobre elas o céu azul e sem nuvens durante a maior parte dos dias que ficamos nessa área em geral chuvosa; no outro lado, logo além da estrada havia um campo de trigo num suave declive. Em um ônibus colorido fomos até a parada Três Carvalhos e seguindo uma estrada de areia chegamos a uma praia tão limpa quanto todo o resto. Ali cravamos na areia alguns gravetos que havíamos recolhido, e, lavado e limpo com a água do mar, penduramos sobre eles um pano amarelo que ficou coberto de pequenos besouros pretos, enterramos uma garrafa de limonada na areia, esticamos um cobertor sobre a areia e deitamo-nos. Passávamos as horas deitados, horas de imobilidade e proximidade mútua. Antes nunca suportara ficar à beira da água nem algumas horas, assustava-me o vazio da inatividade. Não sabia ficar completamente à toa, assim como não sabia amar por completo nem me entregar por completo ao trabalho, embora o provável é que tenha me entregado ao trabalho mais que a qualquer outra coisa, precisava fugir do buraco negro que via uma vez ou outra enquanto descansava, mas agora via apenas o mar, o sol e a face dela cheia de amor. O tempo transcorria com lentidão maior e por vezes lia Kierkegaard ou a história de Adrian Leverkün tal como o havia imaginado e narrado, no mesmo transcurso arrastado, um Thomas Mann envelhecido. Outras vezes lia em voz alta, ela escutava esses textos com a concentração de alguém que fez tudo na vida com plenitude, quando nesse tórrido deserto de areia em que uma vastidão de corpos desnudos se entregava à mais incondicional inatividade, li que a ação e a decisão em nossos tempos – portanto de Kierkegaard – eram tão raros quanto a embriaguez de uma singradura perigosa para quem navega em águas rasas, ou que já não era certo que o homem seria valorizado por suas ações, notei em sua concentração uma aprovação por demais entusiasmada e apaixonada e compreendi que ao ler essas frases ia contra mim mesmo, que não fazia mais que alimentar seu discurso acusatório quieto, constante e mal dissimulado. Discutíamos as declarações do filósofo fingindo que não falávamos de nós mesmos ou de nossa contenda, discutíamos até o momento em que eu sacudia do livro os grãozinhos de areia e o punha na sacola. Então ficávamos deitados, tocávamo-nos com o nosso corpo desnudo e observávamos as cristas alvas das ondas capazes de tocar-se sem causar nem prazer nem dor. Só nos levantávamos ao anoitecer, subíamos pelas dunas e voltávamos à estrada, caminhávamos ao longo de lixeiras metálicas entre roseirais silvestres em flor.

Os entardeceres no norte eram longos. Após a refeição retornávamos à praia, já deserta. Ela sentava em uma falésia com as pernas cruzadas e contemplava o sol perdendo intensidade, enquanto eu observava a superfície sombria da água e notava que no horizonte se desenhava um sinistro cordão de barcos que devia estagnar até a zona mais livre e desmedida das águas, observava-a também, qual uma estátua, e compreendia que no silêncio do mar, na solidão da água, distanciava-se de mim, transformava-se num ser desconhecido habitante de territórios inacessíveis, ao passo que eu era incapaz de resolver se sentia tristeza ou se, ao contrário, se apoderava de mim o alívio.

Também alugávamos bicicletas e saíamos cedo pela manhã, não pela estrada, mas pelos caminhos de areia, por trilhas que se entrelaçavam nas estreitas colinas que se erguiam sobre o mar.

Com o estrondo das ondas e o uivo do vento, paramos, na verdade abraçamo-nos, sentamo-nos e contemplamos as costas marítimas distantes. Continuamos então em direção ao oeste, as bicicletas afundam na areia e precisamos carregá-las. Diante de nós estende-se uma superfície verde-escura de charnecas, entramos ali; solo negro, tramas cada vez mais espessas de raízes cruzam o caminho, no ar zumbem mosquitos, a trilha desaparece, não sabemos onde estamos nem se devemos voltar ou prosseguir por um caminho inexistente. As bicicletas tornam-se desnecessárias, nós a levamos ao lado, procuro onde continuar, enquanto isso ela vê entre os galhos retorcidos rosto de espíritos e no uivo do vento ouve os sussurros dos mortos, o último suspiro dos suicidas, o inútil chamado dos afogados, na vegetação rasteira contorce-se um feiticeiro cujo corpo não tem alma, sobre a copa das árvores esvoaçam silenciosos corvos escuros. Contornamos pântanos, deles vaza gás borbulhante, chegamos à estrada. Agora ela caminha diante de mim, seus cabelos que seriam quase grisalhos se não os tingisse de loiro reluzem em sua cabeça. Aproximamo-nos do balneário de Müritz, onde meio século antes nosso compatriota e fracassado amante Franz Kafka havia preparado sua queda no buraco negro, então sua frágil alma combinou com seus pulmões enfermos de abandonar a luta exaustiva.

Andamos por ruas que não tiveram tempo ainda de expulsar o espírito *fin-de-siècle* eliminado de nossa cidade natal: sedentos, tomamos cerveja em uma banca de rua; famintos, sentamo-nos a uma mesinha lascada em um café antiquado. Estamos um diante do outro — longe dos nossos, num café desconhecido de uma cidade desconhecida comemos bolo, calamos, olhamos um para o outro e enxergo tanta entrega em seus olhos como nunca acreditei que veria, sinto que me atinge fundo, invade-me, que se armazena em cada célula de meu corpo. Não sei como e quando concluirei minha luta, se nesse momento minha alma será capaz de alçar voo, deixar-se levar livre pelo impulso mais natural até os rincões de seu desejo, até os lugares em que estremecemos de felicidade pela proximidade do ser amado, se virá até esta mesa lascada já abandonada e esboçará pela última vez um sorriso em um súbito momento de alívio e se se entregará a seu destino.

Também paramos na catedral de Güstrow[31] diante do anjo flutuante de Barlach. Vejo como minha amada estremece, alça-se até aquelas formas sublimes, distancia-se de mim até alturas que não consigo ver, onde apenas os anjos se reúnem e acaso moram as almas dos mestres. Afasto-me sem ser visto, sento-me em um banco no canto do templo e espero que ela volte para mim.

Nach der Rede des Führers am Tage der Deutschen Kunst in München haben die zuständigen Stellen nunmehr beschlossen, das von dem Bildhauer Ernst Barlach im Jahre 1926 geschaffene Ehremal für die Gefallenen des Weltkrieges aus dem Dom in Güstrow entfernen zu lassen. Die Abnahme wird in den nächsten Tagen erflogen. Das Ehrenmal sol einen schwebenden Engel darstellen und war schon seit langem ein Gegenstand heftigster Angriffe.[32]

Quando finalmente voltou, tinha lágrimas nos olhos.

Você acha que conseguiria fazer um anjo assim?

Não sei. É possível, não estou obstinada o suficiente – nem pela pedra nem pela madeira.

Não pergunto que obsessão tem, isso eu sei. Suspeito, entretanto, que ela ambiciona ao preço da exaustão, se for preciso, que estremeçam aqueles que virem seu trabalho.

No dia seguinte desce à praia, onde a areia absorve a água do mar, ali os dedos acostumados a obter formas com matéria informe criam o relevo de uma criatura que lembra mais um minotauro alado que um anjo, a face da criatura se parece comigo, mas sorri em todas as direções do mundo.

Ao redor param grupos de banhistas, observam com admiração como brota sua obra, mas ela finge não vê-los, só quer saber se gosto do que criou na areia.

Gosto muito, respondo, para contentá-la com o jogo de palavras. Lamento apenas que essa estranha criatura com meu rosto não sobreviva à próxima maré alta.

---

31 Cidade na Pomerânia Ocidental, Alemanha.

32 Em alemão, no original: "Depois do discurso pronunciado pelo Führer no Dia da Arte Alemã, em Munique, as autoridades competentes decidiram retirar da catedral de Güstrow o monumento aos caídos na [Primeira] Guerra Mundial, criado em 1926 pelo escultor Ernst Barlach. A retirada ocorrerá nos próximos dias. O monumento representa um anjo que flutua no ar e há muito tempo tem sido objeto dos mais violentos ataques".

E daí? Amanhã podemos fazer outro, se tivermos vontade. Ao menos não sobrecarregamos o mundo com uma forma a mais.

Isso percebemos ambos, que o mundo já se queixa por estar sufocado com a inundação de formas, sepultado sob montes de coisas, estrangulado por pensamentos que fingem ser necessários, úteis e formosos e ter direito à vida eterna.

Nós não precisamos nem de coisas nem de formas, afirma, basta termos um ao outro.

Estamos juntos enquanto o dia passa, enquanto cai a noite, estamos tão juntos que nos esgota, o fogo abrasa-nos e abrasa-a com tal fogo que me assusto: e se as cinzas nos sepultarem e não nos levantarmos delas?

Nunca estive tão próximo de ninguém, nunca conheci uma pessoa capaz de entregar-se a mim assim, capaz de tal paixão, tal perseverança.

Talvez ambos tenhamos reunido forças durante a vida toda para este momento, para este encontro, e tenhamo-nos dirigido até aqui em nossos sonhos, a este quartinho, a estas paisagens marítimas onde a água, a areia e o céu se dissolvem, onde o tempo flui límpido e silencioso, talvez tenhamos ansiado vir aqui nos momentos de solidão. E enfim, quando nosso corpo está completamente exausto, quando a noite de verão nórdica tem os últimos suspiros, preparo-me para deitar em meu leito, ela pede que não me vá, que ao menos fique aqui com ela, e eu espero imóvel embora aspire à solidão, tantos dias de união absoluta esgotaram-me, desejo um momento de isolamento; em meio a esse estranho mundo em que estou em êxtase, tenho saudade do monótono funcionamento do lar. Mas tenho ainda um lar? Eu próprio estou destruindo-o. Nossa filha saiu de casa, ela própria é mãe, nosso filho irá embora o quanto antes. E minha mulher sorri-me ainda, onde estará de fato? O que restou de nosso amor?

A saudade cresce em mim, a dor é absurda porque olha para trás, dor pela vida que transcorre rápida, contra isso quero rebelar-me agora.

Aquela outra está deitada a meu lado. Dorme. A respiração acalmou-se, seu espírito sossegou. Tento adivinhar-lhe os traços, inclino-me sobre ela, não a beijo, contemplo-a, esse ser distante que fui incapaz de acolher em mim, de aceitar de modo pleno. Desço em silêncio e deito-me no leito inferior, fito a escuridão diante de mim. Fora um gato mia ruidoso e o vento semeia tempestade. Levanto-me e escancaro a janela, no céu escuro acende-se de vez em quando um relâmpago mudo a iluminar o plátano robusto no jardim.

De repente vejo-a: minha mulher. O relâmpago a ilumina, está sentada em um banco, esperando-me. Vamos juntos pela trilha do parque, empurro um carrinho, as rodas caem com frequência, mas não temos dinheiro para um novo, empurro-o pelo vale do Prokop, subo para o lado de Bělohrad,[33] um remorso incomensurável resiste, mas o que farei? Em meu interior abrigo incontáveis dias e noites compartilhados dos quais o tempo carregou tudo o que não era firme, neste campo outonal ficaram rochedos que já não podem ser retirados e, ainda que os evite, não consigo desfazer-me deles, pois basta olhar para trás e ei-los: erguidos feito marcos imbatíveis, observam-me como moais, gigantes de pedra, à espera de que eu desista. Dou mais alguns passos, mas sinto pelas costas seu olhar pétreo, as pernas pesam-me cada vez mais, acabo parando. Não retorno nem vou adiante, fico de pé no vazio, fico de pé entre dois campos, a intersecção de duas chamadas que se cruzam, estou pregado na cruz, como me moverei?

E aquela outra, a quem me entreguei, à qual me lancei por fraqueza, por desejo, por solidão, por um transtorno dos sentidos, por paixão, por vaidade, na esperança de esquecer por um momento minha mortalidade, queixa-se de minha imobilidade, amaldiçoa-a e amaldiçoa minha mulher, e não a mim.

E agora estou aqui parado em pé, ela dorme às minhas costas, enquanto espero junto à janela que minha mulher erga o olhar e me enxergue. Mas ela não me vê. De repente tomo consciência da distância. Entre nós há montanhas e rios, a vida e a morte, a traição e a mentira, anos de desejos insatisfeitos e falsas esperanças. Vejo como minha mulher começa a tremer como uma imagem na superfície da água sobre a qual caiu a primeira gota, em um gesto rápido estico os braços em direção à

---

33 Prokop é uma área de lazer a 15 quilômetros de Praga, e Bělohrad, um balneário a 121 quilômetros do vale Prokop.

janela para retê-la, para salvá-la, para puxá-la até mim daquela distância, mas é em vão, a chuva engrossa e me dou conta de que a outra observa-me às minhas costas. Querido, diz, o que faz aí, por que não dorme?

Fui fechar a janela, disse, está começando a chover.

Levantei-me da mesa junto com o sr. Rada. Mal saímos na rua, ele não aguentou e contou-me o que queria ocultar dos demais.

— Voltei ontem de Svatá Hora[34], ouviu falar disso?

Até nossos jornais *jerkish* mencionaram que houve a famosa procissão e o encontro de crentes, provavelmente para retratar como uma celebração pela paz.

— Aquilo foi grandioso! — alegrou-se. Pelo visto, trouxe de lá o livrinho do qual desde a manhã lia-me um fragmento, ou ao menos o gosto ou o entusiasmo para lê-lo, se preciso na rua.

Costumávamos ir juntos receber o pagamento. Falei-lhe da redação em que trabalhei antes. Os livros que escrevi, eu não mencionei. Confessou-me que em sua vida sempre precisou fazer algo diferente do que desejava fazer. Estudou para ser padre, mas trabalhou como mineiro, caldeireiro, guarda de armazém, ajudante de palco e por fim como caminhoneiro. Agora, para melhorar a situação da mãe, trabalhava de gari para ter uma renda extra. Nesse trabalho apreciava estar ao ar livre, muitas vezes em jardins, era um homem do campo. Tinha a impressão de fazer um trabalho útil. Em uma cidade cheia de lixo, as pessoas podem ao menos encontrar um lugar para dormir e armazenar coisas, nunca para fundar um lar e experimentar o sentimento enobrecedor de pertencimento a um lugar, aos semelhantes, a Deus. As pessoas de hoje parecem nômades, queixava-se, vagueiam de um lar para outro, carregam suas deidades e penates. Não se apegam a ninguém nem a lugar algum, muitas vezes nem criam os filhos. Ou os matam quando ainda estão no seio materno ou os abandonam em sua conquista de prazer. E essas crianças, como viverão, se nem

---

34 Svatá Hora (Montanha Sagrada, em tcheco) situa-se em Příbram, na Boêmia Central. Peregrinos vão lá para ver a imagem gótica, em madeira, da Virgem Maria de Svatá Hora.

conheceram um lar? Crescerão e serão uns hunos, cobrirão o mundo e o devastarão.

De seu destino, no entanto, não se queixava. De tudo o que acontecera fala sem rancor.

– Éramos pelo menos 30 mil, a maioria jovens – alegrava-se agora, como se tivesse esquecido as próprias previsões de agouro.

À noite sentavam-se diante do templo ou nos campos próximos, passavam o tempo rezando ou cantando. Só *São Václav, duque das terras tchecas*, cantaram três vezes. Se tivesse ouvido como soava esse cântico ao ar livre, também me confortaria a esperança de que algum dia chegariam tempos melhores.

Andávamos pela ruazinha que contorna as muralhas do pequeno parque. O sr. Rada estava encantado com o que me contava, mas não resisti e levantei o olhar para a conhecida janela que o artista convertera em sala de exposições. O enforcado desaparecera muito antes, substituía-o um cisne de três pernas e mais tarde uma bomba que em vez de água expelia areia suja ou talvez cinzas, que vertia sobre a cabeça de uma mulher em cuja bela face de gesso pareciam lágrimas solidificadas. Agora já não estavam ali nem a cabeça nem a nuvenzinha de cinzas, sentado sobre um cavalinho havia um boneco feito como o corcel de pedaços de plástico recolhidos em um depósito de lixo: embalagens velhas, recipientes de óleo de motor, velhos aerossóis, brinquedos feios de bebês e cacos coloridos de pias e gamelas. A boca aberta era representada por uma manteigueira vermelha, de um olho espiava um frasco de cola verde-berrante da marca Koh-I-Noor e do outro a cabeça de uma boneca de cabelo escuro. À primeira vista o ginete parecia divertido, um jogo, um Dom Quixote moderno que sai com sua armadura para conquistar o mundo, mas ao observá-lo com mais atenção percebi que o cavaleiro mostrava finos dentes de poliestireno e também ossos descarnados. Não era um cavaleiro nobre e maluco, mas o quarto cavaleiro do Apocalipse, tal como Dürer o vira. "Olhei e vi um cavalo branco e seu ginete chamava-se Morte e deixou atrás de si o mundo dos mortos", um cavaleiro com uma cabeça como o da cratera infernal de *A mulher louca*, de Bruegel.

Que mente terá esse criador desconhecido? Por que e para quem organiza exposições em uma ruela na qual poucos se perdem? Por que pensa tão amiúde na morte?

— Esses jovens — falava o sr. Rada com entusiasmo — já se deram conta de que lhes impuseram valores perversos. Desde a infância ensinaram que o ódio e a guerra movem a história. Que não existe nada mais elevado acima do homem! E eles vieram a fim de rezar e ouvir a nova sobre aquele que reina sobre nós e que inclina com amor sobre nós. É possível — concluiu — que a graça divina nos conceda uma era de ressurreição, de nova era cristã.

Transmitiu-me sua alegria e pressupunha que eu compartilhava plenamente dela. Sem dúvida, é reconfortante ouvir que as pessoas não se conformam com a imagem *jerkish* da felicidade. Mas pouco antes de ler em voz alta que o homem divinizara a si próprio e abandonara o caminho, ocorreu-me que o homem podia comportar-se com soberba não apenas quando se autodiviniza e se proclama a nata da matéria e da vida, mas também quando se convence de ter compreendido o incompreensível de modo correto e de ter expressado o intraduzível, quando inventa dogmas infalíveis e com a razão, que deseja crer, lança-se a territórios aos quais antes nem sequer poderia baixar o olhar e permanecer em silêncio. Poderíamos falar mais sobre isso, quando e onde ocorreu o desvio fatídico (se é que ocorreu), o desvio que deu lugar ao espírito soberbo de nossa época, e poderíamos discutir até onde deveríamos remontar para remediar, se o fizéssemos que sentido teria semelhante disputa, se não há como voltar na vida do homem nem na vida da humanidade?

— E o seu irmão? — ocorreu-me, quando terminou de falar. — Estava lá com você?

— Aquele? — fez um gesto com a mão. — Poderia perder sua carreira! — Suas próprias palavras pareceram-lhe severas demais e então acrescentou: — Aquele ia preferir uma procissão budista.

Papai já estava no hospital havia uma semana. Nos últimos tempos, antes que a febre começasse a martirizá-lo, queixava-se de que não conseguia dormir à noite. Eu quis saber por quê, mas não respondeu, falou de um ardor indefinido, uma dor indescritível, mas eu suspeitava que o que o afligia era angústia. Sua razão, que durante a vida inteira se dedicara à matéria calculável, sabia que nada desaparecia deste mundo por completo, sabia também que nada conservava a forma e o aspecto para sempre, que nesse eterno e incessante movimento da matéria desapareciam sem exceção todas as criaturas e até as máquinas mais sofisticadas, os mundos e as galáxias. A razão de meu pai sabia que tudo estava sujeito a essa lei, assim, por que seria exceção justo a alma humana? Só porque o próprio Criador lhe insuflara vida? Ele próprio, se existisse, estaria sujeito a essa lei, mas que sentido teria um Deus cuja existência e aspecto estivessem sujeitos à mesma lei que todos os demais, um Deus que estivesse sujeito à passagem do tempo?

Papai encontrava-se na fronteira que sua mente racional pôde imaginar, o escuro abismo produz-lhe uma gélida angústia noturna que o abatera – e não sou capaz de consolá-lo. Meu querido pai, como posso ajudar, como posso proteger você da angústia da queda, eu, que nem fui capaz de queimar sua febre? Sou apenas seu filho, não me foi dado o poder de liberar você das trevas, nem a ninguém mais.

Está deitado em um quarto branco que cheira a hospital e a suor de moribundos. Os antibióticos cortaram-lhe a febre por enquanto e os antidepressivos entorpeceram a angústia. Entre os três leitos, deram-lhe o do meio. À sua esquerda desvairava um gordão que à noite era atacado com radiação por estranhos invasores de rostos cobertos, à sua direita agonizava um velho enrugado, todo perfurado por agulhas hipodérmicas.

Papai estava sentado na cama e recebeu-me com um sorriso. Alimentei-o, então tirei da mesinha uma maquininha e ofereci-me para barbeá-lo. Ele assentiu com a cabeça. Ultimamente mal falava. Talvez não tivesse forças ou não soubesse o que me dizer. Nunca falou comigo de coisas íntimas, tampouco de coisas abstratas, em seu mundo da razão não havia lugar para deliberações que se afastassem demais da terra. De que falaria agora quando a terra se afastava dele? E sobre o que poderia eu falar?

O moribundo da direita saiu por um momento de seu estado de inconsciência e gemeu algo sussurrando.

– Coitado – disse papai –, já está nas últimas!

Ajudei-o a levantar-se. Peguei-o debaixo do braço, e arrastando os pés com passos pequenos ele saiu no corredor. Teria gostado de contar-lhe algo bonito e alentador, algo significativo.

– Tenho sonhos estranhos – confessou-me. – Decretavam a colheita de beterraba, Stálin a dirigia em pessoa. Precisei ir e tinha medo de que percebesse que eu trabalhava mal.

Durante o regime de Stálin, com a perversa intenção de atingi-lo onde mais lhe doía, papai fora condenado com a desculpa de que trabalhava mal.

Poderia ter-lhe dito que sempre admirei sua capacidade de concentrar-se no trabalho, que conheci os resultados extraordinários que alcançara, mas teria soado uma frase retirada de um discurso funerário antecipado. Ele sabia melhor que ninguém o que conseguira e também o que eu pensava de seu trabalho.

Aproximávamo-nos do final do corredor – tudo estava limpo e reluzente quase como era em nossa casa. Passeávamos sozinhos ali, apenas ao longe uma enfermeira saiu apressada de uma porta e entrou em outra. Poucos dias antes papai aborrecera-se com a enfermeira, porque lhe parecia que trabalhava de má vontade, agora não se queixava mais. Sentou-se em uma cadeira junto a uma janela aberta, o suor colava seu cabelo grisalho. Olhou para fora, o vento espalhava as folhas amarelas das bétulas, mas era provável que papai não as percebesse, ele tinha o olhar nas alturas, que amiúde contemplara com interesse; seguiu-se uma explosão e ele assustou-se.

– É um disparate – disse em voz baixa – brincar com isso. Toda tecnologia uma hora falha. Se não pararem, será o fim. Você deveria dizer isso a eles!

– Eu?

– Deveria dizer isso a eles. – Papai continuava a olhar pela janela, agora calado. Ouviu-se o ronco de um avião que passou voando, não se estatelou, deixou atrás de si uma desnecessária faixa branca de gases tóxicos.

Ele por acaso pronunciara o mais importante que havia planejado comunicar-me? Ou queria apenas confessar sua decepção: esses fantásticos motores que imaginara e calculara durante a vida inteira elevam o homem às alturas, mas nunca conseguiriam levá-lo ao Jardim do Éden, ao contrário, havia o risco de convertê-lo em cinzas antes da hora.

Ajudei-o a levantar-se e voltamos ao quarto. Coloquei-o na cama, arrumei o cobertor, elogiei como andou bem. Devia ter perguntado, enquanto tínhamos tempo, se havia algo que quisesse contar e não tinha dito, se queria dar-me alguma ordem, conselho ou mensagem. Se deixava em algum lugar um túmulo do qual deveria cuidar em seu lugar, algum ser solitário para visitar. Mas papai não pensava em túmulos, teria parecido insensato perder tempo com mortos, conselhos não se atrevia a dar-me porque suas esperanças não foram cumpridas, se houve alguma mulher que amou e de quem nunca me falou, decidiu não me sobrecarregar com o nome dela; não restava nada que desejasse transmitir-me.

Talvez eu devesse contar-lhe que em suas decepções eu encontrava mais esperanças que outra coisa, porque ele enganara a própria razão, tão segura de si que acreditava saber tudo e negava-se a deixar um lugar para o inexplicável, ou seja, para Deus, a eternidade ou a salvação. Seria capaz de me entender, ainda me escutaria?

Percebi que o queixo caiu-lhe no peito, que dormia todo voltado para um lado. Afrouxei o mecanismo na parte traseira da cama e ajeitei-o em posição horizontal. Papai não acordou enquanto o deitava, não abriu os olhos quando lhe acariciei a testa.

Esperava-me em casa o jovem que por coincidência vinha de uma cidade nas imediações de Svatá Hora. Uns dois anos antes eu havia lido meus contos em sua casa, para ele e alguns de seus amigos. Desde então ele visitava-me de vez em quando para conversar sobre literatura. Vinha sempre arrumado de modo exemplar, o cabelo claro parecia ter sido penteado por um cabeleireiro, e nos olhos cinzentos carregava uma espécie de ansiedade dolorosa, como se tivesse recebido mais fardos e responsabilidades da vida do que podia suportar. Interessava-se por Kierkegaard, Kafka e Joyce, também por cinema e artes plásticas. Em um dos contos que eu lera em voz alta naquela noite, havia menção a Hegedušić; quando terminei, ele chamou minha atenção para que em nosso país havia um curta-metragem sobre o artista. Surpreendeu-me que um jovem que trabalhava como técnico de minas nas proximidades de Svatá Hora se interessasse por aquele pintor iugoslavo. Parecia suspeito que tenha aparecido um dia depois da famosa peregrinação, mas nem sequer chegou a mencioná-la, o que me tranquilizou. Veio pedir conselho a respeito de seu futuro. Decidiu não continuar nas minas. Procurava um trabalho não qualificado e tentaria fazer estudos a distância sobre estética, história da arte ou literatura. O trabalho que executava, tentava explicar-me, não fazia sentido. As pessoas entre as quais precisava mover-se davam-lhe asco. Se soubesse entre que pessoas precisaria mover-se, se conseguisse chegar aonde desejava. Mas não gosto de transmitir minhas animosidades aos demais. Procurei o artigo recente de um destacado redator *jerkish* indicado para a faculdade a fim de propagar o esquecimento da literatura.

Li umas frases introdutórias do artigo, que explicava que o comunismo presumia maior liberdade para o homem e o gênero humano, oferecendo ao escritor uma margem de liberdade sem precedentes, ao passo que nos Estados Unidos, esse bastião da escravidão, os maiores artistas, como Charles Chaplin, precisaram fugir.

Meu visitante sorria. Era-lhe mais suportável escutar de forma voluntária e gratuita os desvarios *jerkish* que, em troca de um bom salário, devastar e contaminar o meio ambiente extraindo um mineral com o qual os demais, com salário igual, fabricam um explosivo capaz de transformar tudo em chamas.

O que está no começo e o que está no fim? A palavra ou o fogo, o despautério ou a explosão?

Quando falamos em explosivos, meu visitante lembrou que, em sua cidadezinha, pouco tempo antes criminosos desconhecidos fizeram voar pelos ares a estátua de um "presidente operário". O presidente morrera fazia mais de trinta anos, meu visitante não recorda, a respeito dele sabia apenas que nos impusera a todos "o grau máximo de liberdade do homem e do gênero humano", e também que foram liquidados muitos inocentes, inclusive seus próprios amigos e camaradas. Meu visitante quer saber o que penso sobre a destruição da estátua. Parece-me que as pessoas nem sequer tomam conhecimento dos monumentos, em especial dos novos, e se prestassem atenção, as estátuas não teriam nada com que as impressionar. E como poderiam despertar o interesse de alguém imagens de umas botas, abrigos, calças e pastas sobre as quais aparece um rosto, só uma sexta parte do conjunto, em que não divisamos nem espírito nem alma? O que incomoda nos monumentos das pessoas declaradas pelas autoridades como grandes homens é que são feios e miseráveis, ou seja, que enfeiam o entorno. Mas é difícil que seja diferente, se consideramos as pessoas que reproduzem e as habilidades dos artistas encarregados da criação dessas estátuas em troca de excelente remuneração. E tantas coisas enfeiam o mundo! Se quisessem destruí-las todas, onde iríamos parar? Destruir é mais fácil do que criar, e tanta gente decide demonstrar em público o que rejeita. Mas o que compartilhariam se lhes perguntássemos por que lutam?

O jovem assente com a cabeça. Espera que a escola o ajude a descobrir algo por que lutar. Ainda se desculpa por ter-me incomodado tão tarde e desaparece na noite.

Os budistas têm sua própria percepção do Apocalipse. Quando o peso de todas as nossas boas ações, nosso amor ou abnegação for menor que o de nossos malfeitos, o equilíbrio do universo entre o bem e o mal será alterado. Então de todos os rochedos da terra e de todas as águas aparecerão serpentes, crocodilos e monstros de muitas cabeças, parecidos com dragões e lagartos que vomitarão fogo e devorarão a humanidade de forma gradual.

Assim se restabelecerá a harmonia destruída e imperará o equilíbrio do silêncio e do nada.

Noite e silêncio e nada. Na cidade que dorme, tantos os que nos são distantes como os próximos, queridos ou alheios perdem-se nas trevas. Onde, em que trevas se nos esvai Deus?

A razão inquieta costuma penetrar nas profundidades humanas, da Terra e do universo, até chegar a uma fronteira além da qual começa o mistério. Ali se detém ou segue adiante, sem perceber ou sem querer perceber que manda suas perguntas ao vazio.

Em suas interrogações, Kafka para no primeiro passo, em si próprio, porque ali já deparou com uma profundidade impenetrável. Num mundo cada vez mais dominado pela razão, que crê saber tudo sobre o mundo e a respeito de si, Kafka descobriu de novo o mistério que era o que vivia.

Inesperadamente, o telefone toca. Corri até o aparelho, levantei o fone, manifestei-me, mas do outro lado persistia o silêncio. Escutava-me e calava-se. Recoloquei o fone no gancho, levantei-o de novo, o silêncio desapareceu, havia linha outra vez.

Foi você?

Não se aborreça, querido. Já estava dormindo? Estou sozinha. Estava deitada, lia e de repente percebi que isso não tem sentido: estar deitada e ler sobre a vida de outra pessoa. Estou triste. Você não?

Agora?

Agora... e no geral. Estou fazendo algo e então digo a mim mesma: para quê e para quem? Agora estou deitada, tudo está em silêncio, mas para que devo estar deitada? Não preciso descansar se amanhã nem estarei viva. Você afirmou que era feliz comigo, que nunca conheceu nada tão absoluto. Você mentiu?

Você teria notado, se num momento assim eu tivesse mentido.

E por que não vem? Diga-me, o que mudou, em que mudei, se você nem sequer liga? O que fiz de mau para você?

Você não me fez nada de mau, mas não podíamos continuar assim. Nem você nem eu. Não podíamos viver divididos assim.

E pode-se viver assim? Você por acaso vive? Diga-me, você acha mesmo que vive?

Viver não significa apenas amar.

Não? Eu pensava, no entanto, que era assim, e que você pensava exatamente isso. E, segundo você, o que tem sentido? Comer e dormir? Quebrar a cabeça com algum trabalho importante, alguma grande obra de arte?

Queria dizer apenas que não é possível amar a qualquer preço. Em prejuízo de outros.

E acha que fizemos algo assim?

Você não acha?

E pergunta isso a mim? Você, que sempre estava disposto a sacrificar-me? Como se eu nem fosse uma pessoa, como se apenas ela fosse uma pessoa. Por que se cala, está aborrecido?

Espere, espere um pouco, reconheça que todas as suas decisões foram contra mim.

Não tomei decisões contra você, apenas não estava livre para me decidir por você.

Isso não incomodava você de modo algum.

Me incomodava justo isso de que você fala.

Você se desculpa, nunca fez outra coisa a não ser arrumar desculpas. Sabe bem que nunca me deu uma oportunidade.

Oportunidade para quê? Não ficamos juntos o suficiente?

Você nunca estava apenas comigo. Nem uma semana. Nem um dia! Nunca esteve comigo, a não ser às escondidas. Na praia também...

Não chore!

Acreditei em você. Pensava que gostava de mim e que arrumaria um modo de ficarmos juntos. Ao menos por um tempo.

Eu amei você. Mas não havia como resolver. As pessoas não são coisas que você desloca por um motivo qualquer. Eu podia ficar aqui ou ficar com você.

Você é tão nobre quando não se trata de mim, você me deixou com toda calma quando eu não era mais útil. Espere, espere, me diga ainda: Agora você está bem? Não lamenta nada? Por que se cala? Se não lamenta por mim, não lamenta nem por si próprio?

Acha que eu deveria lastimar por mim?

É triste ter amado alguém e perdê-lo.

Eu sei, mas a gente pode perder algo mais.

O que mais se poderia perder?

Talvez a alma.

A alma? Comigo você perdeu a alma, então? Você não devia ter dito isso! O que sabe a respeito da alma? Você só sabe se desculpar!

3

A manhã nascia entre névoas outonais e o céu tingia-se de azul, na margem oposta do rio, desde o nascer do sol apressavam-se os carros de quem fugia da cidade poluída para o fim de semana. Logo cedo, no café da manhã, li no jornal o poema de um destacado autor que escreve em *jerkish*:

CORRENTE DE PALMAS
Quem sabe, quem sabe
onde nasce a formosura, onde a felicidade nos procura
por que o amor crê em nós
Minha gente, minha gente
talvez esteja nascendo o dia em que crianças podem brincar
em toda parte é branca a paz
Minha gente, minha gente
fiquemos em perpétua vigília
deve colher tempestades
aquele que ventos semeia
Minha gente, minha gente
Somos apenas corrente de palmas
somos só música, somos sonho
somos apenas a beleza das ações

Para este poema de 59 palavras, título incluído, o autor usou meras 37 expressões *jerkish*[35] e nenhum pensamento, sen-

---

35 O número de palavras e de expressões de que fala o narrador refere-se ao original.

timento ou imagem. Os substantivos formosura, felicidade, amor, paz, gente e crianças naturalmente são intercambiáveis, o sentido ou a falta de sentido desse desvario permanece intacto. O chamamento ao ódio pelos indóceis e ao amor pelos dóceis surpreende por sua banalidade, mesmo levando-se em conta as limitadas possiblidades da língua *jerkish*. Como se o autor temesse que entre os chimpanzés pudesse aparecer um indivíduo que não o compreendesse.

Quem encontrar forças para ler com atenção o poema entenderá que para um poeta *jerkish* até mesmo 225 palavras é demais.

Na outra margem do rio, basta cruzar a ponte, há rochas e bosque. Outrora passeávamos ali com as crianças, agora construíram em algum lugar um enorme depósito de lixo. Minha mulher concorda em ir lá, contente por sairmos em excursão juntos.

Sob a ponte, ciganos jogam futebol, estenderam tapetes orientais nos canteiros dos jardins. Minha mulher caminha diante de mim com passo enérgico, a angústia abandonou-a, sua esperança voltou: esperança de uma vida que pode ser vivida em harmonia e amor. E eu continuo a sentir o consolo de uma proximidade que não está manchada nem pelo fingimento nem pela mentira, percebo a leveza do dia que nasce e ao qual entrego as expectativas.

As estradas rurais atraem-me, também porque em minha infância não desfrutei delas. A primeira coisa que escrevi na vida — eu tinha então 11 anos e já vivia havia um ano na fortaleza de Terezín[36] — não se referia nem ao amor nem ao sofrimento, tampouco ao meu destino, mas sim à natureza:

Conforme subimos a ladeira íngreme de Petřín[37] vamos nos sentindo como pássaros que levantam voo. E ali por um instante olhamos para trás. Vemos tantos telhados de Malá Strana que esquecemos de respirar e lamentamos não ser pássaros de verdade para pousar nos telhados e observar de perto seus segredos...

---

36 Alusão à antiga fortaleza militar (a cerca de 60 quilômetros de Praga), onde, durante a Segunda Guerra Mundial, existiu o campo de concentração conhecido como Theresienstadt.

37 Referência ao monte Petřín, em Praga, com altura de 140 metros.

Não sabia ainda naquela época o que fazia, não suspeitava quantos livros já tinham sido escritos, que espíritos se manifestaram neles. Eu escrevia porque me consumia o desejo de liberdade; para mim liberdade era então sair da prisão, passear pelas ruas de minha cidade natal; eu escrevia para não perder a esperança de que além das muralhas da fortaleza ainda havia um mundo que parecia existir apenas em sonho, na imaginação.

Continuo pensando que a literatura tem algo em comum com a esperança, com a vida em liberdade além das muralhas da fortaleza que amiúde nos rodeiam sem que suspeitemos, com as quais até nós próprios nos rodeamos. Atraem-me pouco os livros cujos autores se limitam a descrever a desesperança de nossa existência e deixam-se abater pelo destino do homem, pelas circunstâncias, pela miséria e pela riqueza, pela finitude da vida e pela fugacidade dos sentimentos. O escritor que não sabe mais que isso deveria calar-se.

O homem caminha na natureza, busca a esperança e espera o milagre, espera encontrar alguém que responda a suas perguntas. Um monge qualquer, um ermitão, um Buda iluminado, um profeta ou ao menos um pássaro ou uma árvore, para que lhe diga se foi dotado de alma, cuja vida nem a morte interrompe, para que lhe diga de que fibra foi tecida a vida, o que há acima do homem, que ordem, que criatura ou existência, com que estrondo começou o tempo, de onde vem e para onde vai; o homem caminha na natureza e espera um encontro, espera ao menos um sinal cuja aparência desconhece.

Minha mulher para, espera por mim. Alcanço-a, dou um abraço. Estremece em meus braços, sinto como treme.

Quando a conheci anos atrás, eu era feliz por ter alguém que queria estar comigo, alguém com quem eu podia estar. Era uma jovenzinha então, é possível que não entendesse o que eu sentia, nem por que a esperava tão impaciente, ela sempre chegava tarde a nossos encontros.

Eu ficava em pé no final do pequeno parque perto de sua casa, à sombra de um magnífico plátano, sob seus galhos nus, ao menos no inverno, acompanhava os ponteiros dos relógios de rua. Assustava-me uma ou outra vez a ideia de que ela não viesse, que lhe tivesse acontecido algo, de que não nos cruzaríamos ou de que um de nós tivesse errado a hora. Quando por fim ela chegava, pela alegria de tê-la aguardado, eu não conseguia me zangar.

Para onde quer que fôssemos estávamos felizes, parecia-me que juntos procurávamos os mesmos sinais. Para ela tudo eram imagens, como acontece com as crianças, os selvagens e os poetas, e eu sentia-me alegre a seu lado.

Agora também eu percebo como a alegria a invade, ela deleita-se com tudo o que vemos ou deparamos: uma pequena flor cujo nome não sabia, o telhado de uma propriedade distante ou a pena de uma ave de rapina, porém acima de tudo com nossa proximidade mútua. Ocorreu-me então que, qualquer que fosse o rumo dos acontecimentos entre nós, na verdade ela sempre perseguia isto, a proximidade de uma pessoa que pudesse ser companheira, uma vez que na base de todas as nossas esperanças está a ânsia pelo encontro.

Daria garantia que fomos feitos um para o outro, mas que até então não sabíamos de nossa existência mútua nem havia ocorrido o momento de nos encontrarmos tal como aconteceu agora. E a confirmação disso tudo estava tanto nas estrelas como nas cartas, na predição de uma velha adivinha a quem foi ver em uma ocasião em que as dúvidas a assolavam.

Insistia comigo: Por que você mente em casa? Com isso você fere a mim, a sua mulher e a si próprio. Lembrou-se das palavras de Buda. Supõe-se que tenha dito: Nenhuma ação se perde, ela sempre volta! Compreendo essas palavras, compreendo-a também. Interroga-me: Por que não vem viver comigo, por que se defende de mim? Com certeza ninguém pode amar você como eu.

E, se nos amamos, por que devemos partir e reencontrar-nos o tempo todo?

Ela foi com o marido para a Grécia. Estava tão longe que sua voz não me alcançava a não ser como um leve sussurro noturno, assim como sua ternura, que se perdia na distância, e eu sentia-me aliviado. Como se tivesse voltado de um exílio, como se descesse de alturas montanhosas, onde, apesar de estar bem, sentia-me angustiado. Como se regressasse ao lar que eu abandonara sem motivo e por vontade própria.

Minha mulher e eu saímos de férias, paramos na estrada em um acampamento dirigido por nosso filho.

Na sala de jantar comemos juntos uma tigela de mingau que cheirava a madeira queimada, à noite cantamos em volta da fogueira. A voz de Lída ressoa acima de todas as outras, nela ecoa paz, afugenta tudo de estranho e malévolo que me enche a alma. Chove, a fogueira espalha fumaça, amontoamo-nos sob uma capa de borracha, tocamo-nos como em um abraço e parece-me que minhas mentiras desapareceram em algum lugar sem deixar vestígios, nunca mais voltarei a elas. Desejo que o tempo não passe, que não se aproxime o momento de meu retorno à minha amante, a quem também não posso trair, não posso repudiar. E no fundo de meu ser algo se move, entre gotas da chuva ouço seus passos apressados, vejo-a emergir da escuridão, andar em caminhos pedregosos entre oliveiras, figueiras e pinheiros, vejo-a solitária embora saiba que não está sozinha. Em meus pensamentos ela vive separada de todas as demais pessoas, com exceção talvez do camponês moreno que lhe serve vinho. Dessa grande distância chega até mim o rugido abafado do Minotauro. Enrodilho-me sob uma torrente de nostalgia. Em quantos dias voltará para mim, se é que voltará para mim?

Os dias passaram, bastariam duas horas apenas de viagem, nenhuma fronteira pelo caminho, poderia abraçá-la, se voltasse para mim também.

Essa imagem desloca de minha cabeça todas as demais, ando por um caminho, ela vem em minha direção, corremos um para o outro, outra vez corremos um para o outro na luz e na escuridão. À noite ela desliza até meu leito, amamo-nos feito possessos. Geme e acaricia-me, eu sussurro-lhe palavras gentis.

Dou como pretexto uma reunião com amigos, entro no carro e vou. Não sei com quem a encontrarei, se é que a encontrarei, não sei se decido bater na porta diante da qual nunca estive, que só sei de ouvir falar. Chego a um vilarejo tão isolado que não tem nem igreja, deixo o carro sob uma tília enorme e encaminho-me ao acaso na direção em que suspeito que ela esteja temporariamente alojada.

Ela vem em minha direção, real e viva, bronzeada pelo sol do sul, reconheço-a de longe por conta de seu andar ávido de vida. Ela também me reconhece, ergue a mão em saudação, mas não corremos, aproximamo-nos e ela surpreende-se: Você veio atrás de mim, querido? Nem mesmo nos beijamos, diz ainda: Trouxe-lhe uma pedra do Olimpo. E abre os olhos, abraça-me com os olhos de tal modo que suspiro ao imaginar o deleite.

Cruzamos então o bosque fora da cidade, no caminho cresciam cogumelos, entre os galhos dos abetos se via o céu azul.

Minha mulher queria saber se o trabalho de gari não me deprime demais.

Deprimiria, claro, se tivesse de fazê-lo pelo resto da vida.

E as pessoas que fazem esse trabalho durante anos?

Não sei o que diria a respeito delas. A verdade é que o trabalho de varredor não se diferencia muito de tantos outros com os quais tem em comum o fato de não alegrar as pessoas. Os garis, como as demais pessoas, matam o tempo em conversas, lembrando tempos melhores de sua vida. Talvez queiram esquecer o que estão fazendo naquele momento, mas é provável que falem para que o tempo se esvaia de modo mais agradável.

Não tenho a impressão de que são de alguma forma vistos como marginalizados ou humilhados? Penso na resposta, mas minha mulher pergunta apenas para que possa narrar sua experiência com pacientes, a quem o entorno escolheu como bodes expiatórios marcados para a vida inteira, na maioria dos casos minando-lhes a autoconfiança e a saúde mental.

Perguntei se essas coisas ocorrem de modo inevitável, minha mulher confirma.

As pessoas satisfazem dessa forma a necessidade natural de encontrar alguém a quem transferir as próprias culpas. Em tempos imemoriais faziam-se sacrifícios a forças superiores acompanhados de ritos festivos e como vítimas eram escolhidos os considerados melhores ou mais puros.

Hoje desapareceram as cerimônias com qualquer espécie de vítima, se não levarmos em conta o sacrifício simbólico do corpo de Cristo. Não desapareceu, contudo, a necessidade de vítimas. As pessoas buscam-nas no próprio meio e em geral escolhem os mais fracos e vulneráveis. Não derramam mais o sangue deles, só destroem sua alma. As vítimas mais habituais são as crianças.

Ontem, quando passávamos pela rua de um conjunto habitacional, as latas de lixo estavam cheias e na calçada e na pavimentação havia resíduos em toda parte. Diante de um dos contêineres havia uma poça vermelha. Podia ser sangue humano ou animal, se fosse sangue. Na superfície da poça, pó e musgo formavam uma película irregular em que estavam grudados pedaços de papel sujos. A sra. Vênus desviou o olhar. Tive a impressão de que seu rosto de indígena amarelou-se: Ui, não posso ver isso. Foi como encontrei... a minha Anča.

Contou-me que antes do nascimento de seus três filhos tivera uma filha. Deixou-a no carrinho diante da porta, quando foi fazer compras. Já havia pagado, ouviu-se um grito lá fora, o estrondo de algo que se chocava com a parede, o vidro da fachada espatifou-se. Correu para fora, na calçada um caminhão tombado, dois adultos deitados ali no chão, sangue por toda parte, do carrinho não restava nada. Então enlouqueci, se tivessem deixado, teria matado o porco bêbado ao volante. Mas eles correram e me seguraram, logo o médico da ambulância injetou algo em mim.

Trabalhava então nos estábulos de Topoľčianky[38]. Alguns dias depois que mataram a menininha, Edita, sua égua preferida, uma alazã de patas brancas, caiu em um obstáculo, quebrou a pata dianteira no machinho. O veterinário estava convencido de que não voltaria a correr, nem mesmo a andar, queria sacrificar a égua. Ela então saiu voando atrás do diretor dos estábulos, pediu que a encarregassem de cuidar do animal. O diretor sabia o que acontecera, e compadeceu-se. Ficava com Edita sempre que tinha um pouco de tempo. Preparava-lhe uma tala, misturava salitre e folhas de pastinaga e capuchinha e alternava esse emplastro com um unguento que o veterinário lhe dera. Com aquela égua podia falar como falava com a pequena, o animal compreendia. À noite, quando a sra. Vênus acordava e via sua pequena deitada na calçada ensanguentada e mutilada, corria até o estábulo; sua égua nunca dormia, punha a cabeça para fora, como se soubesse que viria até ela.

Meio ano depois já montava Edita, permitiram até que a inscrevesse na corrida de obstáculos, ela própria a montaria. Enquanto aguardava o sinal de saída, pela primeira vez esqueceu o que havia acontecido.

---

38 Município da Eslováquia.

E ganharam?, perguntei.

Que nada! Aguentamos até o terceiro obstáculo. Já estava tão irritada que começou a me doer o estômago, não conduzia mais Edita, ela corria sozinha como queria. Acabamos em último lugar, por dez cabeças, mas chegamos.

À medida que avançávamos no pequeno bosque abandonado, havia cada vez mais lixo pelo caminho, e não apenas no solo – os galhos das árvores estavam decorados com farrapos de plástico transparente. Quando soprava o vento, os farrapos tocavam-se, entrelaçavam-se e abraçavam-se como dois amantes apaixonados, e emitiam um som farfalhante. Às vezes chegava até nós um fedor de putrefação, mofo e decomposição.

O caminho que conduz ao Olimpo, disse-me Daria aquela vez, está repleto de detritos, e a rota para o Fujiyama, pela qual subiu uma vez, também está cercada de lixo.

No monte Everest, quase até o cume, estão espalhados barris, barracas abandonadas e recipientes de plástico. Havia até um helicóptero enferrujando caído ali.

Minha querida Lída engana-se ao pensar que os garis devem sentir-se marginalizados ou humilhados. Ao contrário, se quisessem, podiam considerar-se o sal da terra, os curadores do mundo que corre o risco de sufocar-se.

Perguntei se era possível ajudar os que foram marcados alguma vez pela exclusão. Minha mulher, agradecida por uma pergunta que busca a esperança, respondeu que o melhor seria a psicoterapia, que os ajudaria a revelar por que os outros os rejeitavam, a transferir o sentimento de culpa ou inferioridade do subconsciente para o consciente.

O tema da vida de minha mulher é buscar a esperança para as demais pessoas. Dói-lhe o padecimento alheio, sofre com cada excluído, esforça-se para aliviar aquele destino, para ajudá-lo a espreitar a própria alma e descobrir ali o que de outra maneira não descobriria. Quando consegue, alegra-se, sabe que não está vivendo em vão.

Se algum tema me empolga, provavelmente é o da liberdade.

Como você poderia escrever sobre a liberdade, se não é capaz de agir com liberdade, objeta Daria. Pensa no fato de eu não conseguir abandonar minha mulher.

Não sei por que abandonar alguém deveria ser um ato mais livre que permanecer com ela.

Então que eu fique com aquela mulher terrível que vive à custa da desgraça alheia, e deixe-a em paz.

Meu tema talvez não devesse ser a busca da liberdade, mas a busca da ação. Ou a busca da resolução, da determinação ou da impiedade? Escreverei um romance sobre um herói que varre todos que estiverem em seu caminho rumo à felicidade ou à satisfação. E removerá do caminho até encontrar alguém que o varra. Talvez, se for suficientemente determinado, odioso, decidido, impiedoso e por vezes cauteloso, sua vez não chegará: apenas a própria morte o varrerá.

Faz alguns dias, caiu perto da costa da Irlanda um avião com 325 pessoas. Não falharam os motores do avião nem outros mecanismos, não se espatifou contra a torre de uma igreja nem contra uma montanha escondida na névoa, em seu interior fora detonada uma bomba-relógio. Nenhum passageiro sobreviveu. Entre as vítimas havia oitenta crianças. Bonecas e outros brinquedos boiavam na superfície do mar, escreveram os jornalistas, que sabem que as pessoas em suas redes de segurança adoram pormenores comoventes ou pungentes.

Os heróis impõem-se. Colocaram uma bomba no avião e foram não só resolutos e impiedosos, mas com certeza lutavam pela liberdade de alguém.

Qualquer um fala de liberdade, e com mais alarde ainda aquele que a nega aos demais. Os campos de concentração de minha infância tinham até um lema sobre a liberdade exatamente sobre a entrada.

Estou cada vez mais convencido de que uma ação pode ser livre apenas se há nela um reflexo de humanidade, se está consciente de um juiz acima dela. Não pode estar unida a caprichos da vontade, atos de ódio ou violência, nem mesmo ao interesse egoísta de cada um.

Em nossos tempos a liberdade não cresce no mundo, embora assim pareça às vezes, crescem o movimento estéril, as coisas, as palavras, o lixo e a violência. E, uma vez que nada desaparece da superfície do planeta, os produtos de nossas atividades não nos libertam, mas nos soterram.

Sobre o Apocalipse houve até uma conferência internacional. Se metade das ogivas nucleares estourasse, os cientistas calcularam, desabaria sobre o mar e a terra firme uma tempestade de chamas que incendiaria tudo o que fosse inflamável sobre a Terra. O ar estaria cheio de vapores tóxicos, entre os quais não faltariam os letais cianuretos de alguns materiais artificiais que fabricamos. O abrasamento destruiria não só tudo o que vive na superfície do planeta, mas também as sementes que estivessem dentro da terra. Ao fogo sucederia a escuridão. Após as explosões, em uma semana o ar estaria repleto de tamanha quantidade de fumaça negra que seriam retidas pelas nuvens dezenove vigésimas partes da luz que até então penetrava na Terra. Se por acaso algumas plantas se salvassem da combustão, morreriam durante os longos meses de escuridão... O inverno ártico iniciaria seu longo domínio nas trevas, transformaria as águas da superfície do planeta em gelo, e assim desapareceriam os restos de vida que tivessem sobrevivido nas águas.

Entre Creta e Rodes há uma ilhota chamada Cárpatos, nela, uma aldeiazinha chamada Olimpos. Uma pequena igreja e umas dezenas de casas com terraços estão na ladeira da montanha quase nua. As casas de pedra têm telhados planos e estão amontoadas em ruelas estreitas. Ainda se podem ver mulheres em trajes negros como seus cabelos, e o rosto moreno dos homens tem ares ancestrais. Até o silêncio e os sons são imemoriais. Iremos juntos, foi uma inspiração que ela pressentiu enquanto subia a ruazinha escarpada que levava à igreja, estava certa de que voltaria e de que eu estaria com ela. Talvez fiquemos lá e envelheçamos. Conduz-me entre vestígios de templos, conduz-me por aldeotas cujo nome esqueço no mesmo instante, por sopés de montanha cujo nome ela ignora. Sinto cheiro de alecrim, tamargueira e lavanda, cheiro de terra quente ensolarada, ouço o canto das cigarras, o zurro dos asnos, e sinos, sinos de matrimônio sobre minha cabeça, juntos percebemos o que os outros não percebem: o espírito da respiração assim como a respiração dos espíritos.

Estou consciente de que está imaginando sua vida futura e de que conta comigo nela, fantasia viagens que faremos juntos e a velhice a meu lado, como se já nos pertencêssemos para sempre, como se não existissem aqueles que ainda continuam ao nosso lado. É provável que nem sequer lhe pareça que estamos prejudicando alguém, está convencida de que nosso amor a tudo justifica. Ou é mais verdadeira do que eu e quer assumir todas as consequências de ter decidido amar-me?

Esforço-me para espantar minha angústia, meu desejo de fugir de suas fantasias, anseio por estar com ela. Ao menos um dia, ao menos uma fração de tempo.

E amamo-nos assim com toda a força e paixão, além da angústia e solidão, além do desejo e da desesperança. As frações de tempo acumulavam-se e compunham semanas, e as semanas, meses. Os ventos sopraram, tormentas passaram, nevou, meu filho começou a estudar ciências da administração, cada vez mais o interessavam programas que regiam o mundo em que tinha de viver, a filha dela tornou-se maior de idade e decidiu ser agrônoma, o aguaceiro afugentou-nos para um sótão abandonado, onde nos agarrávamos um ao outro como se tivéssemos acabado de nos encontrar após uma longa separação, atravessávamos folhas coloridas no parque, onde das coroas de magnólias os corvos gritavam de novo seu: Nunca mais! Seu marido adoeceu, de modo que ela mal tinha tempo para mim, mas escrevia longas cartas nas quais me abraçava, acariciava e maldizia: A vida sem você é quase como a morte! Nosso filho festejou 20 anos e precisou escolher um presente que fosse útil e também lhe desse alegria, depois de ter pensado pediu um contador Geiger. Minha mulher percebeu que eu estava lacônico, parecia-lhe que eu tinha mau aspecto e perguntou-me se de vez em quando não sinto falta daquela outra, propôs inclusive que a convidasse qualquer dia para vir em casa, minha mulher foi até participar de uma oficina durante uma semana e então pude estar com minha amante dia e noite.

Na próxima primavera, diz-me, finalmente acontecerá algo decisivo.

E por que justo na primavera?

Depois de doze anos, Júpiter entraria na casa da vida dela.

De fato, no começo da primavera um galerista de Genebra mostrou interesse por seu trabalho, propôs organizar-lhe uma exposição.

Como de costume, fui vê-la em seu ateliê no sótão, desde a porta notei que algo incomum devia ter acontecido, estavam abertos armários e caixas que durante anos ficaram depositados perto da lareira, para onde quer que eu olhasse amontoavam-se suas criações e criaturas, súcubos, bruxos, diabinhos, exibicionistas desavergonhados de seu sexo e criaturas angelicais sem sexo, homens-chacais e bêbados usuais de tavernas de Malá Strana, a maioria eu via pela primeira vez.

Beijou-me, puxou uma das cadeiras para eu sentar, anunciou-me a novidade, estendeu os braços e contorceu-os em lamentação, não sabia o que fazer. Por um momento continuamos tirando suas velhas obras das caixas. Ela colocava-as num estande de modelagem, observava-as de modo detido como um arqueólogo que desenterra uma peça de dimensões muito grandes, e punha-as junto às demais. Não sabia se devia recuperar e expor aquelas relíquias. Mostrava a cabeça de uma anciã que produziu quando ainda estava na escola, era a mãe do pai. Viveu noventa anos, piscava com o olho esquerdo, enquanto sorria com o outro.

Reconheço a fronte, tão alta quanto a sua, e também o sorriso da anciã. Esse jovem de bronze com a cabeça baixa, em que há abertura para uma flor de talo comprido, flor que também está ao lado da cabeça, é um estudante suicida, falara-me sobre ele antes. Queria naquela época representar pessoas de sua família sobre as quais sabia algo, muitos, no entanto, ainda estavam no ateliê do sótão. E logo diz: aquele galerista me convidou para um vernissage e você virá comigo.

Como poderia ir à Suíça?

Não sei como faremos, ela diz, mas sei que você verá minha exposição.

Não posso imaginar o que deveria acontecer para as autoridades permitirem que eu fosse à Suíça e voltasse, mas calo-me para não a irritar com meu ceticismo, com minha desconfiança em relação a seus pressentimentos.

Quando me levanto para ir embora, ela não me retém nem me acompanha, quer continuar trabalhando.

Vou vê-la a cada dois dias, como ela quer. Encontro-a sempre trabalhando. Uma nova figura observa-me com olho de pedra ou argila, em seu olhar descubro uma paixão familiar. Sua criadora continua trabalhando, em seguida preparo na frigideira algo simples para o almoço, ela deixa as ferramentas, tira a bata manchada de argila e lava as mãos. Já não quer saber de trabalho e antes de nos abraçarmos precisa dizer-me no que está pensando, no que esteve pensando, com quem bebeu na noite anterior, o que lhe disseram no escritório que está cuidando da exposição, também precisa contar seu sonho. Seu dia é tão rico que não precisa recorrer ao reino dos céus.

Admiro-a. Sem dúvida, eu passaria semanas inteiras diante da bancada e conseguiria acabar apenas uma ou duas figuras.

Como você pode saber?

Sei de quanto tempo necessito para elaborar uma frase que me satisfaça pelo menos um pouquinho.

É porque você é intenso, explica-me. Quer dominar tudo com a razão e a força. Não é capaz de sujeitar-se à vida.

Ela não se obriga a nada que não a faça sentir o que mais necessita, que é ser livre. Quando não sente prazer no trabalho, sai para embebedar-se com uma amiga, outra hora vem aqui, senta-se, não quer nada, sem que seus pensamentos e imagens viajem a parte alguma, apenas contempla em admiração o céu límpido, a água cristalina ou o vazio. Sabe que nada precisa acontecer, e para ela está tudo bem assim. Ou de repente aparece diante dela uma forma, um rosto, uma imagem, apenas uma mancha colorida que se condensa e logo se dissolve. Não é capaz de dizer de onde vêm, como se essas formas não saíssem dela própria, sente-se uma mera intermediária, executora de um desígnio superior. Executa com rapidez o que deve, e sente-se leve. Não conjectura a respeito do resultado. Parece que não é preocupação sua, mas daquele que lhe sugeriu a imagem. Se eu escrevesse assim, não me preocuparia com o desfecho antes da hora, não veria diante de mim uma missão, eu poderia também me sentir bem.

Mas não consigo trabalhar como você, sou diferente.

Você não sabe como você é, com certeza.

E quem sabe isso?

Eu, porque amo você.

Então como sou?

É mais passional que racional.

Não sei se sou passional, sei que passional é ela. Sua paixão vai destruir-nos a ambos, um dia.

Na vez seguinte encontro-a em lágrimas entre fragmentos de argila. A bancada está vazia.

O que houve?

Nada. O que teria acontecido? É melhor você ir embora, hoje não estou de bom humor!

Alguém machucou você?

Todos a machucam, mas a esse respeito agora ela não fala.

E sobre o que ela fala?

Como posso perguntar? O que não entendo? Será que não estou enxergando? Tudo o que fazemos é inútil, um jogo arrogante e vaidoso com a arte. Não fazemos mais que uma caricatura desesperada e a repetição incessante do que já foi repetido infinitas vezes. E se alguma vez conseguisse captar algo mais, cumprir algum desígnio superior, quem se daria conta, quem o definiria? Ela não sabe por que precisou escolher essa profissão, essa luta infrutífera, penosa e cansativa. Odeia tudo o que é arte! Não quer expor em lugar algum, não quer mostrar a ninguém a própria confusão. Não tem sentido!

E o anjo de Barlach?

Sim, o anjo de Barlach — mas mandaram retirá-lo. Sobreviveu apenas porque os anjos são imortais. Sorri entre lágrimas. Se você posasse para mim, se eu te pusesse asas, talvez você também fosse imortal.

Posarei para você.

Melhor você se deitar comigo!

Abraçamo-nos e ela esquece toda a tristeza. Espera ansiosa como faremos amor à margem do lago de Genebra.

Três dias depois a companhia, ou melhor, o escritório, o único responsável por organizar ou autorizar exposições estrangeiras, comunica-lhe que não intermediará sua exposição.

Quero saber por que a recusaram, e ela encolhe os ombros.

Suspeito que pode ser por minha causa.

É possível, querido, invejam, sabem que ninguém os ama assim.

Redigimos uma carta de protesto ao escritório; mal coloca no correio, ela vai visitar a amiga vidente para saber as perspectivas de seu recurso. Quando ouve que não são boas, decide que fará a exposição em Kutná Hora em vez de Genebra.

Continuamos andando na direção em que supúnhamos haver um depósito de lixo. As árvores a nosso redor estavam adornadas mais densamente com troços de plásticos. Aos pés dos pobres troncos rolavam sacolas sujas e amarrotadas e de vez em quando lufadas de vento levantavam páginas amareladas de jornais *jerkish* que, feito pássaros emaciados, acenavam suas asas desfiguradas.

Franz Kafka tornou-se um cordeiro sacrificial que designou a si mesmo como vítima. Não parece que seu entorno estivesse tão ávido de seu sacrifício como ele próprio. Uma ou outra vez descreve estados que a vítima sacrificial experimenta. Salvo exceções, a vítima defende-se, imagina até formas complexas de autodefesa – seu trágico fim é inalterável. Sem dúvida, com isso Kafka antecipou o destino dos judeus em uma época conturbada. A irmã mais jovem acabou na câmara de gás. Teria terminado ali ele também, com toda a probabilidade, se não tivesse tido a sorte de morrer jovem.

Autores judeus como Werfel, contemporâneo de Kafka, ou mais tarde Bellow ou Heller recorrem ao tema do bode expiatório com obsessão talvez inconsciente, talvez profética. O tema da vítima e do sacrificador, da vítima escolhida de modo cada vez mais arbitrário e do sacrificador preparado para levar ao altar de seu deus qualquer número de pessoas, se não a humanidade inteira, é um tema mais e mais recorrente no mundo contemporâneo, que acreditou no paraíso terrestre assim como em revoluções que a conduziriam até lá.

Por fim, saímos do bosque. Diante de nós, atrás de um alto alambrado, uma montanha cheia de fossos, colinas e aterros. Em suas ladeiras brilhavam inúmeros fragmentos de plásticos que refletiam os raios de sol. Na crista alongada movia-se uma escavadeira amarela cuja lâmina amontoava material de várias cores. Ao lado havia uma estrada que levava até a montanha, mas uma barreira listrada vermelha e branca impedia a entrada. Do bosque saiu um caminhão laranja, um guarda invisível ergueu a barreira e o veículo entrou no recinto fechado. À medida que ele subia devagar pela ladeira da montanha artificial, em ambos os lados do caminho corvos levantavam voo agitando as asas robustas. O caminhão parou no cume, o corpo começou a cintilar à luz do sol. Logo passou a esvaziar as entranhas. Assim que se moveu de novo, de um refúgio invisível saíram correndo figuras humanas. Contei, entre homens, mulheres e crianças, treze. Se estivesse comigo, Daria diria: Número da má sorte! Os adultos ou levavam nas mãos ancinhos, forcados e varas terminadas em ganchos ou empurravam frágeis carrinhos. Todos avançavam sobre o lixo recém-descarregado, começaram a removê-lo com pressa jogando coisas de um monte para outro, o que parecia que podia servir para algo, até para vender, era jogado direto nos carrinhos de bebê e de compras.

Lembrei-me da mulher a quem ajudei certa vez com a mudança. A doença consumia-lhe a alma, acreditava no Armagedom e encontrava prazer em tudo o que recolhia das lixeiras. Estaria em seu ambiente, aqui. Não venderia nada do que encontrasse, acumularia em montes que seriam cada vez mais altos e imponentes. Trabalharia até desfalecer e apenas à noite sentaria no pé de sua montanha e à sua sombra descansaria um instante, vítima de ansiedade. Essa mulher, como Sísifo, nunca terminaria seu trabalho, não só porque o fluxo de lixo não pararia nunca, mas também porque o vazio da alma não podia ser preenchido nem com todas as coisas do mundo.

Logo nos demos conta de que diante de nós nada acontecia sem plano, que um gorducho corpulento e calvo vestido de preto dirigia toda aquela correria e escavação no lixo. À diferença dos demais, ele não se agachou uma única vez, mas limitou-se a andar de um lugar para outro. Veio-me à mente seu nome, surpreendi Lída informando saber que aquele homem se chamava Demeter, e pelo direito de procurar tesouros naquela montanha devia pagar muito bem, não sei a quem. De vez em quando, os que revolviam o lixo encontravam uma tigela de estanho, um moedorzinho antigo, um televisor que não funcionava mais ou uma cédula jogada fora por engano.

Quando os executores cambojanos chamados de Khmers Vermelhos ocuparam Phnom Penh, entraram até nas salas desertas dos bancos, abriram as caixas-fortes, carregaram braçadas de cédulas e atiraram-nas pela janela — não apenas riéis, mas também dólares americanos, francos suíços, ienes japoneses, cédulas de todas as moedas do mundo voavam pelas janelas e ninguém que ficou vivo na cidade se atreveu a recolher uma única delas. Os papeizinhos impressos coloridos, o vento dispersou devagar. Flutuavam no ar com pedaços de jornais, fragmentos de cartazes, postais em branco e logo se depositavam ao lado das calçadas e no meio de ruas que ninguém varreria. O lixo apodrecia pouco a pouco, até que as chuvas de monção o arrastavam e as águas do Mekong o levavam para o mar.

Kafka ansiava pelo encontro. Por vezes supunha um abismo cujo fundo parecia-lhe inalcançável. Vivia, no entanto, em uma época que, mais que qualquer outra, começava a exaltar a revolução. Só o que fosse revolucionário tanto na arte como na organização da sociedade era digno de admiração, ou ao menos de interesse.

Também por isso alguns buscavam mensagens revolucionárias em suas frases e imagens. Quando li as cartas que escreveu às duas mulheres que amou ou ao menos tentou amar, as que desejou e por vezes temeu, compreendi que, se eu agisse como seus demais intérpretes, não teria esperança de compreendê-lo.

Seu primeiro amor durou cinco anos. Chamava-a para perto de si, afugentava-a de novo, implorava que não o abandonasse, se não desejava destroçá-lo, e implorava que o abandonasse, do contrário destruiriam um ao outro. Ficou noivo dela e logo depois fugiu. Quando ela silenciava e não respondia a suas cartas, queixava-se do destino e esmolava uma única palavra de proteção. O encontro, a proximidade da mulher amada, representava-lhe a oportunidade de preencher de sentido sua vida, que deixava escapar. A luta que travava consigo próprio absorvia-o e esgotava-o por completo.

Poderia um homem tão autêntico escrever sobre outra coisa senão aquilo que movia seu ser, aquilo a que se dedicava dia e noite, essa luta que travava e que, comparada aos turbulentos acontecimentos do mundo, pareceria não mais que trivial? O fato de falar quase exclusivamente de si próprio e para si reflete-se afinal no nome de todos os seus protagonistas, ocultava a verdadeira essência de todas as controvérsias. Não era apenas esquivo, mas um artista que expressava em imagens tudo o que vivia. A máquina de tortura que mata o condenado devagar foi inventada no momento de combate interior acirrado, quando prometera casamento. Algumas semanas depois, quando, segundo ele, rompeu de novo de modo traiçoeiro seu compromisso, imaginou o processo em que o tribunal julgava um acusado cujo delito era impenetrável para o leitor, delito interpretado como culpa metafísica ou metáfora de um pecado herdado.

A exposição de Daria teria lugar em três pequenos espaços de um edifício gótico. O catálogo tinha 73 itens – incluídos 20 desenhos. Poderia ter exposto algumas obras a mais ou a menos, mas esse número parecia-lhe mais adequado por coincidir com o ano de nascimento de sua filha.

Durante quase duas semanas, empacotamos e transportamos caixas com estátuas e quadros. Nosso rosto e cabelo estavam cobertos por uma clara capa de pó e serragem.

Você é tão bom comigo, sacudiu o pó do jeans e abraçou-me. E eu nem presto atenção em você. Por que não toma um pouco de vinho?

Prometeu que me recompensaria. Iremos juntos a algum lugar do qual gostarei, não precisa haver água, sabia que não me agradava, iria comigo à montanha.

Não desejava nem água nem montanhas, não precisava descansar, queria poder trabalhar em paz. Quis ser amável, não fiz objeção, desembrulhei as estátuas que transportamos, ajudei a montar pedestais e a pendurar cordas, ajustei as luzes e ao entardecer levei-a para casa o mais rápido que podia.

Minha mulher, parecia, continuava sem suspeitar como eu passava a maior parte do tempo. Ou só não queria suspeitar? No dia anterior à exposição viajou a um congresso sobre etologia e perguntou se não me importaria de ficar em casa sozinho por tanto tempo.

Dissimulei como pude o alívio, porque se afastaria justo naqueles dias. Eu saberia cuidar sozinho de mim.

Se quisesse, propôs, poderia ir com ela, com certeza as pessoas que se reuniriam lá me interessariam. Por um momento falou entusiasmada de criadores de serpentes, de mariposas exóticas, de especialistas em corujas, marmotas e cervos-brancos. Queria proporcionar-me distração, vivências que em minha solidão não poderia experimentar; quando me recusei a acompanhá-la, senti-me culpado. À ajuda oferecida eu responderia com traição.

Minha amante levou o marido ao vernissage. Por fim, emergia das sombras! Propusera-me ficar em casa aquele dia, conhecia sua obra. Mas não queria que a abandonasse num momento como esse. Vi-me obrigado a vencer a tentação covarde de evitar esse encontro incômodo desculpando-me com uma doença ou com uma avaria no carro, desculpas poderia inventar muitas, mas pelo menos para ela eu não queria mentir, então fui.

Conhecia o marido dela só por fotografias, mas avistei logo seu porte alto de pivô. O lugar estava cheio de gente, não sei se ele também me viu. Falava com um homenzinho careca e magro, era quase certo que fosse o pai dela, mas eu nunca o tinha visto, não conhecia ninguém dos presentes, fui lá apenas por ela, por ela despojada de todos os vínculos e relações. Sentia-me tão fora de lugar que fiquei angustiado.

Ela veio até mim quase em seguida. Diferente, quase desconhecida num longo vestido papoula-violáceo. Seu rosto também parecia estranho, as rugas, que tantas vezes rocei com os lábios, escondiam-se sob um sedimento de creme e pó facial. Beijou-me, como deve ter beijado seus convidados, depois sussurrou que me amava. Perguntou a seguir se devia apresentar-me o marido. Comportou-se diante de todos como minha amante e de repente não sabia se isso me agradava.

Afinal, por que eu não apertaria a mão do senhor? O marido dela inclinou-se diante de mim e obsequiou-me com um sorriso ofendido. Embora eu não seja baixo, era um palmo mais alto que eu e uns dez anos mais jovem. À primeira vista, são homens assim que atraem as mulheres. Disse que Daria nas últimas semanas não parava de trabalhar, que mal a via em casa e encolheu os ombros como se quisesse acrescentar que nisso tudo estava eu, o que era difícil de suportar, mas em vez disso afirmou que leu meus contos mais recentes, agora chegou o momento em que devia encolher os ombros, mas ele sorriu torto de novo e afastou-se de mim. Fiquei plantado perto da entrada pela qual não me atrevi a fugir. Tinha a impressão de que todos me observavam furtivos, e por um instante tornei-me uma das peças expostas. Poderia ter aos pés o cartaz: Proibido, mas ativo em outro setor. Ou: Exemplar de amante. Ou apenas: É ele!

Na última salinha, a irmã de Daria, que eu também nunca tinha visto, colocou uma caixa de canapés sobre uma mesa pequena e servia vinho em copos de papel. Peguei um sanduíche, recusei o vinho, porque voltaria de carro essa noite.

Um homem mais velho, que eu conhecia de algum lugar, disse que fazia muitos anos que não via nada tão livre e libertador como aquela noite. Disse olhando para a irmã de Daria, mas eu tinha certeza de que falava para mim.

Ela é assim, assentiu a irmã. Quando pequena, escapava de casa e matava aula na escola.

O marido de Daria aproximava-se de nós e afastei-me apressado. Não fui capaz de fingir que não o via, embora olhasse para ele sem ciúme, e isso me surpreendeu, como se não me dissesse respeito que noite após noite se deitava com ela. Senti-me apenas violento, envergonhado, sufocado e culpado. Esse homem nunca me prejudicou, ao passo que há anos me intrometo furtivo e pérfido em sua vida.

Ela adivinhou meu estado de ânimo, apressou-se em confortar-me. Seu marido ia embora e levava a família inteira, num instante terminaria esse circo, ficariam apenas uns poucos conhecidos, alguns ela não encontrava fazia anos, gostaria de convidá-los para beber, bem como os responsáveis pela galeria. Prometeram comprar dela uma ou duas peças, mas isso também terminou logo, então ficamos sozinhos.

Perguntei se havia algo que pudesse fazer, mas não era necessário, a irmã já reservara duas mesas. Gostaria de ter-lhe dito que estava muito contente que a exposição tivesse sido um sucesso, mas estava aturdido, ela afastou-se antes que eu pudesse me reanimar.

O marido acabou não indo embora, eu continuava a ouvir sua risada ruidosa, cordial e esportiva. Ele poderia aproximar-se de mim a qualquer momento, dar-me umas palmadas no traseiro e dizer que apesar de minha torpeza parecia um tipo até divertido, imaginava-me pior. No fim das contas até simpatizava comigo. Com todos os aborrecimentos eu ainda conquistara sua mulher! Talvez fosse a hora de acertarmos as contas.

Tive a sensação de que começava a asfixiar-me nesse ambiente opressivo e carregado.

Na rua uma luz intensa surpreendeu-me. Eu não conhecia essa cidade, ainda que nos últimos dias tenhamos estado ali tantas vezes, não conseguimos percorrê-la. Agora desci por uma ruazinha íngreme que vinha do morro. Parecia haver uma feirinha não longe dali, o vento trazia fragmentos de melodias de carrossel e no caminho eu cruzava com crianças que levavam balões, apitos e vaporosos algodões-doces.

Antigamente eu gostava de ir a feirinhas, ver a atuação de prestidigitadores, faquires, funâmbulos, mas agora nem me lembrava quando fora a última vez que vi algo parecido. Durante os últimos anos, negligenciei todos os meus passatempos exceto um, negligenciei amigos, pessoas próximas, todas as pessoas. O que mais negligenciei foi meu trabalho.

Inquietava-me o que fazia do tempo de minha vida, mas não podia culpar ninguém além de mim. Cheguei ao fim da rua e descobri a meus pés um espaço enorme. Sobre o carrossel brilhavam coroas de luzes ilusórias mas atraentes, o toldo do circo estava enfeitado com bandeirolas vermelhas e azuis. Grandes cisnes brancos simulavam a imponência de seu voo.

Permaneci um instante em meu elevado ponto de observação e contemplava como a multidão circulava lá embaixo. Desejei juntar-me a ela, não procurar ninguém, não pensar em nada, nem na minha culpa, nas minhas mentiras ou no meu amor, não intrometer-me na vida de ninguém, mover-me livre e anônimo na aglomeração, capturar fragmentos de conversas e rostos, imaginar histórias que redigirei segundo minha vontade, abandonar minhas fugas constantes e regressos arrependidos.

Minha mulher afirma que eu não consigo esquecer minha experiência da guerra. Isso impede que me entregue a qualquer pessoa – sei que sofreria quando a perdesse e não sou capaz de acreditar que poderia não a perder. Continuo sozinho, ainda que na aparência esteja a seu lado. Permaneço só ao lado de quem quer que seja.

Já deveria voltar, não queria estragar a festa de minha querida com minhas veleidades. Ainda assim, fui até o estande de tiro ao alvo e pedi uma espingarda de ar comprimido à beldade que atendia ali. Ganhei um ursinho pendurado em um elástico e um papagaio de pano e plumas coloridas. Quando recolhi meus troféus de feira, ocorreu-me que me eram mais apropriados que aquelas figuras fantasmagóricas que deixara por um instante.

Um dos homens que remexiam no lixo acabou de pegar um pano vermelho e com toda a força procurava retirá-lo do monte de cinzas e imundícies, enrolou-o numa vareta e, quando conseguiu tirar, com um gesto chamou a mulher e juntos o desenrolaram, esticaram no ar, percebemos que era uma bandeira vermelha que tremulava sobre o topo da montanha de lixo.

Os Khmers Vermelhos não preenchiam o vazio de suas almas nem com coisas nem com dinheiro, que menosprezavam. Compreenderam que o vazio da alma não se recheia nem com todas as coisas do mundo, assim trataram de preencher seu vazio com vítimas humanas. Mas o vazio da alma não se sacia com nada, ainda que se arraste a humanidade toda ao altar do sacrifício, o vazio permanecerá: pavoroso e insaciável.

No mundo tudo converte-se em lixo, rejeitos que é preciso eliminar da face da Terra, da qual nada se pode eliminar. Há algum tempo um jornal *jerkish* publicou a notícia alegre de que um inventor tcheco imaginou uma máquina para destruir cédulas, papéis valiosos e documentos secretos. No exterior, dizia o artigo, as cédulas eram destruídas com a ajuda de moinhos de martelo grandes como prédios de dois andares. Isso produzia uma massa tão comprimida que era preciso regar cada quilo de cédulas com meio litro de petróleo para que ardesse, ao passo que o invento tcheco não ultrapassava o tamanho de um torno médio. Desse aparelho genial, cujo inventor provavelmente não era ninguém menos que nosso capitão, produzia-se uma massa fragmentada fatiada que podia alimentar por meio de tubos uma caldeira de aquecimento central, economizando com isso não apenas petróleo, mas também o dispendioso carvão.

Fazia muito tempo que imaginavam procedimentos e meios para eliminar do mundo, de forma efetiva e econômica, os indivíduos incômodos.

Eu observava como os carrinhos se enchiam de coisas. E, apesar de não distinguir a tal distância os pormenores, intuí que se tratava de sapatos velhos e caçarolas, garrafas e bonecas, parecidas com as que em certa ocasião boiaram próximo às costas da Irlanda, e também sacos e cobertores velhos. O que houve com aqueles tempos em que os pobres dos subúrbios não tinham sequer um saco para cobrir sua nudez? Deixamos para trás, mas estão diante de nós.

A brisa tornou a soprar em nossa direção e dessa vez trouxe, além do fedor de lixo, fragmentos de frases pronunciadas com vozes roucas e alaridos infantis de entusiasmo. Se Bruegel ou Bosch estivessem vivos, é provável que se sentassem aqui para desenhar essa cena. Talvez acrescentassem algumas figuras em vários pontos da montanha artificial ou fizessem a montanha mais alta para que o cume tocasse o céu, a seus pés colocariam a radiante buscadora de tesouros, a insaciável Margarida, a Louca. Que nome dariam ao quadro? *A dança da morte* ou, ao contrário, *O paraíso terrestre*? *Armagedom* ou apenas *A mulher louca*?

Tive a sensação de que a qualquer momento poderia aparecer um daqueles veículos laranja e derramar sobre o monte de lixo sua carga de crânios e tíbias. Nesse momento os que estavam mais acima tiravam um velho frouxel, e, como tentavam soltá-lo das outras porcarias, estourou, soprou um vento mais forte, as penas começaram a subir e dar voltas, junto com pequenos fragmentos de papel e plástico e minúsculas partículas de cinza, os dançarinos abaixo quase desapareceram na nevasca e eu fiquei inesperadamente congelado. Olhei angustiado para o céu a fim de comprovar se pairava sobre nós uma nuvem descomunal, mas o céu parecia desanuviado, limpo, parecia exalar um frio de estremecer.

O Apocalipse pode ter formas distintas. À primeira vista, a menos dramática será aquela em que o homem morre sob uma avalanche de coisas inúteis, palavras despojadas de significado, atividade excessiva. O homem transforma-se em um vulcão que absorve desatento o calor do subsolo até que em certo instante dá uma sacudidela e soterra a si próprio.

Os garis, com seus uniformes laranja, varrem, varrem em silêncio e sem interesse, seus irmãos lixeiros levam o varrido e destruído, retiram as coisas inúteis e formam montanhas que fermentam, fedem e decompõem-se, crescem até o céu, feito um tumor cancerígeno infiltram-se em tudo à volta, nas habitações das pessoas, de modo que apenas distinguimos as coisas de nossa vida e de nossa morte.

De todo o lixo que nos inunda e circunda com a inalação de seu apodrecimento, os mais perigosos são os montes de pensamentos corroídos. Dão voltas a nosso redor, escorrem pelas ladeiras de nossa vida. As almas com as quais tropeçam murcham e logo não são mais vistas com vida.

Até aqueles que não têm alma não desaparecem do mundo. Em multidões arrastam-se pelo planeta e de modo subconsciente anseiam por modificá-lo à sua imagem. Enchem ruas, praças, estádios e grandes armazéns. Quando prorrompem em gritos de júbilo pelo gol da vitória, por uma canção de sucesso ou por uma revolução, parece que sua voz soará eterna, embora um silêncio mortal de vazio e esquecimento a suceda.

Fogem dele e buscam algo que os redima, uma vítima para lançar no altar do demônio que veneram nesse momento. Às vezes disparam ao acaso, colocam uma bomba-relógio ou injetam nas veias uma substância entorpecente e fazem amor, fazem qualquer coisa para matar o tempo antes de o vulcão tremer e encher de lava o vazio. O vazio do interior deles.

As imagens de Kafka são frequentemente sombrias e parecem querer exibir inúmeros elementos estranhos e inclassificáveis. Lemos suas exposições lógicas, que quase sempre têm a precisão de um informe oficial, e súbito deparamos com um pormenor ou uma revelação pertencente a outro mundo, outra história, e ficamos confusos. Por que em uma narrativa sobre um aparelho de execução aparecem lenços femininos que sem razão aparente passam do condenado ao verdugo e de volta? Por que em *O processo* o juiz tem nas mãos um caderninho de devedores em vez de um dossiê? Por que o funcionário de *O castelo* recebe o agrimensor K. na cama? Que sentido tem o elogio absurdo que o funcionário faz do próprio trabalho? O autor nos conduz por uma savana onde, além dos esperados antílopes e leões, passeiam, com a mesma naturalidade, ursos-polares e cangurus.

Um autor tão lógico, exato e autêntico sem dúvida queria dizer algo com seus paradoxos, comunicar algo de maneira encoberta, criar seu mito, sua lenda sobre o mundo, transmitir uma grande mensagem revolucionária que apenas intuía e que era incapaz de pronunciar com precisão, limitando-se a insinuar, cabendo-nos decifrá-lo e dar-lhe forma concreta.

Ignoro quantos sábios caíram nesse erro, nessa falácia decifradora, mas foram muitos. Estou convencido de que nenhum escritor digno desse nome esconde nada por malícia, constrói ou imagina mensagens revolucionárias, dedica-se a tarefas assim. A maioria dos autores, como a maioria das pessoas, tem seu próprio tema, seu tormento – isso impregna tudo o que faz, pensa e escreve.

Kafka, apesar da timidez, buscava uma forma de expressar e ocultar seu tormento. Era tão pessoal, tão atroz, que não bastava contar apenas de maneira encoberta, feito parábola, sentia necessidade reiterada de confessar as experiências que impactaram a essência de seu ser. Era como se contasse a história duas vezes. Na primeira, desenha uma imagem fantástica: um processo estranho e misterioso, um aparelho de execução ou um agrimensor decidido diante das portas inacessíveis de um castelo; na segunda, encaixa fragmentos de experiências e sucessos reais. Escreve tudo em folhas de papel translúcido ou em vidros e coloca uns sobre os outros. Algumas coisas complementam-se, outras cobrem-se e outras acabam em um contexto tão inesperado que ele próprio estremeceria, feliz, de assombro. Vejam, já não está deitado, mortalmente esgotado e desvalido no leito da amada, que lhe oferece sua proximidade redentora e amorosa, cita como o agrimensor manipulado de modo letal está na cama do funcionário e este lhe oferece seu libertador indulto administrativo.

Não fomos à Suíça, nem sequer voltamos a Kutná Hora. A exposição terminou e de novo tínhamos apenas o ateliê no sótão, onde a estátua de Santo Estêvão, o Mártir, encobria a janela e a visão do palácio defronte. Encontramo-nos, sentamo--nos a uma mesa baixa, tomamos vinho e conversamos nesse estado de feitiço estranho que traz a consciência de que tudo o que fazemos ou experimentamos é avaliado e dotado de outro sentido no momento em que o transmitimos à pessoa amada. Continuávamos a amar-nos com desejo e voracidade que me pareciam inalterados, embora de vez em quando ela mostrasse impaciência. Algo precisa mudar, não passaremos a vida nessa imobilidade, repetição desesperançada das mesmas ações, não gostaria que terminássemos como dois bufões que se consolam e pensam que na velhice poderão integrar a apresentação de um circo amador. Em suas palavras infiltrava-se a amargura. Irritam-na as pessoas que não sabem viver, indigna-se com artistas que traem sua missão, maldiz os homens pérfidos e covardes incapazes de em sua vida levar algo às últimas consequências. Com mais frequência irrita-se com minha mulher.

Estamos deitados um ao lado do outro, é uma tarde chuvosa de outono, cai a noite, não queremos nos separar, sair na intempérie. Dou-lhe um beijo, abraço-a de novo. Ela aconchega-se em mim: E se ficássemos assim até de manhã?

Está me pondo à prova, e calo-me.

De qualquer modo, não compreende como posso viver com essa pessoa. Ouviu falar do que faz com os pacientes, deixou-a doente.

Não quero terminar o dia com discussão, e pergunto o que ouviu e quem lhe disse. Nega-se a dar pormenores. Falou com alguém que conhece bem minha mulher. Disse que era um crime tratar assim as pessoas.

Indago se isso tem a ver com algum medicamento que minha mulher receitou.

Continuamos deitados um ao lado do outro. Por que deveria falar de medicamentos? Ela não entende de remédios. Não há dúvida de que uma doutora perversa receita remédios perversos, por acaso minha mulher nunca me conta nada sobre o teatro repulsivo e humilhante em que esses indigentes precisam atuar? Como os obriga a vomitar diante dela suas confidências, como remexe na cama deles? De fato, não percebo que essa mulher é perversa? Não é capaz de viver a vida, amar, cuidar da família, controlar o marido e por isso entrega-se à caridade profissional. Na verdade, nisso não se diferencia de todos os demais benfeitores, o sofrimento alheio é que a consola, por isso apega-se à vida dos que ainda não são capazes de sentir algo e sofrem. E faz acreditarem, como uma sanguessuga, que os ajuda. E o que penso, uma mulher que em dez anos ou sabe-se

144

lá quantos anos não se deu conta de que o marido a engana, e que continua vivendo com ela apenas por compaixão, uma mulher assim pode saber algo da alma desses outros?

Digo que nada é assim, mas ela começa a gritar comigo que pelo menos não me ponha ao lado dessa pessoa. Depois de todo o mal que lhe fiz, ela não sabe por que deveria preocupar-se com o trabalho de minha mulher. Interessava-lhe saber se eu era tão cego e não enxergava o que esses psicólogos, psiquiatras e psicopatas fazem, é uma perversão, a presunção de uns infelizes atrofiados mentais que pensam ser melhores que os outros.

Fala de minha mulher?

Vamos deixar em paz minha mulher, ela já não quer perder mais nenhum instante. Mas pede que eu tenha consciência disso, ainda que seja pela minha produção literária. É difícil que eu possa criar algo ao lado de uma pessoa que disseca almas alheias como se fossem ratos de laboratório, que lhes arranca todos os segredos e logo os pisoteia.

Um calafrio a estremece, transforma-a diante de meus olhos, seu rosto, que parecia tenro e amoroso há instantes, agora parece mau e estranho, dá-me medo.

Deveria fazê-la calar-se, apagar essa chama de ódio nela, ou fugir antes que me abrase, mas não posso fugir, afinal, esse fogo arde por minha causa.

Abraço-a ao menos para consolar, ela aconchega-se em meus braços, relaxa em meu abraço, geme de prazer, tudo afasta-se dela, a ternura volta-lhe à face: Entenda ao menos que amo você, que você é o que mais quero neste mundo, que quero seu bem?

Se não fizer algo, nos fundiremos ambos no fogo, não haverá escapatória.

Meu querido, insiste ela, você ainda não se deu conta de que fomos feitos um para o outro? Diga-me: você está bem comigo?

Digo que sim, mas sinto uma tensão insuportável em meu interior.

Volto para casa por ruas molhadas, como sempre com toda a pressa. Sempre em fuga – de quem fujo e para quem vou? Casa de cama desfeita, chão sem varrer, lar em que estou tão pouco que o pó se deposita sobre minha mesa, meu lar está desmoronando e eu com ele.

Entra minha mulher, estou em um campo estranho, não ardem chamas abrasadoras nele.

A pessoa capaz de apresentar essas acusações terríveis contra ela vive só na imaginação de minha amante, forjada solidamente pela ira e paixão.

Minha mulher não é nem arrogante nem presunçosa, portanto não quer apoderar-se dos segredos alheios, é mais crédula que uma criança. Acredita que é possível corrigir as coisas e as pessoas, e sua fé tem tanta força que deve confortar inclusive os mais desesperados.

Vou recebê-la e abraço-a. Nesse instante a tensão abandona-me, posso respirar com liberdade. Que bom que você está em casa, diz, estava com muita vontade de ficar com você.

Rudolf Höss, comandante de Auschwitz, descreveu em sua autobiografia, com mais sobriedade que ninguém, a maneira mais efetiva e econômica de eliminar do mundo o lixo humano que segue o espírito, as ideias e os objetivos de uma época turbulenta.

Os judeus destinados ao extermínio eram conduzidos com calma, na medida do possível, aos crematórios: os homens de um lado, as mulheres de outro... Quando os judeus se desnudavam, entravam nas câmaras de gás equipadas com duchas e tubulação de água, ou seja, pensavam que iam tomar banho. Primeiro entravam as mulheres com as crianças, depois os homens... De vez em quando, acontecia que as mulheres, enquanto se desnudavam, punham-se a gritar, arrancando os cabelos e comportando-se feito loucas, e esses gritos chegavam a retumbar no cérebro. Essas mulheres eram retiradas em seguida e mortas com um tiro na nuca...

As portas eram trancadas rapidamente e os especialistas em desinfecção despejavam pelas aberturas do forro o Zyklon, que ia para o solo através de tubos especiais. Por uma pequena janela que havia na porta, via-se como imediatamente caíam mortas as pessoas mais próximas dos tubos.

Höss foi um sacrificador de alma calcinada. Podia ser trocado por outra pessoa ou ser substituído, e foi trocado e substituído em diversas ocasiões.

O personagem do sacrificador de alma calcinada pertence a um mundo turbulento, a um mundo em que até mesmo aquele que personifica, com seu comportamento, o nada, a esterilidade, o vazio moral, tem licença para considerar todos os diferentes como lixo que ele varrerá, por estar depurando a Terra. E está disposto a limpá-la de qualquer um, de armênios, cúlaques, ciganos, contrarrevolucionários, intelectuais, judeus, ibos, cambojanos, sacerdotes, negros, loucos, hindus, donos de fábrica, muçulmanos, pobres, prisioneiros. Um dia, talvez bem distante, acabará depurando o planeta de gente em geral. Sem distinções. As vassouras são cada vez mais eficazes. O Apocalipse – a depuração de gente e de vida em geral na Terra – representa cada vez mais um mero problema técnico.

Höss descreve as chamas que durante 24 horas se alçavam até o céu e calcinavam o corpo de suas vítimas. As chamas eram altas e luminosas demais e o comando de defesa antiaérea queixou-se, além disso a fumaça era tão espessa e fétida que as pessoas de toda a redondeza começaram a assustar-se. Essas razões, recorda, obrigaram-nos a projetar e construir crematórios, com pressa. Erigimos dois crematórios, cada um com cinco enormes fornos que podiam incinerar, em 24 horas, até 2 mil corpos, mas não bastava, foram construídos mais dois incineradores, e também foram insuficientes. Em 24 horas, a maior quantidade de mortos que conseguimos, com gás e incineração, foi de quase 9 mil.

Aconteceu assim de fato, e quando reflito a esse respeito sob o ponto de vista técnico, foi um comportamento primitivo. Em épocas turbulentas a mente humana não descansa: as chamas dos depuradores de hoje podem abrasar qualquer quantidade de pessoas em sua própria casa.

Nada no mundo desapareceu nem desaparecerá. As almas dos assassinados, de todos os sacrificados, de todos que foram queimados vivos, dos mortos com gás, mortos de frio, fuzilados, mortos a enxadadas, esquartejados, enforcados, mortos de fome, de todos os traídos ou arrancados do seio materno, flutuam sobre a terra e sobre as águas e enchem o espaço com seus lamentos.

No primeiro momento, assustou-me a ideia de baixar do céu à terra o grande criador. Creio, no entanto, que não é assim.

Nosso céu está unido à terra. Quem não consegue encontrar um vínculo com aquele que ama, como poderia criar com aqueles que não ama? Kafka sabia disso, e estar ao lado da mulher amada significava, para ele, estar ao lado das pessoas, tornar-se um deles, compartilhar sua ordem. De uma só vez compreendeu que a maioria de nós se esconde de si próprio, aproximar-se do outro, acolher um ser alheio é como submeter-se a uma ordem alheia, significa renunciar à liberdade. O homem almeja aproximar-se da pessoa amada — desse modo atraiçoa a ela e a si próprio e com isso comete um crime.

Jurista de profissão, ele escreveu sobre um único grande caso, compôs uma acusação perfeita contra si próprio, defendeu-se de modo veemente, condenou-se sem piedade. Não abandonou seu tema, vivendo-o de forma plena, logrou abarcar os altos e baixos da vida.

Atrás da montanha surgiu uma nova revoada de corvos, o céu escureceu e o ar estremeceu sob o bater de suas asas. Os pássaros lançaram-se sobre os caçadores de ouro que haviam terminado seu trabalho. Parecia que se ignoravam mutuamente.

Um dos homens olhou para nós e gritou algo incompreensível, todos os demais também começaram a gritar. Vi que minha mulher começava a ter medo aqui.

— O que gritam?

Eu não os entendia. É provável que quisessem vender-nos algo.

— Quer ir vê-los?

Estava disposta a ir comigo e a tratar com gente de quem tinha medo. Esforçava-se, pelo menos nos últimos anos, para satisfazer meus desejos e ideias excêntricas. Não se opunha a que eu andasse pelas ruas num uniforme laranja havia várias semanas, se bem que deveria perguntar-se se meu procedimento não ocultava de novo outra intenção ou o desejo de fugir de casa; às vezes, quando eu voltava e ela perguntava como eu me sentia, notava insegurança. Por acaso suspeitava que eu fazia algo diferente do que dizia? Tinha muitas razões para desconfiar, mas, como outrora, nem agora se atrevia a perguntar de modo aberto. Parecia-lhe que a desconfiança é indigna e desonra quem lhe concede lugar nos pensamentos.

Pensei quantas vezes traí sua confiança no passado. Voltei a sentir vergonha e culpa. Eu disse que ao menos estava um lindo dia e fizemos bem de ter saído. Dizer isso ao pé da montanha de detritos era contraditório.

Em casa esperavam-nos nossa filha e nossa neta, também nosso filho almoçou conosco. Fazia tempos que ele procurava um apartamento e pensou com pormenores em uma série de fórmulas que o levassem ao objetivo, nossa filha como sempre não pensava no futuro. Havia momentos em que lhe parecia que tinha tudo, tudo mesmo, diante de si, outras vezes acreditava que vivera tudo e que lhe restava passar o resto de seus dias do modo mais suportável. Depois do almoço quis desenhar-me. Cortou quatro grandes folhas de papel de embrulho, pôs uma na mesa, deu diversas instruções de como eu devia sentar-me.

Da cozinha vinha um tilintar de pratos, o som abafado do gravador de nosso filho e, através da parede, nossa neta entusiasmada contando uma história idiota que vira na televisão *jerkish*. Perguntei se podia fechar os olhos e minha filha, depois de ter me advertido de que assim pareceria minha própria máscara mortuária, consentiu. Ao menos não me moverei tanto.

De fora chegava um cheiro de mar, uma onda quebrou na costa arenosa.

Espere um momento.

Os dedos movem-se rápidos na areia. Como amo esses formosos dedos que me tocam tantas vezes com ternura e dão forma ao que é amorfo.

Não sei se é este meu aspecto, nunca estou seguro de meu aspecto. Tenho corpo de animal, asas de cisne, mas pareço feliz.

Porque você está relaxado, explica-me. Você não está relaxado comigo?

E você não tem medo de que à noite a água me leve?

Por isso fiz asas em você, para que possa levantar voo. Você tem asas para ser livre, chegar aonde conseguir, aonde quiser. Com isso pensava que poderia voar até ela sempre que quisesse. Mas a água levou-me, levou as asas também, e não me conduziu até ela, não sei quando conduzirá.

O carvão sibila sobre o papel, o gravador toca mais alto, é provável que nosso filho tenha deixado aberta a porta do quarto. Um ano antes fomos visitá-lo na cidadezinha em que cumpria o serviço militar; saímos sábado cedo, queríamos passar a noite em um hotel e retornar domingo à noite, mas Lída começou a ter dor de cabeça e foi embora antes, e fiquei sozinho no hotel. No domingo pela manhã o ônibus levou-me até o quartel, meu filho já esperava diante do portão. Tive a impressão de que o uniforme lhe assentava bem, embora eu não tenha simpatia por uniformes.

Perguntou-me aonde iríamos, mas deixei que decidisse, conhecia ali melhor que eu.

Levou-me até uma colina pela qual Těsnohlídek[39] costumava passear, deixamos o muro do cemitério, atrás do qual despontavam cedros esbeltos e seguimos por uma trilha de fazenda. Fazia frio, havia vento, em torno das bétulas pelo caminho esvoaçavam folhas como flocos de neve coloridos.

Meu filho falou de suas experiências militares, logo mencionou, retraído, que sua garota também o visitara e logo voltou às histórias do Exército. Não tínhamos pressa em conversar, tínhamos o dia inteiro. Não conseguia lembrar-me de quando passamos um dia inteiro juntos, se é que alguma vez dispus a ele tanto tempo. Dei-me conta disto: era como se meu filho de repente tivesse saído das trevas ou tivesse voltado de longe. Compartilhei meu tempo com tanta gente, passei dias e semanas com minha amante, enquanto meu filho aparecia e desaparecia fugaz à noite e pela manhã, e nas refeições de domingo; escutava sem dizer nada ou vinha ver-me para falar um instante – quase sempre da vida política ou de seu grupo, nunca de suas preocupações ou aspirações pessoais –, em geral eu me sentava no instante seguinte à mesa de trabalho e com isso já o despachava. Chamava-me também para ouvir canções de protesto que gravara e que iriam interessar-me, e eu ou recusava ou ao ouvir cochilava imediatamente.

Sabia que havia se identificado tanto com meu destino que, apesar de estudar para uma carreira técnica, seguia atento, até com maior intensidade que eu, os destinos da literatura – ao menos da parte do mundo em que vivíamos –, fazia planos

---

39 Rudolf Těsnohlídek (1882-1928), escritor, poeta, jornalista e tradutor tcheco; também usou o pseudônimo Arnošt Bellis.

para que obras proibidas pudessem chegar ao público e celebrava cada pequeno sinal de mudança positiva, até o mais imperceptível.

Lamentei que durante anos eu não tenha encontrado mais tempo e atenção para dedicar à vida dele. Procurava saber por intermédio de seus amigos, de sua namorada, sua visão de futuro. Vi que meu interesse o alegrava, ocorreu-me que se sentia solitário, assim como eu me senti a vida inteira.

Havia decidido convidá-lo para uma boa refeição, mas na taverna a que fomos tinham apenas um salame barato, pão e cebola, embora ao menos pude pedir vinho. Em nossa conversa não fazíamos mais que pular de uma anedota a outra, continuávamos ocultando o mais importante em nosso interior. Fica difícil expressar em voz alta sentimentos que pai e filho escondem um do outro. Papai tampouco soube expressá-los, nunca falamos de nada mais pessoal. As questões a respeito das quais falávamos não lhe ofereciam possibilidade de expressar qualquer sentimento. Eu sabia que ele alardeava de modo um pouco infantil o que considerava meus êxitos literários. Mas sobre o que escrevi nunca se pronunciou, tampouco a respeito de como eu vivia.

Meu ônibus saiu ao anoitecer. Petr lamentou que eu precisasse ir embora tão depressa, estava de licença até a meia-noite. Perguntei o que ele pensava em fazer o resto da noite. Disse que iria ao cinema ou voltaria ao quartel, ou ouviria o rádio ou leria. Dei-lhe ainda algum dinheiro de mesada e, como começava a esfriar, subi no ônibus.

Meu filho ficou do lado de fora esperando, imóvel, na plataforma. Dei-me conta de que um vento gelado vergava os troncos dos álamos, mas meu filho aguardava. Ele olhava a janela, através da qual via meu rosto, permanecia em pé em um uniforme que não era seu, em um mundo que não era seu, esperava fiel até que nos puséssemos em movimento. Então o ônibus deu a volta na praça, cruzou para o outro lado, de onde devíamos retornar, vi-o de novo parado junto à borda de pedra da fonte ao lado da estrada, acenava-me.

Depois fiquei sozinho. O ônibus atravessava o bosque escuro e fechei os olhos, mas também nessa escuridão dupla via a figura de meu filho recortada no cinza pétreo das casas, via-o de pé, separado de mim por uma matéria impenetrável, mas ao menos ele me acenava. Naquele instante apoderou-se de mim uma angústia por meu comportamento, por minha vida dupla em que a fidelidade desaparecera, substituída por fingimento e traição.

Meu filho já era adulto, se fosse embora de casa não seria tão traumático. Os filhos continuam crianças para os pais até quando os caminhos da vida seguem diferentes. Mas eu poderia evitar que minha partida afetasse para sempre sua ideia de fidelidade, confiança e compaixão com os mais próximos, sua imagem de lar?

— Você já pode se mexer — disse minha filha. Examinava sua obra.

— Saiu uma máscara mortuária? — interessei-me.

— De algum modo não se parece com você — queixou-se e mostrou-me a folha.

— Não sei. Não posso saber que aspecto tenho se estou com os olhos fechados.

Para uma máscara mortuária, meu rosto ainda tinha muita vida.

Papai não estivera doente a vida toda. Faz um ano que começou a emagrecer e não lhe apetecia comer. Então encontraram no intestino um tumor maligno e decidiram que deveriam operá-lo de imediato. Um dia antes da cirurgia levei-o ao hospital. Procurei o cirurgião e tentei explicar que, apesar de meu pai ter quase 80 anos, a idade não afetara em nada suas habilidades, que seus alunos buscavam sua ajuda quando tinham um problema complexo.

O cirurgião era um gorducho atarracado. Com o jaleco branco e o gorro, parecia mais um cozinheiro que um médico. Escutou-me com educação, com certeza já tinha ouvido muitos discursos intercessores, aceitou o envelope com dinheiro e assegurou que faria o que estivesse a seu alcance, deveria vê-lo no dia seguinte na hora do almoço.

Lída achava que eu deveria estar no hospital durante a operação. Papai saberia que eu estaria próximo, isso poderia reconfortá-lo, para mim facilitaria a espera.

Fui ao hospital logo cedo. Cheguei a ver papai na maca enquanto esperava no corredor diante da sala de cirurgia. De longe tive a impressão de que ele sorria, levantava a mão para sinalizar de leve que me viu.

Então me sentei perto da recepção, em um corredor sombrio onde enfermeiros passavam sem cessar com macas e novos pacientes. Havia tanta correria que não consegui concentrar-me em meu pai.

Depois de uma hora soube que a cirurgia ainda não havia começado.

Telefonei para minha mulher no trabalho, disse que estava no hospital, ela confortou-me, que não me preocupasse, a operação teria sucesso, papai era um homem forte – sobrevivera até à marcha da morte no fim da guerra.

Telefonei ainda para minha amante, para ouvir sua voz, para dizer-lhe onde estava, era provável que não teria tempo de vê-la.

Passaram-se alguns minutos, vi que ela caminhava diante da recepção com seu passo apressado. Beijou-me. Trouxe-me um biscoito de gengibre em forma de anjo, que assara por ser São Nicolau, e um pequeno ramo de hamamélis com florezinhas amarelas. Arrancara para mim no caminho.

A sala de espera agora após o meio-dia esvaziou-se, sentamo-nos num banco, ela tomou minha mão e disse: Ele vai se restabelecer, sinto isso. Ainda não chegou a hora dele.

Depois ficamos em silêncio. Vi o corredor branco, não enxergava seu fim, havia uma maca. Papai estava deitado nela, pálido e indefeso, e distanciava-se de mim. O que sente, no que pensa um homem que está convencido de que não existe mais vida além desta que ameaça escapar-lhe? Que esperanças tem, em sua idade? A angústia dele prendeu-me em suas garras. Levantei-me e fui perguntar se a operação terminara, mas disseram que não, que eu devia ter paciência.

Voltei à recepção. Vi Daria de longe, mas ela não me notou, estava sentada como que petrificada, como se estivesse longe do próprio corpo. Quando me aproximei dela, ergueu o olhar e pareceu-me ver dor em sua face. Tudo está bem, ela disse. Parecia que não havia esperanças, mas tudo já está bem, sinto isso.

Pegou minha mão e conduziu-me pelo corredor até a saída. Lá fora caíam grandes flocos de neve de outono que ficavam no chão pouco tempo e logo derretiam. Fomos até o pequeno parque atrás do hospital e ela então falava comigo em voz baixa. Dizia que os homens não passavam por esta vida que conhecemos por mais que um minúsculo fragmento de tempo. O importante era vivê-lo bem, aproveitar todas as oportunidades ao máximo, isso também determinaria onde o caminho continuaria. Não consegui concentrar-me em suas palavras, percebia bem a cor de sua voz, sua proximidade terna e confortadora.

Muitas vezes eu repetira-lhe que a amava, agora não lhe disse nada, mas aquele instante ficou gravado para sempre: pequeno parque sujo com algumas árvores molhadas, a presença dela, a voz e a mão, que apertava a minha. Ainda que nos distanciássemos um do outro, que não nos tocássemos e nossas vozes se perdessem na distância, já estaria gravado em mim. Se ela lançasse uma queixa de dor ou angústia, eu ouviria onde quer que estivesse. Se eu continuar vivo, retribuirei ao menos aquele aperto de mãos.

Voltamos ao hospital. O cirurgião recebeu-me. O tumor era grande e fora negligenciado, mas agora estava retirado. Papai dormia.

Vi o rapazinho logo que entramos na sala. Estava sob o palco e entretinha um dos músicos. Usava jeans e um pulôver com padrão nórdico. Talvez fosse a luz artificial, parecia mais pálido, mais esquálido, ainda mais doentio do que costumava vê-lo, apresentei-o a Lída. Disse que estava encantada em conhecê-lo, que eu falara a respeito dele. Ela adora concertos, foi muito amável que ele se lembrasse de nós.

Súbito o rapazinho enrubesceu e soltou numa rajada o nome dos compositores e das peças que ouviríamos, em seguida acrescentou o nome do clarinetista e do baterista, e fomos procurar nossos assentos.

— Ele não está muito doente? — perguntou-me minha mulher enquanto nos sentávamos.

Disse-lhe o que sabia da enfermidade, e que no exterior parecia haver um remédio que poderia ajudá-lo, mas caro demais para que lhe prescrevessem.

— E você não poderia conseguir? — disse surpreendida.

A música começou a tocar. Sou um mau ouvinte, não consigo concentrar-me nem na palavra falada, menos ainda na música. Lída, ao contrário, absorve as notas com todo o seu ser. E então percebi como a música a invadia e despertava nela uma admiração alegre, que a distanciava do espaço pouco acolhedor daquela taverna.

Também chegavam até mim ecos de ritmos vetustos, reflexos de fogueiras na selva ao redor das quais rodopiavam, no paroxismo da dança, dançarinos e dançarinas quase nus.

Quando os primeiros missionários chegaram à África e descobriram os aborígenes pintados com máscaras ao redor do fogo, pensaram que estavam presenciando algo parecido com um rito diabólico. Na realidade, surpreendiam os últimos remanescentes do paraíso. Talvez espíritos malignos, fome ou seca atormentassem os dançarinos, mas não estavam sobrecarregados por um passado pecaminoso nem por um futuro julgador e vingativo, a visão do Apocalipse não pairava sobre eles. Viviam ainda na infância da humanidade.

Nunca estive no continente negro, mas durante minha estada em Saint Louis, quando o diretor me convidou para a estreia de minha peça, para matar um pouco de tempo subi num barco a vapor que conduzia turistas pelo Mississippi, no convés tocava uma banda de músicos negros que entretinha um grupo multicolorido. Não sabia o que festejavam, se um casamento, o nascimento de um filho ou o dia do santo de alguém, ou o fato de que havia um foguete tripulado que ia para a Lua, astro que seus antepassados não muito distantes talvez tenham adorado como a um deus, mas percebi que eu também, perto deles e sob o efeito de sua música, retrocedia a outros tempos mais bonançosos, menos ilustrados.

Esse estado de ânimo durou até o dia seguinte, e quando à noite, na casa desse diretor que nascera em Praga assim como eu, vi na televisão estranhas figuras corpulentas darem passos leves sobre a paisagem lunar desértica enquanto de fora chegavam gritos de júbilo, tive a impressão de que, como meu pai assegurara, na verdade os homens sempre ansiaram ficar próximos do céu. Parecia-me que a humanidade entrava em uma nova era cheia de boas promessas.

Durante a pausa o rapaz aproximou-se de nós, e, como minha mulher entende de música mais que eu, deixei que conversassem, fui até a taverna pegar algo para beber.

Quando ao fim da pausa retornei a meu assento, o rapazinho estava prestes a voltar a seu lugar no palco. Minha mulher pegou um copo de suco que eu levara, tomou de um sorvo e, antes que os músicos voltassem a seus lugares, resumiu o que o jovem havia lhe contado de sua vida, em poucos minutos conseguiu descobrir muito mais coisas do que eu em todas aquelas semanas. Parece que o pai abandonara a mãe antes que ela desse à luz, e, como era um pouco estranha, o filho cresceu em diferentes orfanatos. A mãe morreu, não tinha no mundo mais que um meio-irmão, mas não se suportavam. Ela disse que o rapaz parecia sensível, mas, devido às circunstâncias, não amadurecera, também pelo fato de não ter aparecido em sua vida um homem com quem se identificasse. Eu deveria ter consciência de que talvez tivesse se apegado a mim.

Não sabia por que esse rapazinho poderia afeiçoar-se a mim, mas prometi que teria cuidado.

O apresentador anunciou um novo número, um *pot-pourri* de Gershwin. A música começou a tocar. Em certo momento o clarinetista aproveitou uma breve pausa, apontou o instrumento em direção ao público, fez um gesto, a seguir vimos o rapazinho subir ao palco e pegar o clarinete.

Mas é ele – surpreendeu-se Lída, que não enxerga bem de longe e tampouco tem boa memória para fisionomia.

O jovem arrancou do instrumento emprestado o glissando que abre o primeiro tema da *Rhapsody in Blue*. Vi como seu rosto pálido enrubesceu: por excitação ou por esforço.

O inverno nesse ano foi rigoroso. O céu ficava azul e gélido, a neve congelada estalava sob os pés e o ar tinha odor tão nauseante que a gente lamentava não ser peixe. Fui ver meu pai quase todos os dias, ele recuperava-se depressa. Já se sentava diante do computador. Não acredite, ainda não estou acabado, dizia-me e submergia em seu mundo de números, onde se sentia melhor. Apesar de não fazer cálculos para novos motores, concluíra que havia motores demais no mundo, entretinha-se buscando novas soluções, criando aparelhos menores para um mundo melhor que só vislumbrava em espírito. Às vezes vestia a peliça e saía comigo para passear na rua gelada e sombria. O destino do mundo deixou de interessá-lo. Confiava-me seus temores e suas decepções.

Machucava-o que o socialismo não tivesse dado às pessoas a liberdade e que a tecnologia, além de não aliviar o trabalho, ameaçasse destruí-lo. Paramos na leiteria. Ali papai amoleceu, porque a vistosa funcionária deu-lhe um belo sorriso, perguntou como estava e disse que tinha excelente aspecto. Papai acreditava que ao menos as mulheres eram seres bondosos. Compassivas e dignas de atenção e de amor. Ele teria conversado mais com a funcionária, mas eu estava apressado para ver meu ser bondoso.

Tivemos de abandonar o ateliê do sótão com vista para o palácio, estávamos na oficina do porão onde a vira pela primeira vez – muito, muito tempo antes. Pela janela ouviam-se os passos de transeuntes desconhecidos e do canto vinha um cheiro de mofo e fungos. Sobre o piso de pedra havia um aquecedor de acumulação, sete anos mais novo do que eu, teimoso igual, às vezes aquecia, outras vezes, por motivos inescrutáveis, não havia como fazê-lo funcionar à noite. Por sorte, essas velhas paredes medievais nunca se congelavam por completo.

Está esperando-me. Nem tirou o sobretudo, mas tem os lábios quentes. Apoia-se de novo na chapa morna da estufa e apresso-me em fazer um chá, enquanto ela conta. Quando a escuto, tenho a impressão de que as histórias que em vão busco estão todas nela, todos os seus encontros parecem ter sentido singular e sublime de comunicar algo essencial, de possibilitar olhares para os espaços infinitos no interior das outras pessoas.

Admiro-me como um hálito de vida emana de sua boca cada vez que fala. No recinto há uma penumbra que borra até as últimas rugas que eu conseguiria enxergar com os olhos hipermetropes. Parece-me ter uma beleza tenra e vivaz, sei que a quero, e intuo que ela também deve me amar, se está comigo nesse porão frio e intragável.

Percebe meu olhar e aperta-se contra mim – deslizamos juntos no leito gélido. Seu corpo está caloroso, entrelaçamo-nos, o prazer oculta-nos o mundo, nesse momento não importa o lugar, estamos no compartimento de nosso amor e sabemos que não há palácio no mundo cuja solidão trocaríamos por esse refúgio comum.

Seu pequeno corpo não cessa de retesar-se contra o meu, estremece de prazer. Pede-me com veemência que não a abandone, exige de novo porque o amor não conhece descanso, assim como o trabalho que me arrasta feito torvelinho em todas as suas ações, despertando em mim uma força que eu não suspeitava ter...

Mas chega o momento em que somos vencidos pela fadiga, pelo frio que se insinua do solo e das paredes, colocando-se entre nós, penetrando em seus olhos. Sei que se pergunta em seu espírito por quanto tempo penso em fazer amor com ela sem dar-lhe esperanças, sem encontrar uma solução que a tire desse gélido confinamento. Mas pergunta apenas o que farei esta noite.

Respondo que vou trabalhar, ainda que suspeite que minha resposta será inadequada, se não decidir ficar com ela. Quero saber o que ela fará.

Por que me preocupo? De todo modo não ficarei com ela, em casa minha mulher espera-me, devo estar com ela, representar o papel de marido fiel e amoroso, criar a sensação de lar. Sim, também tenho necessidade de trabalhar, ganhar dinheiro para que a querida senhora viva bem. Não deveria esquecer de comprar algo para o jantar a fim de que não precise incomodar-se, e levar-lhe algum presente para que veja o marido bom e exemplar que ela tem. Minha amante deseja que explique por que ela deve submergir comigo nesse esterco enjoativo e pegajoso? Por que me calo, por que não digo nada em minha defesa?

Vesti a camisa gelada e ela gritou que eu a largava para estar o quanto antes com a vaca sagrada que destroçara sua vida. Ela tentaria salvar-se ainda, sair do poço em que eu a atirara.

Enquanto isso lá fora a noite caíra e suas faces gélidas devoraram-nos de súbito. A neve ficara cinza e parecia romper sob nossos passos. Chegamos à estação do metrô e ela perguntou: Quando verei você?

Observava-nos como sempre de seu pedestal de pedra, com seu tenro sorriso, quase cálido. Esperança.

Amanhã devo ir com papai ao médico. Você tem tempo depois de amanhã?

Tomou-me ambas as mãos: De verdade, amanhã não verei você o dia todo?

O rapazinho acabou de tocar sua peça, devolveu o clarinete ao dono. Houve alguns aplausos, minha mulher também

158

aplaudiu, o jovem fez uma reverência desajeitada, ao descer do palco seu rosto estava pálido como sempre...

Acabou o concerto. As pessoas à nossa volta empurravam-se rumo à saída. Do lado de fora esfriara, no céu límpido brilhava a lua cheia.

O astronauta Aldrin disse-nos, aos que ficamos na Terra:

I'd like to take this opportunity to ask every person listening in, whoever and wherever they may be, to pause for a moment and contemplate the events of the past few hours, and go give thanks in his or her own way.[40]

O diretor de Saint Louis comentou de passagem que dezoito anos antes, pouco depois de ter fugido do país, ele fora condenado à morte por fictícios delitos políticos. Agora queriam reabilitá-lo. Quando nesse dia memorável nos despedimos para ir dormir, por volta das três da madrugada, ele disse: Pena, em nosso país não puderam sequer vê-lo, porque estão trabalhando, e mostrou-me seu relógio. Para minha perplexidade ainda marcava o horário da Europa Central.

– Hoje foi um dia muito bonito – disse minha mulher, minha guia por paisagens ensolaradas e noturnas. Abraçou-me, já que tremia de frio, e sua proximidade confortou-me.

---

40 Em inglês, no original: "Gostaria de aproveitar esta oportunidade para pedir a cada pessoa que me ouve, seja quem for e onde quer que esteja, que pare um momento e contemple os acontecimentos das últimas horas e agradeça à sua maneira". Buzz Aldrin, engenheiro mecânico e astronauta norte-americano, piloto do módulo lunar da missão Apollo 11, foi o segundo homem a pisar na Lua.

4

Já estamos no outono, as ruas estão cheias de folhas que nos dão mais trabalho, na fachada das casas tremulam bandeiras cansadas, sem entusiasmo, e nos edifícios públicos estão pendurados slogans *jerkish* que sem dúvida seriam a alegria dos chimpanzés, se alguns andassem em nossas vias. Por sorte, nada devemos retirar desse lixo têxtil multicolor, brigadas motorizadas especiais penduram e recolhem bandeiras e faixas.

Na zona ornamentada do palácio deparamos com a conhecida dupla uniformizada. O janota hoje parecia melancólico, é possível que tenha ido trabalhar após uma farra, seu colega tinha o aspecto usual.

— Quanta imundície, não é? — disse o janota apontando-nos um lugar incerto à frente.

— As pessoas são porcas — concordou o supervisor. — E o assassino? Já o apanharam?

— Caso encerrado — respondeu o almofadinha com um ar despreocupado —, os rapazes fizeram o trabalho.

— Chamava-se Jirka — confirmou seu colega.

— Que Jirka? — surpreendeu-se o supervisor.

— Um menor de idade — bocejou o janota — apresentou-se como Jirka, de Kladno, a uma garota que quase estrangulou. Mas o tiro saiu pela culatra, a jovem escapou.

— E disse que era aprendiz de mineiro — acrescentou o loiro.

— Sim. Nossos homens buscaram todos os Jirkas aprendizes de mineiros, embora soubessem que poderia ser uma pegadinha.

— É claro — emocionou-se o rapazinho —, e era?

— Claro que não. Era um primitivo! Sabem quantas garotas ele violentou? Ande, diga-lhes — estimulou o colega.

— Dezesseis!

— Elas logo o identificaram com toda segurança.

— E era aprendiz de mineiro? — assombrou-se o supervisor.

— Estou dizendo, era um primitivo. Esse tipo, quando mata uma vez, precisa continuar. Isso de ser mineiro já não é o que era: uma profissão honrada! — o janota deu um grande bocejo. — E calças compridas, não vai usar? — dirigiu-se ao capitão.

— Só no caixão! — cortou o capitão. Talvez eu não tenha entendido direito, e na verdade ele tenha dito: — Larga a mão! — Desta vez o janota nem sequer sorriu, fez um sinal ao colega e ambos continuaram a ronda.

A sra. Vênus estendeu-me sua pá e empunhou o carrinho. Com a mão livre pegou um cigarro e acendeu-o. Os olhos encheram-se de lágrimas. Quando fui jogar o lixo no carrinho, perguntei se acontecera algo.

Ela encarou-me como se tentasse adivinhar o que minha pergunta ocultava: — Aconteceu, o que poderia ter acontecido? O velho morreu! — Levei um instante para compreender a quem se referia.

— Aquele no seu corredor?

— Sim, esse mesmo, tinha 80 anos e foi-se! — Ela jogou o toco no cinzeiro do carrinho e acendeu outro cigarro. Para mudar de tema apontou para o palácio: — Dizem que tem um cigano enterrado no concreto!

— E a senhora vai me contar — disse o capitão —, tenho um amigo que trabalhava na garagem. Disse que no mês passado começaram a derrubar a parede com uma britadeira. E sabe quem procuravam? A cantora do Teatro Nacional que desapareceu há oito anos.

— E encontraram? — perguntei.

— Encontraram uma ova! Estouraram todas as britadeiras!

— É um monstro! — o capitão chamou o palácio pelo nome adequado. — Podem enfiar ali 1 milhão de pessoas, jogar radiação nelas e obter 1 milhão de ovelhas! — Ao imaginar isso, soltou uma gargalhada potente. — Um dia alguém vai incendiá-lo — acrescentou, profético. – E fará bem! – Nesse momento pressenti o rumo de seus devaneios.

Minha mulher foi esquiar nas montanhas com nossa filha e nossa neta, mas eu não queria deixar papai tantos dias sozinho, fiquei em casa. Saí com Daria em excursão por um dia e uma noite. Ela levou-me até as rochas de arenito onde um artista do povo esculpira durante décadas figuras de santos, cavaleiros e reis tchecos e também um leão, que se elevava poderoso na escarpa da rocha. Subimos por chaminés de gelo estreitas e descemos degraus íngremes. Encontrávamos vez ou outra figuras novas escondidas atrás de um tronco de abeto ou de um arbusto de framboesas. Percebi que a força de vontade criadora desse artista desconhecido, que, desinteressado de público e, ao contrário, seguro de seu trabalho, gravara suas visões em rochas solitárias, comovia-a e ao mesmo tempo aturdia-a.

Quis saber se ela gostaria de criar uma galeria semelhante.

Disse que preferia jardins, parques, mar, espaço aberto. E preferia gente comum aos santos.

Quem considerava gente comum?

Todos os demais. Inventaram a santidade os que detestavam a vida e os sentimentos verdadeiros. Por isso sublimaram a exaltação extática com algo que devemos admirar, enxergar como exemplo.

E se você tivesse o espaço como deseja, um jardim à beira-mar, com que o adornaria?

Surpreendeu-se com minha pergunta. Não pensara nisso. Não poderia fazer nada que despertasse em alguém o sentimento da própria miséria, imperfeição ou pecaminosidade.

Em cada um de nós há sem dúvida algo de sagrado, disse, não pensava nesse êxtase postiço, nessa frase barroca, mas em algo eterno, inviolável e irrepresentável, a alma humana. Em um momento de iluminação o homem é capaz de vislumbrá-la em seu interior, de ver o próprio rosto como os outros não conseguem. Se lhe encomendassem algum jardim, gostaria de enchê-lo de formas nas quais os visitantes pudessem ver a si mesmos como se veriam em um momento de iluminação.

Que formas poderiam ser essas?

As mais naturais. Como no poema de Prévert:

E pode acontecer a um varredor que acena
sem esperança pra cá e pra lá
com a vassoura suja
entre ruínas poeirentas
de uma exposição colonial vil
pare maravilhado
diante de estátuas extraordinárias
de folhas e flores secas
que representam o que certamente não é um sonho
crimes celebrações raios e risos e de novo desejo árvores
[e pássaros
e também a lua o amor o sol e a morte...

À noite passamos muito tempo procurando alojamento. Os
hotéis estavam fechados, lotados ou ocupados por estudantes
em excursão. Finalmente, encontramos uma hospedaria onde
se deixaram ceder por um suborno.

Quando entramos no quarto frio e até mal iluminado, quis
abraçá-la como sempre fazia quando estávamos sozinhos, mas
ela me impediu. Nem permitiu que colocássemos nossas malas no armário. Antes aproximou-se dele e examinou seu interior. A seguir puxou as cortinas desbotadas, abriu a janela e
sentou-se numa cadeira que estalou até com seu pouco peso.
Você não nota nada de estranho?, perguntou. Mas não percebi
nada além do cansaço.

Ficou mais nervosa ainda. Percebi que ela desejava ouvir
algo, que estava concentrada em alguma coisa que me escapava. Sentei na outra cadeira. Pela janela aberta entravam ruídos estranhos, alguém ligava uma motocicleta e longe um cão
não parava de uivar. Uma luz silenciosa e nítida percorreu a
parede e notei que uma sensação opressiva me invadia.

Levantou-se, por fim. Abraçou-me e beijou-me apressada.
Em seguida perguntou se me zangaria se fôssemos embora dali.

Não me parecia prudente abandonar esse refúgio sabendo
que nos arredores não teríamos outro.

Ela disse que no pior dos casos podíamos ficar fora, seria
melhor que ali, porque o lugar era desafortunado.

Encolhi os ombros e peguei as malas.

No carro ela abraçou-me com força e pediu que não ficasse com raiva, eu sabia que ela nunca fizera algo assim, mas naquele lugar havia algo maligno, impuro. Alguém deve ter agonizado ali com grande tormento ou sofrera algum outro suplício.

Eu disse que ela tomou a decisão correta, não gostaria que estivesse comigo num lugar em que não se sentisse bem.

Antes da meia-noite compadeceram-se de nós em um albergue do clube de alpinismo. No grande cômodo poderiam pernoitar até dez pessoas, mas estávamos ali sozinhos. As paredes estavam cobertas de fotografias coloridas de cumes de montanhas e atrás da janela erguia-se uma montanha de verdade. Escolhemos o leito justo sob a janela e por fim pudemos abraçar-nos.

Ela começou a chorar do nada.

Já estava acostumado às suas explosões de choro, mas uma vez ou outra eu tentava entender a causa.

Beijou-me entre lágrimas. Não, desta vez a culpa não era minha, ao contrário, está agradecida por tê-la compreendido e não querer ficar naquele quarto horrível. Ali a morte caíra e não conseguia desfazer-se dela. Sei que ela não temia a morte, não se aferrava à vida, nunca se aferrara, mas agora de repente ela sabia que a morte nos separaria.

Insinuou um sorriso. Apesar de a adivinha ter vaticinado que ela morreria aos 87 anos de idade e apesar de a linha da vida ser longa em minha mão também, algum dia chegaria o momento e não nos encontraríamos de novo, onde quer que estivessem nossas almas, fosse qual fosse o destino delas.

Abracei-a como se a quisesse transportar nos braços sobre aquele rio do esquecimento que nos separaria, sem dúvida.

Agora me sinto bem, sussurrou. Com você me sinto bem, aqui me sinto bem com você! E disse ainda que notava que havia força e paz em mim, que sentia que por fim me abria para mim mesmo, ouvia minha própria voz, não somente a dos que estavam em volta.

E você é meu, sussurrou enquanto adormecia, você não estaria aqui se não fosse só meu.

Fiquei calado, não lhe respondi, embora nessa noite quisesse estar com ela, permanecer com ela, protegê-la das águas gélidas cujo rumor eu já conseguia ouvir em momentos de calma absoluta. Olhei a massa escura da montanha pela janela e observei como os flocos de neve cintilavam à luz da única iluminação pública.

Ocorreu-me que ela ajudou a desfazer-me daquele estado em que não ouvia a mim mesmo, no qual desejava escapar de minha própria voz, que em outros tempos havia exigido de mim sinceridade. Ela acreditava que essa voz me levaria até ela. Como poderia ser de outro modo, se estávamos juntos com tanta frequência e de maneira tão plena?

Mas aquela voz evocava desejos antigos que não estavam relacionados a ela, a um tempo em que minha vida parecia mais limpa do que hoje.

Olhei-a. Agora dormia, estava aqui comigo, ainda podia tocá-la, apertá-la em meus braços, render-me de novo à sua voz, à sua força. Sentir o prazer de sua presença, mas em vez disso pus-me em fuga, voltei para minha mulher. Queria tentar mais uma vez: viver com ela de modo pleno como nunca o havia feito, como nenhum de nós conseguira, mas como ambos desejávamos em outros tempos.

Talvez seja uma viagem infrutífera impulsionada pelo empenho desesperado e obstinado para voltar à inocência de outrora, na realidade vagaria por paisagens mais áridas nas quais nem alma haveria e menos ainda um ser amado; o que alcançaria afinal, onde quer que alcançasse, seria esse rio venerável e ineludível, mas não poderia me deter nem ali. Compreendi que não será aquele rio que vai separar-nos, serei eu.

Ela suspirou de leve no sonho e fiquei constrangido ao pensar que talvez tivesse me ouvido durante esse tempo todo. Como eu lhe contaria? Se eu fosse como ela desejava, se fosse como eu próprio desejava ser, eu a teria despertado para comunicar-lhe que ia embora: Adeus, cordeirinho meu, não há outra solução, não sou capaz de tomar uma decisão diferente, embora goste de você, a mais amorosa de todas as mulheres que conheci. Mas não o fiz, aquela voz em mim ainda não soava com intensidade suficiente.

Pouco antes das nove, quando estávamos quase deixando as ferramentas na marquise das latas de lixo de um supermercado para ir à taverna, como costumávamos fazer àquela hora, um furgão deteve-se a nosso lado e o cretino do Franta desceu dele. Com um boné militar cobrindo a testa elegantemente, lenço vermelho ao redor do pescoço, brindou-nos a todos com um sorriso. O supervisor aproximou-se e Franta, sem dizer nada, tirou do bolso um maço de Benson & Hedges, ofereceu primeiro à sra. Vênus, ao supervisor e a todos os demais, um a um. Em seguida chamou o supervisor de lado e conversou com ele um instante, eu ouvia bem os gritos mal articulados por sua voz de falsete *castrato*.

— Lá vai ele, todo perfumado! — soltou a sra. Vênus enquanto Franta dava meia-volta e distanciava-se na direção da prisão de Pankrác[41]. — Vai que roubou uma farmácia. Ou uma banca — disse referindo-se ao maço dourado de cigarros.

— Isso não me agrada! — O supervisor olhou na direção em que o furgão desaparecia, como se dali esperasse alguma mensagem.

Eu quis saber o que não lhe agradava, mas ele não gostara de nada; nem do cigarro, nem do lenço, nem da visita inesperada.

— Ele disse algo a você? — perguntei.

— O que diria? E consegue falar? — o supervisor tirou uma pá da marquise. — Esse canalha está tramando alguma artimanha! Melhor não irmos a lugar algum, vamos tomar cerveja assim em pé!

O rapazinho foi ao supermercado buscar cervejas, acompanhei-o a fim de comprar algo para petisco, a sra. Vênus queria seus cigarros favoritos, o capitão pediu uma caixa de fósforos.

— Estou um pouco indisposto — o rapaz encolheu-se como se estivesse com calafrios. Mas por acaso ontem eu tinha ficado sabendo do que aconteceu?

Uma autêntica banda de New Orleans visitou Praga, quase ninguém soube, não foi uma apresentação pública, mas ele conseguiu entrar. — Se o senhor tivesse ouvido! Tinham um pianista que era um outro Scott Joplin, e tocaram grandes sucessos! No final convidaram a gente para tocar com eles. Isso foi uma homenagem, eles tocando conosco! — Tinha as bochechas

---

41 Prisão em Praga, inaugurada em 1889. Nos tempos de ocupação nazista e comunista, abrigava prisioneiros comuns e políticos.

rubras de excitação. Parou na entrada do supermercado e numa tábua de lavar roupa imitou um dos colegas fazendo o dedilhado. – Não pude resistir e tentei tocar um pouco, mas me senti mal de novo. Isso deve acabar um dia, não?

Disse-lhe que sim, sem dúvida, mas que ele devia ter paciência.

– De qualquer forma, posso ir tocar com os rapazes – disse. – Éramos bons amigos. Outro dia deixaram que eu tocasse um solo de Gershwin.

– E você tocou muito bem!

– Isso não pode ser executado de outra forma. Sempre penso que quando ele compôs devia ter na cabeça algo sublime, algo... – buscava em vão uma palavra que designasse aquele estado paradisíaco em que se encontra o espírito quando cria.

Nossa filha contou para minha mulher e para mim um sonho que tivera: ia com o marido por um bosque e ouviam ao longe uma música estranha e suave. Chegaram a um campo e viram um enorme negro nu tocando um trompete dourado. O instrumento brilhava tanto que iluminava o campo, e era tanta a claridade que deixava as coisas sem sombra. De repente começaram a chegar pássaros coloridos de todas as direções, era provável que fossem colibris, papagaios e garças-reais, embora nunca tivessem visto pássaros semelhantes. O marido percebeu que entre os galhos pendia um balanço. Sentou-a nele e desapareceu. O balanço punha-se em movimento sozinho e a música, que nunca ouvira até então, continuava a tocar. Olhava ao redor para descobrir de onde vinha, mas não via o músico em lugar algum. Compreendia que a música brotava direto da terra, as pedras retumbavam e as árvores soavam feito imensos violinos. No campo apareciam pessoas nuas, reconheceu-nos ambos entre elas, todos tínhamos esses lindos pássaros pousados no pescoço, na cabeça ou em um dedo estendido. Ela também estava nua, mas não se envergonhava, porque era muito pequena. Nesse momento um dos pássaros coloridos aproximou-se e pousou em sua mão. As plumas tinham cores que nunca vira antes. E nunca sentira um perfume tão delicioso, e compreendeu então que estava no paraíso.

– E o que pareceu mais bonito nesse seu sonho? – quis saber minha mulher.

Nossa filha refletiu um instante e disse:

– Que eu era uma criança.

Daria lia nas estrelas meu retraimento e a pouca disposição para entregar-me a outra pessoa. Eu era um homem de Saturno, mas meu Saturno era retrógrado e capricorniano, emanava dele um hálito de ossos. Apenas o amor poderia libertar-me de minha solidão: um amor autêntico e que arrastasse todo o meu ser. Oferecia-me um amor assim para que me salvasse. Dedicava-me sua proximidade e uma tal comunhão que me assustava. É assustador para o homem conseguir aquilo com que sonha, e às vezes em seu subconsciente ele sonha com aquilo que o assusta. Tememos perder a quem queremos. Para não perder, nós a afugentamos.

Ela desejava que passássemos juntos uns dias, pelo menos de vez em quando. Ao menos um pouco de movimentação, uma mudança nesse estancamento, queixava-se. E eu me defendia para não ser preciso inventar mentiras em casa – mas se há pouco tempo estivemos juntos!

Por acaso eu não me envergonhava por repreendê-la? Nessa única noite? Com ela – falava de minha mulher – você está todos os dias! Você representa o papel de marido exemplar! Que vida hipócrita você leva! Como isso tudo é miserável e baixo!

Eu não era capaz de encontrar uma desculpa. Pretendia sossegá-la com presentes.

Não quero que você me compre com presentes. Quero que você me ame!

Amo-a, mas não posso continuar assim. Pretendo chegar a uma reconciliação – com ela e com todos de quem gosto, mas não encontro coragem de revelar-lhes a verdade. E ela pergunta cada vez com mais frequência: Quando você vai se decidir de uma vez? Não sente um pouco de piedade?

Por quem?

Por você mesmo. Por mim! Como pode me tratar assim? Chora.

O marido dela viajou. Ficou uma semana completamente sozinha, um dia ficaria sozinha de verdade, com suas pedras apenas, mais indulgentes que eu. Que destino era esse a que eu a havia condenado? Chora. Minta por mim pelo menos, se você não é capaz de dizer a verdade!

Digo em casa que verei um amigo cuja filha vai se casar.

Isso é bom, diz minha mulher, está sempre sozinho em casa, ao menos pode distrair-se um pouco. E põe-se a pensar que presente eu poderia escolher para a filha do amigo. Quer assar um bolo para a viagem.

Mas no casamento haverá comida de sobra! Damos um beijo de despedida. Que vergonha. Como posso tratá-la assim?

Chegamos ao albergue no sopé da montanha; no vestíbulo não muito espaçoso revestido de madeira, florescem plantas tropicais e trepadeiras, apesar de a primavera não ter chegado ainda lá fora, e aos pés da vigilante na entrada está deitado um terrier preto preguiçoso e fiel. Sempre me dá medo mostrar um documento de identidade que me incrimina, mas a recepcionista está pouco interessada nas infidelidades alheias, tem suas preocupações e minha amante inspira-lhe confiança. As mulheres conversam como se se conhecessem há muito tempo, enquanto o terrier observa-me sem interesse e aguardo num vestíbulo estranho como um fiel cão infiel.

Nosso quarto tem vista para o lago. Contemplamos por instantes a superfície abandonada, em seguida nos abraçamos. Quer saber se gosto daqui, se estou contente por estar aqui com ela. Asseguro-lhe que sim. Nos momentos de prazer sussurramos que nos amamos, como fizemos esses anos todos.

Ainda antes do jantar saímos para um passeio. Damos uma volta ao redor do lago e seguimos pelo bosque até chegar a uma planície em cujo centro há uma construção de madeira resistente, que parece saída de um sonho: um conjunto de telhados, torres, silos e escotilhas de metal. É provável que seja um moinho de pedra ou um edifício em que são destruídos antigas cédulas, valores e documentos secretos que chegam aqui em carros suntuosos que agora ocupam o pátio deserto. Não se vê vivalma em lugar algum, apenas uns corvos que crocitam sob uma torre alta de madeira. Aguardamos um momento para ver se algum rosto aparece nas janelas, se alguém emite um grito para sairmos daqui. Ela vigia angustiada se aparece das trevas algum espectro, mas nada acontece, apenas uma porta semiaberta range às vezes com o vento. Entramos por ela. No vestíbulo, coberto por uma capa cinza de pó, eleva-se a massa metálica de uma máquina. Rodas enormes, imóveis e cheias de graxa, brilham na penumbra. Subimos por uma escada de ferro enferrujada até uma plataforma de madeira sobre a máquina. Pela janela estreita avistamos o bosque e além dele parte do lago, que escurece no anoitecer incipiente. Nuvens com clarões avermelhados percorrem o céu. O vento farfalha através das frestas das paredes e do teto. Você ainda me quer pelo menos um pouco?, pergunta-me. Ela afasta uns sacos e trapos velhos, tira o casaco e a saia de couro macio, estende-os sobre as tábuas enegrecidas, fazemos amor sobre a plataforma suja de um moinho abandonado.

A penumbra oblitera suas feições. Vejo-a agora idêntica como a via na época em que nos conhecemos. Como se voltasse àqueles tempos, ou melhor, como se estivesse fora de um tempo definido. Estou com ela fora de tudo e esse vazio encanta-me. Balanço-me sobre ondas, flutuo tão alto em minha rede que não se vê nada de lá.

O piso artificial range, o vento faz vibrar alguma chapa de metal solta, no ar rodopiam partículas de pó, mas tudo contribui para somar-se ao silêncio aqui reinante, isolamento absoluto. Posso dizer palavras meigas em voz alta, ela responde. Estamos deitados um ao lado do outro no escuro. Sinto o aroma familiar de seu corpo e o cheiro de pedra e madeira, súbito parece que conheço este lugar, já estive aqui alguma vez. Uma angústia gélida apodera-se de mim, é possível que me tenham vindo à lembrança os barracões de madeira de minha infância ou talvez os sótãos dos quartéis, onde me obrigaram a viver, onde reinava a morte. Justo nesse momento lembro-me da morte.

A angústia não me abandona, fazemos amor de novo, nas trevas dessa solidão aperto-a nos braços, em pleno êxtase agarro-me a ela agradecido por estar deitada nesse lugar, que lembra mais a imagem de um inferno nas alturas onde os ossos dos pecadores são triturados até que se transformem em poeira que a de um lugar adequado para fazer amor.

Ela pergunta de repente: Você faz amor assim com a sua mulher?

Sua pergunta lança-me de volta ao presente.

Não quero que você durma com outra mulher, quero que você esteja apenas comigo! Afasta-se de mim. Está me ouvindo?

Ouço-a. O que tenho para responder, como afugentar sua pergunta, como afugentá-la se ela está deitada a meu lado, se a única coisa que deseja é que eu tire uma conclusão do fato de que agora mesmo estou abraçando-a, de que a comprimo contra mim há alguns anos, chamo-a até mim e apresso-me em encontrá-la quando ela me chama. A baixeza de minha situação e de meu comportamento me oprime e afoga todas as palavras dentro de mim.

Afasta-me, levanta-se apressada, sacode a saia e veste-se. Remexe um momento na bolsa, acende então um cigarro e desce correndo pelas escadas rangentes. O que você pensa que é?, pergunta quando estamos de novo no quarto. Pensa que preciso aceitar tudo, que eu não encontraria outro como você? Talvez ela não encontrasse outro que a tratasse assim, prossegue, como se fosse uma mulher da rua.

Nunca lhe faço perguntas sobre a vida que leva com o marido, mas digo agora que ela também não está sozinha.

O que quero dizer com isso? O fato de ela ter um marido está muito bem para mim. Se ela estivesse sozinha, eu já a teria descartado por medo de perder meu maravilhoso casamento.

Há algumas semanas fomos juntos ao cinema. Durante o intervalo, percebeu que o marido estava sentado diante dela com outra mulher. Desde aquele instante, não conseguiu mais manter o olhar na tela. Quando a fita terminou, beijou-me com rapidez, não queria me aborrecer, mas precisava ir embora, então saiu correndo atrás daqueles dois. No dia seguinte nos encontramos como de hábito. Tinha os olhos inchados de choro e insônia. O marido sempre negou que tivesse algo com aquela mulher, e finalmente ela o surpreendera. Passaram a noite acordados, disse-lhe coisas que ele não esqueceria jamais, lembrou-o do que seria dele sem ela. Por fim, deu-lhe a escolha: ou ficaria com ela ou apanhava as coisas e ia embora. Ele precisou prometer que ficaria com ela!

Assustei-me que ela também tivesse prometido algo assim. Mas não aceitou nenhuma conversa a respeito de nós dois, comigo era algo muito diferente. A mim ela nunca negara nem escondera.

Sou repugnante, ela grita comigo agora, primeiro a deixo em uma situação desonrosa e humilhante, nunca pensou que algo assim poderia acontecer-lhe, ainda por cima tenho a audácia de jogar-lhe na cara.

Começa a soluçar.

Há quanto tempo ouço as acusações veementes que ela considera irrepreensíveis? Nelas o único culpado sou eu, sem esperanças de defender-me.

Troca de roupa e retoca a maquiagem dos olhos. Vai sentar-se um instante no bar e não quer que a acompanhe.

Espera que eu insista para ela ficar comigo ou para me permitir ir com ela. Ela me ama, deseja apenas que eu decida ficar com ela, teme que de outro modo me perderia. Antes de me perder, preferia ir embora. Sai batendo a porta.

Na cama contígua, tão perto que podia tocar com as mãos, está sua maleta aberta. Ao lado, sua saia de couro, ainda suja de pó cinza da pedra.

O Jardim do Éden, tal como um rabino erudito o viu há 2 mil anos, tem dois portões ornamentados por rubis. Cada um deles está flanqueado por 60 mil paracletos. O rosto de todos e de cada um resplandece como a luz da abóbada celeste. Quando chega um homem justo e fiel, despojam-no das vestes com que se levantou da tumba e vestem-no com oito túnicas feitas de nuvens da glória, põem-lhe na cabeça duas coroas, uma de pedras preciosas e de pérolas, outra de ouro de Parvaim, na mão dão-lhe oito ramalhetes de murta e dizem-lhe: Vai e come teu alimento com alegria!

Segundo o respeito que merece, cada um tem seu aposento, dele jorram quatro nascentes: uma de leite, uma de vinho, uma de bálsamo, a última é de mel. Sessenta anjos pairam sobre cada um dos justos e fiéis. Repetem-lhe: Vai e come com alegria o mel, porque te consagraste à Torá, que é comparável ao mel, e bebe o vinho, porque te consagraste à Torá, que é comparável ao vinho.

Para o justo já não há noite, as horas noturnas convertem-se em três períodos de vigília. No primeiro o justo transforma-se em criança e mistura-se às crianças e desfruta com elas dos jogos infantis. No segundo transfigura-se em jovem, junta-se aos jovens e desfruta de seus jogos. No terceiro transforma-se em ancião, une-se aos anciãos e desfruta de seus jogos. No meio do

Jardim do Éden cresce a árvore da vida, seus ramos estendem-se sobre o jardim todo e oferecem 500 mil espécies de frutos — cada um com sabor e aspecto diferentes.

Os homens justos e fiéis estão divididos em sete classes, no centro está o Eterno Santo, bendito seja Seu nome, que explica as Escrituras assim como foram pronunciadas: Contemplarei os fiéis na terra para que convivam comigo.

Quando despertei ao amanhecer, dei-me conta de que estava sozinho no quarto. Sua saia e maleta desapareceram. Era estranho que não tivesse acordado quando ela arrumou suas coisas, tenho o sono leve.

Desci ao vestíbulo, onde a recepcionista loquaz regava as flores.

A senhora saiu apressada para tomar o trem da manhã, disse-me. Perguntou ainda até quando eu ficaria. Mas não tinha razão alguma para ficar. Voltei ao quarto e comecei a juntar minhas coisas. Percebi que entre todos os sentimentos o que predominava era alívio.

Fomos expulsos do paraíso, mas o paraíso não foi destruído, escreveu Kafka. E acrescentou: a expulsão do paraíso de certo modo foi uma sorte, porque, se não tivéssemos sido expulsos, o paraíso teria de ser destruído.

A ideia do paraíso perdura em nós, e com ela também a ideia de união. No paraíso não existe solidão, o homem encontra-se em companhia dos anjos e perto de Deus. No paraíso seremos incorporados a uma ordem superior e eterna que nos é negada na terra, à qual fomos atirados, da qual fugimos desterrados.

Ansiamos pelo paraíso e ansiamos fugir da solidão.

Tentamos fugir buscando um grande amor ou errando de uma pessoa para outra, com a esperança de que por fim alguém nos note, de que esse alguém deseje encontrar-se conosco e pelo menos falar conosco. Por essa razão, alguém escreve poesias, ou protesta, alegra-se ou torna-se amigo dos protagonistas de séries televisivas, crê em deuses, ou na camaradagem revolucionária, converte-se em delator para ser recebido com simpatia pelo menos na delegacia de polícia ou torce o pescoço do próximo. O assassinato também é um encontro do homem com o homem.

174

Da solidão o homem pode obter não apenas o amor, mas também o ódio. O ódio é considerado de modo equivocado como antítese do amor, mas na realidade estão lado a lado e a antítese de ambos é a solidão. Não raro temos a ilusão de que é o amor que nos une a outra pessoa, ainda que na verdade seja o ódio, que preferimos à solidão.

O ódio nos acompanhará enquanto não consigamos aceitar a solidão como nosso destino possível, ou melhor, obrigatório.

Quando voltamos, os demais já tinham ido com as ferramentas até os bancos, nos quais, embora não nos fosse permitido sentar, podíamos deixar as garrafas de cerveja.

O supervisor fumava e falava sem parar. Prometeu-nos a todos um trabalho melhor, se conseguisse, claro, um cargo influente na empresa. Mandaria que limpássemos obras em construção, onde decerto era às vezes um trabalho duro, porém ganhava-se mais. Eu poderia ficar no lugar dele, ele se encarregaria de ajeitar isso. Faria mudanças significativas logo. Tentaria incorporar certa mecanização e também trataria de que fôssemos sempre levados ao local do trabalho. Muito tempo seria economizado, nossos salários poderiam aumentar. Ele levaria a sério seu trabalho, enquanto os responsáveis atuais pela limpeza não se preocupavam com nada, a não ser com os bônus que deixavam nas mãos de pervertidos que passeavam perfumados feito rameiras.

O supervisor estava cada vez mais irritado, e também mais inseguro. Calava-se apenas para tomar um trago e tornar a olhar na direção da prisão, de onde parecia aguardar um golpe traiçoeiro.

Não devíamos pensar que tivesse medo, sabia arranjar-se, já passara por situações difíceis na vida. Ainda não tinha nos contado que alguns anos antes, quando estavam introduzindo os supersônicos MiG-19, um dos aparelhos engoliu um pombo ou alguma outra ave justo quando tinha acabado de decolar e precipitou-se rumo ao solo. Pilotava um amigo seu, Lojza Havrda… Ele deveria ter se ejetado, é claro, mas, como o aparelho era novo em folha, não se atreveu a abandoná-lo. Estava fora da pista e ao tentar frear o avião arrastou tudo o que tinha pela frente, arbustos, barris vazios e as maquetes diante do hangar. O pior é que seguia direto para os barracões da tropa. Estavam deitados no descanso da tarde, quando alguém gritou de repente: Todos para fora! O supervisor foi até a janela e viu o gigante de 8 toneladas carregado de combustível indo na direção deles. Ninguém podia imaginar aquilo que aconteceu, as pessoas começaram a saltar pelas janelas dos fundos. O supervisor foi o único a ficar e observou como Lojza lutava com o aparelho. Parecia impossível, mas freou a poucos metros do prédio. Nesse momento, deveria ter saído do avião a toda velocidade, mas nada! O supervisor não vacilou, saltou pela janela e correu até o avião. Encontrou Lojza na cabine ensanguentado e incapaz de mover-se. Libertou-o dos cintos e carregou-o nas costas. Quando arrastou o amigo até os barracões, entendeu que o aparelho poderia ter ido pelos ares com eles dentro.

— E explodiu? — perguntei.

O supervisor hesitou, como se não se lembrasse, e negou com a cabeça.

— Chegaram os bombeiros e jogaram espuma na hora.

— Sabem que me deu um quadro? — disse a sra. Vênus.

— Quem? — eu não tinha entendido.

— O meu coroa. Faz um mês. Um quadro grande, que está sobre a cama.

— Óleo?

— Maria com o menino Jesus. Disse-me: "Leve este quadro, mulher, não posso vê-lo mais".

A cerveja acabou. O rapazinho enfiou as garrafas vazias na bolsa e disse que as devolveria ao supermercado. Andava devagar, como se a caminhada o cansasse.

Também custava-me respirar. Um tampo cobria a cidade, fumaça e névoa enchiam as ruas.

Pensei que tardaria a revê-la, que ela decidira por mim também. Não abandonara apenas um albergue no sopé da montanha, abandonara a mim, distanciara-se de modo sensato. Apesar de a manhã de um novo dia observar-me por vezes com um olhar sem vida, ainda continuava a sentir alívio.

Ficamos ambos em silêncio durante quase um mês, então telefonei para perguntar como ela andava.

Estava acamada fazia quase uma semana, contou-me, não podia mover-se de tão mal que estava. Em sua voz havia dor, rancor e também ternura. De repente me dei conta de que tinha esperado por essa voz todo o tempo. Ainda é próxima, tão próxima que é capaz de estremecer-me com algumas palavras.

Por que você ficou tanto tempo sem me telefonar?, ela pergunta. Estava ofendido? Eu poderia estar ofendida depois do que você me fez!

Com isso quer dizer que ainda me ama, que me espera. Em uma hora dou-lhe uma gérbera e beijo-a. Tem os lábios secos.

Saiu da cidade e, quando viu que eu não lhe telefonava, plantou árvores, machucou as costas, ficou deitada três dias na casa de campo sozinha, sem mover-se.

Ela volta mancando para a cama e eu coloco água num jarro.

Uma vizinha encontrou-a e chamou a ambulância, no hospital deram-lhe uma injeção para que ao menos pudesse tomar o ônibus. E eu nem sequer lhe telefonei! Você seria mesmo capaz de me esquecer tão depressa?, ela pergunta.

Digo que não a esquecerei enquanto estiver vivo, mas em sua mente persiste a pergunta: o que ganha ela com isso, se está acamada e abandonada num lugar qualquer?

Você nunca pensou na possiblidade de estar plenamente comigo?

Está analisando minha firmeza, minha entrega, esquece que seria difícil ficar com ela de modo pleno, ainda que eu quisesse, pois ela tem marido. Talvez estivesse disposta a deixá-lo, mas nunca lhe pedi isso, nunca tive determinação suficiente para instá-la a fazer isso.

Como se fosse possível não imaginar essa possibilidade.

E o que ganho com isso tudo?, ela pergunta.

O que ela ganha com esses dias e noites todos que passou pensando em como viverei, como viveríamos, se nada mudou, se de qualquer modo não estou com ela, se permaneço com ela apenas às escondidas?

Vou até o supermercado e preparo o almoço.

Você é tão gentil comigo, diz. Quando tem tempo! Quando tem uma janelinha em que possa me encaixar.

Quero lavar os pratos, mas ela pede que deixe tudo e fique a seu lado. Está deitada. Tomo sua mão. Olha-me, e seu olhar absorve-me como sempre para um abismo estreito onde não cabe nada nem ninguém além dela.

Pergunta-me o que fiz esse tempo todo.

Falo de meu pai, de meu filho, tento contar sobre o que escrevi, mas ela quer saber se pensei nela, se pensei nela todos os dias.

Foi-se embora em plena noite e deixou-me num hotel desconhecido, fez-me sofrer a solidão durante semanas para que eu me desse conta do quão desoladora seria a vida sem ela. Começo a compreender que ela se fora para finalmente impelir-me a uma decisão.

Pergunta: Como você pode viver assim? Como pode acreditar que escreverá algo, se vive uma mentira eterna?

Observa-me com amor solícito. Espera que eu encontre por fim força suficiente em meu interior para começar a viver com sinceridade, para que em obediência a meu coração fique apenas com ela. Acredita que me compreende. Leva tanto tempo instando que abandone essa vida indigna de mentiras que não pensou que assim me força a abandoná-la. Ela tem razão, preciso tomar uma decisão.

Na mesinha de cabeceira há alguns livros empilhados. Pego o que está em cima: contos de Borges. Leio um deles em voz alta. Fala de um jovem que é crucificado por fazer amor com quem não devia.

Aos nossos ouvidos a história parece apavorante, estamos acostumados à ideia de que não há amor proibido ou, melhor ainda, de que ao amor tudo é permitido.

Ouve-me atenta e pergunto-lhe se deseja que leia outro conto.

Melhor você ficar a meu lado!

Nem se lembra de suas costas doloridas, aconchega-se em mim e geme de prazer: Meu querido, amo tanto você e você me atormenta! Por que me fere sempre, se sabe que nunca se sentirá tão bem com ninguém a não ser comigo e que ninguém amará você tanto quanto eu?

Abraço-a mais uma vez e preciso apressar-me, o marido chega em instantes.

Você virá amanhã?

Seus dedos ternos, sua boca, seus olhos: Ninguém nunca amará você tanto quanto eu! Ninguém fará amor com você como eu! Por que não reconhece que é meu? Venha, vamos embora juntos. Vamos nos amar até morrer! Por que resiste, se sabe que deve ser assim? Isso não poderia ser tão perfeito, se tivesse algo de mau.

Encara-me, contemplo seu rosto. Mudou ao longo dos anos, perdeu ternura e encanto, ganhou cansaço e até amargura. Envelheceu. Nos últimos anos envelheceu até mesmo a meu lado, em meus braços, esperanças vãs, pesadelos e acessos de choro. Durante essas noites de vigília, apareceram-lhe rugas, e não fui capaz de beijá-las mais que por um instante.

Sinto uma súbita lástima ou compaixão, prometo que com certeza voltarei no dia seguinte.

Já estávamos perto da estação do metrô. Podíamos observar a multidão que descia de forma voluntária ao inóspito subsolo, impelida pela necessidade de deslocar-se de um lugar para outro o mais rápido possível. Nos arredores de estação acumulam-se sempre imundícies, o gramado quase desaparece sob montes de papéis e resíduos, não limpamos o gramado ainda que o lixo todo o cubra. Dei-me conta de que atrás de nós o rapazinho se atrasava, depois de fato parou, apoiava-se num posto de iluminação e estava imóvel.

Voltei até ele. Sua face pálida empalidecera mais ainda e na testa despontavam pequenas gotas de suor.

– O que você tem? – perguntei.

Olhou-me em silêncio, mas não respondeu. Segurava o ancinho com a mão direita, com a esquerda apertava-se sob o ventre.

– Dói aí?

– Não é nada. Acontece de vez em quando.

– Você não devia ir ao médico?

Respondeu que quase sempre ia sozinho.

Não me parecia que a dor estava passando. Ofereci-me a levá-lo ao médico. O supervisor deixou-nos ir sem objeções.

– Se terminarem logo, já sabem onde nos encontrar!

O percurso até o hospital não levou nem vinte minutos, mas ainda assim parece longo. No ônibus consegui fazer o jovem sentar-se no assento destinado a quem tem necessidades especiais. Estava calado. Tirou de sua bolsa de carteiro um sujo lenço militar esverdeado e enxugou a testa. Quem lava a roupa dele? Não sabia nada a seu respeito nem fazia ideia de onde dormia.

Chegamos diante do hospital. Ofereci-lhe o braço para apoiar-se, mas ele recusou com a cabeça. Apertava os dentes, mas não se queixava.

A enfermeira que nos atendeu irritou-se, porque não tínhamos documento pessoal algum, por fim aceitou os dados que o rapazinho lhe passou e mandou-o para a sala de espera, uma desanimada dependência silenciosa e escura. Sentamo-nos num banco lascado, o suor descia pelo rosto do rapazinho.

– Talvez ontem tenha sido demais. O concerto...

– De jeito nenhum, o concerto foi incrível. – E logo aduziu: – Sempre quis tocar num grupo legal, mas no orfanato tínhamos um diretor para quem a música não era uma profissão decente, tínhamos que aprender um ofício apropriado, lixar, costurar solas... Ele era sapateiro de profissão.

Tirou o colete do uniforme e o deixou a seu lado no banco.

– Nunca contei aos rapazes sobre o que estou fazendo agora.

– E você precisa fazer isso?

– Reduziram a minha pensão. Um prisioneiro recebe mais polindo pedras! –Empalidecia conforme a dor apertava.

Sem dúvida, em sua idade também estaria humilhado por trabalhar como gari. Inclusive hoje me sentiria humilhado também, se não tivesse outra saída, se fosse como ele um gari de verdade.

De repente me dei conta do quão distante estava daquela pessoa pela qual me fazia passar. O que meu destino tinha em comum com o daquelas pessoas que trabalhavam a meu lado? O que para o rapazinho era um destino desolador, para mim era um jogo um pouco cruel em que punha à prova minha perseverança, da qual me orgulhava, outras vezes divertia-me com as imagens inesperadas que me eram proporcionadas. Envergonhei-me. Tirei o uniforme, coloquei de lado e decidi que nunca mais o vestiria.

O rapaz secou o suor de novo.

– Você não está com sede? – ocorreu-me perguntar de repente.

– Beberia algo, sim!

Fui buscar um copo.

Trabalhei no pavilhão ao lado faz uns dez anos. Vinha três vezes por semana, punha calça e jaleco brancos, quase sempre faltava um botão, nunca me tornei um verdadeiro funcionário de hospital.

Quando alguém se converte na pessoa pela qual se faz passar? Provavelmente quando se encontra num lugar do qual já não pode, não consegue ou não quer escapar, no lugar de seu sofrimento. A autenticidade está sempre ligada ao sofrimento, porque fecha todas as rotas de fuga ao homem, porque o conduz à beira do abismo no qual pode precipitar-se a qualquer momento.

A enfermeira da recepção emprestou um copo de geleia que ela mesma encheu de água. Mas quando voltei à recepção o rapaz já estava no consultório.

Sentei-me, pus o copo com água a meu lado.

Mesmo quem consegue passar a vida toda mentindo não tem como evitar ao menos um único momento de autenticidade do qual não existe escapatória, do qual não pode fugir nem com mentiras nem com dinheiro.

Veio-me à mente aquele dia em que estava aguardando em outra sala de espera, também de hospital. Se eu telefonasse agora, você viria até mim?

Você está outra vez no hospital? Aconteceu alguma coisa com seu pai?

Ele não está muito bem, mas agora vim com outra pessoa. Varríamos juntos, passou mal na rua.

E você levou-o ao hospital. Você vê como é gentil. Não mudou nada esse tempo todo.

Necessita de ajuda de verdade. O fígado dele já se foi. Escreveu para o exterior pedindo um medicamento, mas até o momento não chegou.

Estive mal muitas vezes esse tempo todo. Tão mal que pensava que chegara o final decisivo.

Não sabia disso.

Como você poderia saber? Para saber, tinha que ter telefonado. Para isso você não tem tempo, só dedica seu tempo aos doentes. Deve ser um sentimento maravilhoso ajudar os outros. Em especial a um pobre e necessitado. Foi ideia de sua mulher essa do remédio?

Lamento que você tenha ficado mal.

Não precisa atormentar-se. Fiquei muito mal, mas você deve estar muito pior, se está se dedicando a boas ações. Do que está tentando me convencer? Não parece um pouco miserável escapar de tudo com mentiras?

Não estou escapando de nada com mentiras. Você não pode me julgar apenas do seu ponto de vista.

E como julgarei então? Você se lembra do que dizia quando estávamos juntos? Pensava que isso tudo significava algo para você também, algo autêntico do qual não se pode escapar assim. E agora você tenta me substituir por algumas boas ações! Por que se cala de novo? Você já se deu conta alguma vez de que me enganou?

Kafka desejava ser autêntico em sua escrita, em sua profissão e em seu amor. Sabia ou ao menos intuía que aquele que desejasse viver de forma autêntica escolhia o sofrimento e a abnegação, a vida monacal, isto é, servir a um único Deus e sacrificar tudo por ele. Não podia ser ao mesmo tempo um escritor autêntico e um amante ou marido autêntico, embora desejasse ser ambas as coisas. Por um breve instante sucumbiu repetidas vezes à ilusão de que conseguiria ambas e foi nesses momentos que escreveu a maioria de suas obras. Mas vez ou outra acabou rendido à evidência, o sofrimento apanhou-o, paralisou-o. Então deixava o manuscrito de lado e não o retomava, ou cancelava todos os compromissos e suplicava às suas amantes que o abandonassem.

Apenas os néscios, que abundam nestes tempos turbulentos e tão pouco românticos, acreditam que podem unir qualquer coisa, apanhar um pouco de tudo e retroceder, criar algo de vez em quando e experimentar o absoluto. Os néscios convencem outros néscios e até se premiam de modo recíproco com condecorações e distinções que são tão pouco verdadeiras como si próprios.

Eu também me comportava na vida como um néscio a fim de atenuar meu sofrimento, não era capaz de amar de modo autêntico, nem de abandonar ninguém, nem de ficar apenas com meu trabalho. Talvez tenha sido assim que perdi o que busquei a vida inteira e ainda por cima tenha enganado a quem desejei amar.

O rapazinho apareceu por fim à porta. – O senhor ainda está me esperando esse tempo todo com a água? – O médico aplicou uma injeção e deu-lhe dois dias de repouso. Ofereci acompanhá-lo até em casa, mas ele recusou. Se eu não me importasse, ele queria sentar um instantezinho, poderíamos voltar logo com os demais.

– Quando era pequeno – relembrou –, à tarde a minha avó me esperava às vezes diante da escola. Me levava sempre à máquina de venda automática do Dukla em Libeň,[42] pertinho do ginásio do Sokol, não sei se o senhor conhece. Ela tomava uma cerveja e comprava um sorvete para mim. E quando tomava outra cerveja, comprava outro sorvete para mim, era uma mulher justa. E como tocava harmônica! – O rapaz suspirou; preferi não perguntar o destino dela, tinha a impressão de que tudo ligado a ele estava marcado por algo infausto.

Enquanto isso começou uma chuva fina lá fora. O jovem vestiu o jaleco laranja, mas eu – fiel à promessa que acabara de fazer – levava o meu enrolado sob o braço.

Tudo na vida move-se rumo a um fim e quem resiste a isso cai vencido pela insensatez. A questão é o que significa esse fim, que mudança supõe num mundo do qual nada pode desaparecer, nem um cisco, nenhum impulso de compaixão ou de ternura, nenhum ato de ódio ou traição.

Precisava ir para as montanhas, por ordens médicas, minha querida também necessitava repousar. O trabalho a extenuava e queixava-se de que estava sempre cansada. Lavrar a matéria, golpear a pedra durante horas, o ano inteiro, esgota até um homem forte, mas eu sabia que se referia a outro tipo de cansaço. Recrimina-me por deixá-la presa no espaço fronteiriço entre o amor e a traição, encontros e despedidas, um território que eu demarcara, onde as forças se consomem rápido, corroem esforços desesperados e resistências infrutíferas.

Poderíamos ir juntos a algum lugar. Sei que ela deseja de vez em quando estar comigo de modo pleno. Menciono essa

---

42 Alusão ao cinema existente num prédio no bairro de Libeň, em que há restaurante, café etc.

possiblidade. Concorda, assalta-me de pronto a dúvida se desejo viajar com ela de verdade, se não preferia ficar sozinho. E se minha mulher quiser acompanhar-me? Fico assustado de antemão com as desculpas, as mentiras que terei de inventar, assusto-me feito um criminoso incorrigível que sabe que no fim das contas será pego no flagra.

Mas minha mulher não me propõe nada, não suspeita de mim. Diz que a estada nas montanhas será benéfica. O homem precisa mudar de ares de vez em quando. Visitará papai por mim, não devo preocupar-me com ele, agora está bem.

Sei que minha mulher está imersa em seu mundo. Como é possível apenas quando se executa um trabalho como o dela, que une a dor humana ao sofrimento provocado por um espírito enfermo, mas que a afasta do mundo real. Nele ninguém quer fazer mal a ninguém, o mal apresenta-se como bem reprimido, latente ou mal direcionado, e a traição resulta tão incompreensível quanto o assassinato.

Quem ela vê em mim quando está deitada a meu lado, quando me abraça e sussurra que se sente bem comigo? Como justifica sua confiança tantas vezes espoliada? Ou será que acredita que cedo ou tarde serei digno dessa confiança?

Minha querida percebeu minha vacilação. Você quer de verdade que eu vá junto?

Não respondo rápido, não afirmo com suficiente convicção, a dúvida assoma em meus olhos, ela chora. Pressentia que eu me acovardaria, já me conhece, perdi a noção de liberdade, não prezo a mim próprio, tornei-me escravo da miragem de meu maldito matrimônio, já não consigo viver sem jugo e tento impô-lo também a ela, o que eu quero fazer com ela, como posso tratá-la assim, humilhá-la dessa forma?

Tento consolar, mas ela chora cada vez mais, o choro estremece-a, não se permite consolar: isto é o fim, o fim para sempre, nunca mais irá a lugar algum comigo, nunca mais quer me ver!

Sinto alívio e tristeza ao mesmo tempo.

Ela levanta os olhos para mim, o olhar celestial com o qual sempre me atrai ao abismo agora está injetado de sangue, como se o sol estivesse se pondo. Beijo esses olhinhos inchados e enfeados, as mãos que me abraçaram tantas vezes, que me tocaram com ternura: não compreendo por que ela chora, se o que desejo é que vamos juntos, peço-lhe isso.

Vai pensar, que eu telefone para você de lá.

Estou sozinho nas Baixas Tatras[43]. Caminho pelos prados, que recendem a orvalho, acima de mim ainda há neve nas ladeiras das montanhas. No jantar converso sobre ioga com um médico idoso que fala da propriedade extraordinária das plantas medicinais. Ando por trilhas nos bosques e desfruto do silêncio ao redor, recomponho-me na solidão, ainda que saiba que é fugaz, igual ao alívio que sinto; a cadeira de tortura que eu mesmo preparei para mim aguarda-me em meu interior.

Ergo os olhos para os cumes longínquos – a névoa estende-se sobre a planície. Olho para trás, onde as ondas se rompem, o mar ruge e lava minha imagem moldada na areia, ela banha-se em águas abandonadas, a terra enegrece, raízes entrelaçadas e cada vez mais espessas atravessam o caminho, corvos sombrios revoam sobre a copa das árvores. Caminho com ela entre as rochas até chegarmos a uma planície coberta de neve, abraçamo-nos: é possível que nos amemos tanto?

Passam as noites, noites de encarceramento, noites longas como a vida, seu rosto sobre mim, a minha mulher a meu lado, estou sozinho com meu amor, com minha traição. De noite ela inclina-se sobre mim, me chama, pede que eu vá com ela para sempre: vamos juntos, querido, seremos felizes. E eu de fato vou até ela, ando pela escuridão, corro por ruas geladas desertas, vazias como nem a noite mais profunda poderia deixá-las, fui eu quem as esvaziou, arrasto-me pelas ruas de uma cidade morta, enregelada, e sou invadido por angústia, súbito ouço uma voz dentro de mim, manifesta-se do fundo de meu ser e pergunta: o que você fez? No meio do caminho paro e volto apressado ao lugar do qual saí, ao lado de minha mulher. Faço isso noite após noite, até me dar conta de que não quero ir embora, não quero arrastar-me mais por uma cidade morta, por enquanto. Digo para mim: por enquanto, e finalmente sou vencido por um sono reconfortante.

---

43 Referência às Tatras Baixas, montanhas da Eslováquia ao sul das montanhas Tatras, setor mais elevado dos Cárpatos, na fronteira com a Polônia.

Ela também se resigna agora por ter esperado em vão, mas com o tempo torna a perguntar por que não fui, o que acontece comigo? Amo-a, somos felizes juntos, por que não sou capaz de tomar uma decisão? Ela busca uma explicação, expõe em meu nome razões objetivas e razoáveis que de pronto rebate, se aborrece comigo, chora, desespera-se com minha passividade, obstinação, insensibilidade, minha covardia. Assegura que nada tenho para decidir, não abandonarei minha mulher agora, abandonei-a muito tempo antes, não sou mais que uma carga para ela. E os filhos são adultos e serão meus filhos onde quer que estejam. Escuto-a calado, sem objeção alguma às suas razões. A voz que me detém de novo nem ao menos é uma causa, nem ao menos pode ser decomposta em razões, está acima delas. Pergunto-me se é possível que ela não ouça uma voz interior semelhante, se não de alarme, que a faça duvidar.

Nem agora depois desse longo tempo, quando estou em meio às montanhas e ninguém me pressiona, consigo decompor essa voz em algumas razões: em amor por minha mulher e meus filhos, em compaixão ou sentido de dever. Sei, no entanto, que, se não ouvisse essa voz, minha situação seria ainda pior do que já é.

Talvez exista em nós, ainda acima de tudo, uma lei ancestral e injustificável – proíbe que abandonemos nossos próximos. Intuímos, mas fingimos nada saber de sua existência, fingimos que deixou de valer há tempos e assim podemos infringi-la. Ignoramos que a voz em nosso interior apela a essa lei como se quisesse nos impedir, com espírito insensato e retrógrado, que provemos da felicidade do paraíso enquanto estamos vivos.

Infringimos leis ancestrais que ressoam em nós e acreditamos poder fazê-lo impunemente. Ao homem tudo deve ser permitido em seu caminho rumo a uma liberdade maior, rumo ao céu tão sonhado. Lançamo-nos em busca da felicidade terrena, cada um por sua conta e todos juntos, e ao fazê-lo carregamos culpas que nos negamos a admitir. Mas que felicidade pode o homem conseguir com a alma sobrecarregada de culpa? Não lhe resta outro remédio a não ser afogar a alma e unir-se à multidão dos que se arrastam pelo mundo em busca de algo para preencher o vazio que se apoderou deles após a morte de sua alma. O homem nem sequer tem consciência da relação entre sua forma de viver e o destino do mundo, do qual lamenta, o qual teme, visto que pressente que ingressará na era do Apocalipse.

A neblina do vale sob mim sobe e quase me alcança. Sei que devo acabar com esta forma de vida que me carrega de culpa, mas não a levo sozinho. Sinto-me atado por todos os lados, deixo-me atar à rocha sem ter confiado o fogo a ninguém.

Que valor pode ter meu afeto e a que apelarei? A que ordem, a que integridade, a que fidelidade?

Da névoa emerge súbito uma figura conhecida, me atordoo, da névoa fitam-me seus olhos celestiais. Você poderia renunciar a mim?

Não há razão que passe no teste dela, no máximo posso inventar desculpas, suplicar compreensão, perdão ou castigo, mas nada disso tem sentido, com isso não lhe ofereço consolo.

Telefonei para ela, como prometera. Disse que viria passar dez dias, estava muito animada. Acrescentou ainda: vamos despedir-nos com umas belas férias. Mas não me pareceu que falasse sério.

Encontramos nossos colegas no lugar — na taverna. O primeiro que nos viu foi o capitão, que tocou em seu quepe com a ponta dos dedos.

Sentei-me a seu lado e pelas marcas no descanso de copos percebi que já havia tomado quatro cervejas.

— Estou celebrando! — explicou-me.

Não me parecia alguém que estivesse celebrando algo, mas alguém afogando as mágoas. Ainda assim perguntei:

— Aceitaram algum invento seu?

— O quê, eu não lhe disse? Encontraram o *Titanic*! — Deu um breve sorriso e cuspiu no chão.

— O *Titanic*?

— Com tudo o que havia nele. Só as pessoas desapareceram.

— Mesmo? E o que aconteceu com elas? — As dores do rapazinho passaram, assim já podia interessar-se pela dor ou morte alheias.

Provavelmente pularam na água, explicou o capitão com indiferença.

— O homem não fica num barco que está afundando. Todos esperam salvar-se de algum modo.

Era evidente que o supervisor continuava pensando na visita da manhã; decidiu verificar como estavam as coisas, telefonou para o escritório. Procurou algo por um momento nos bolsos, em seguida pediu emprestadas ao sr. Rada duas moedas de 1 coroa e dirigiu-se ao telefone com passos seguros.

— Deve ter sido horrível estar de repente na água — disse o rapaz —, sem nada firme em lugar algum.

— É a vida — disse o capitão —, as coisas vão bem, todos respeitam você, tem na cabeça toda a Academia de Ciências e de repente está dentro da água. Você afunda… e acabou!

O garçom nos trouxe cerveja e ao capitão uma dose de rum.

O capitão deu um gole: — E todas as ideias, os moinhos, as enciclopédias, o fim da era glacial… tudo afunda com você. — Levantou-se com passo vacilante e foi até o velho bilhar. De sua jaqueta de couro negro aparecia mais negro ainda o gancho que tinha no lugar da mão. Agarrou habilmente o taco com o gancho e sacudiu de leve os dedos da outra mão.

Segui o movimento da bola, que seguiu pela trajetória desejada.

— Sabe para quem escrevi? — disse-me ao voltar à mesa.

— Para quem?

— Para Marie. Há pouco fez 45. No caso de ela querer voltar.

— E ela respondeu?

— Devolveram a carta ontem. Destinatário desconhecido. Vê-se agora que é uma desconhecida!

— Pode ser que tenha mudado.

— Uma pessoa está aqui num momento e de repente desaparece. E vai tudo para o fundo!

O capitão desviou-se em direção ao copo e balbuciou algo e começou a fazer cálculos em voz baixa. Talvez algum invento novo e revolucionário, ou contava os dias que passou sozinho. Ou o total de pontos que fez na partida que jogou. Havia tristeza em seu rosto, e quem sabe nesse instante agonizava, desfazia-se a última imagem clara produzida por sua mente sonhadora. Voltei a ser invadido por um sentimento de pudor por estar sentado ali, observando-o de modo indiscreto. Já era hora de levantar-me e afastar-me desses varredores. Dei uma olhada nos demais, como se esperasse que adivinhassem minha intenção, mas estavam ocupados com suas coisas.

Do bilhar chamaram o capitão de novo. Ele fingiu por um momento não ouvi-los, ou não os ouvia de verdade, então se levantou, apoiou-se no recosto de minha cadeira, na mesa, chegou até o bilhar ao lado da parede, pegou o taco com o gancho, depois concentrou-se um instante e imprimiu velocidade à bola. Observei como a bola vermelha corria sobre o forro verde, como passava solitária entre as outras sem tocá-las, sem sequer aproximar-se delas.

— Não deveria beber mais — eu lhe disse quando voltou. Cravou em mim seu olhar turvo. — E por quê? — Com essa pergunta lembrou-me o colega de minha filha que um ano antes deu cabo da própria vida naquela língua de terra da ilha de Žofín.

O supervisor já havia voltado do telefonema. Com o rosto vermelho, como se estivesse à beira de uma apoplexia, deixou-se cair na cadeira, pegou o copo, levou aos lábios e afastou-o de novo.

— Já temos então um novo encarregado!

— Então é o senhor? — aventurou-se a sra. Vênus.

— Deixe de piadas, Zoulová, não tenho disposição para isso! — Fez uma pausa para dar-nos tempo de conjeturar e logo anunciou: — Temos aquele canalha desgraçado!

— Franta? Mas ele é um cretino — surpreendeu-se a sra. Vênus.

— É por isso — confirmou o sr. Rada, enquanto o capitão começava a rir em voz baixa e alegre, como se essa notícia lhe agradasse em especial. Talvez nesse instante tenha compreendido a radiação que nos converterá a todos em ovelhas.

O supervisor por fim deu o primeiro gole de cerveja, esvaziou o copo de um trago e logo anunciou: — Se pensam que esse canalha vai dizer qual é a agenda de trabalho, estão enganados. Vou embora da firma!

— Não faça isso — a sra. Vênus tentava consolá-lo —, ele não vai feder muito tempo ali! Vocês vão ver como ele vai tirar todos do caminho de novo e continuará a subir!

Chamaram o capitão do bilhar, mas ele se levantou a duras penas, lançou um olhar para o local, acenou com a mão e tornou a sentar-se.

– Não – disse o supervisor –, é a minha última palavra!

– Já começou a fazer frio lá – interveio o rapazinho. – É por isso que passei mal. – Com esse comentário comunicava que também pretendia sair. Eu deveria fazer o mesmo, mas, por ser até certo ponto um estranho ali, não teria sentido dar tanto destaque à minha saída.

Levantei-me e dirigi-me ao capitão: – Até logo, por certo nos veremos em algum lugar. – Levantou-se, apertou minha mão com cerimônia, chamou-me pelo nome e disse: – Obrigado por seu trabalho!

Fazia muito tempo que nenhum superior me agradecia pelo trabalho.

O sr. Rada, como de hábito, saiu comigo:

– O senhor vê por que estariam dispostos até a brigar.

Parecia aflito hoje. Para animá-lo perguntei-lhe sobre o irmão, se estava em preparativos para outra viagem ao exterior.

– Nem me fale dele – disse. – Não consigo tirá-lo da cabeça. Imagine, filiou-se ao Partido! Para que possam nomeá-lo médico-chefe. O senhor acredita? Uma pessoa assim, que sabe doze línguas, com tudo o que viu pelo mundo, ele mesmo me contava há pouco!

Objetei que talvez fosse bom que pessoas assim fossem médicos-chefes. E que não era culpa dele, se para isso era necessário ter uma carteirinha do Partido.

– O homem não é responsável pela situação em que nasceu – declarou –, mas responde por suas decisões e seus atos. Mamãe por pouco não morreu, quando soube. Sabe o que ela já sofreu na vida com essa gente? E eu... eu estava orgulhoso dele, parecia que Deus havia lhe concedido um dom especial... ainda que ele não reconhecesse, parecia não aceitar Deus... Eu acreditava que um dia ele enxergaria.

Em sua aflição começou a recordar os anos no campo de concentração. Entre os presos houve muitos personagens inesquecíveis que, ao se verem naquelas condições, buscaram um caminho rumo a algo mais elevado, alguns receberam o sacramento do batismo, ele próprio batizara alguns de forma clandestina. Quando lembrava aqueles tempos em que, apesar das penalidades, o amor divino não deu as costas às pessoas, parecia-lhe que foram os melhores anos de sua vida, ou que ao menos deram maior sentido à sua existência.

Chegamos à ruela em que vivia e onde expunha nosso familiar artista desconhecido. Por curiosidade dei uma olhada pela janela do andar térreo, mas dessa vez não descobri nenhum de seus artefatos, emoldurado pela janela havia um homem real, devia ser o próprio artista, vestindo uma faixa estreita de pano de saco e na cabeça um chapéu de bobo da corte com sinos, no chapéu tinha ainda uma coroa de louros e na mão direita ele segurava uma grande flor em forma de sino, que eu diria ser uma beladona.

Estava ali de pé, imóvel, a fronte colada ao vidro como se estivesse esperando nossa chegada. Surpreendeu-me que era bem jovem, o cabelo que aparecia sob o chapéu de bobo era negro e a pele, morena. Nós o observávamos, ele nos observava, sem parecer que tinha nos percebido, que tomava conhecimento sobre nós.

— Imagine — escandalizou-se o sr. Rada —, isso já é demais!

Mas notei que sentia simpatia por esse rapazinho anônimo que se oferecia a si próprio e aos nossos olhos, que não hesitava em expor sua miséria, seus desejos e suas esperanças. Esperanças de quê? De fama, compreensão ou que ao menos alguém parasse e lhe lançasse um olhar. Diante dele, com meu traje laranja de bufão, em que sou diferente? Em minha miséria, meus desejos ou minhas esperanças?

Assim esperava minha querida, numa pequena estação ao pé das montanhas. A meu redor, uns ciganos bêbados alvoroçavam-se ruidosos. Um jovenzinho desconhecido que fedia a sujeira e a bebida pediu-me que brindasse com ele.

Fugi para o fim da plataforma, onde esperava ver a chegada do trem.

Eu aguardava o trem com esperança ou temor, desejo ou obrigação? O que mais podia esperar, que esperanças ter?

No máximo, uma prorrogação condicional que dilatasse um pouco mais nosso tormento e nosso prazer.

O trem chegou, eu a vi descer do último vagão, com uma mochila cheia nas costas, ela também me viu, acenou e percebi à distância que vinha com amor.

Invadiu-me de pronto a gratidão, fui agraciado sem merecê-lo e abracei-a.

Anoitecia. A estação esvaziara-se, de longe aproximavam-se as luzes de um trem qualquer.

Quisera que fosse um trem especial, um trem encomendado para nós, subiríamos nele, fecharíamos as cortinas, trancaríamos a porta, o trem viajaria dia e noite, por pontes e vales, nos levaria ao país das maravilhas, longe de nossa vida atual, a um jardim distante onde é possível viver sem pecado.

Passou pelos trilhos com grande estrondo um trem-cisterna que impregnou o ar com cheiro de petróleo. Peguei a mochila dela e saímos da estação.

Ainda à noite liguei para minha mulher do hotel em que estávamos hospedados. Em sua voz também senti amor ou alegria por ouvir-me. Disse-me que fora convidada para assistir a um congresso de etologia que seria realizado perto do lugar onde eu estava. Então, em uma semana podíamos aproveitar a ocasião para encontrar-nos, com certeza estava sendo um pouco triste para mim ficar tantos dias sozinho, e o lugar a que ela devia ir já tínhamos visitado, lembrava-se bem, na viagem de lua de mel...

Fiquei aterrorizado. Ainda não sei o que acontecerá em uma semana! E ela, como se tivesse se assustado também, disse que se eu não desejasse, não precisaria ir vê-la. Teve a impressão de que eu gostaria da ideia, mas não quer obrigar-me nem deixar-me em apuros.

Prometi que voltaria a ligar e desliguei.

Por fim, fui descoberto. Minha mente já treinada imaginava desculpas, mas pressentia que não haveria escapatória, tampouco desejava escapar.

Por que não me perguntou diretamente? Por que não fez nenhuma objeção? A estranha e incompreensível humildade de sua voz ainda ressoava em meus ouvidos. Uma emoção triste tomou conta de mim, porque eu também sentia ternura por minha mulher, que desejava dar-me uma alegria na minha solidão fingida, que à distância prometia que iríamos às montanhas, onde havíamos ficado tão bem outrora, quando começamos a vida em comum. Se estivesse sozinho, iria encontrar-me com ela e teria dito que, apesar de tudo o que fiz, nunca deixei de amá-la e jamais quis abandoná-la. Se estivesse sozinho, não precisaria rejeitá-la e teria ficado alegre por ela ter vindo me ver.

Não suportava ficar no quarto. Na encosta da montanha a lua brilhava e um vento hostil descia das ladeiras. Minha amante queria saber o que eu pensava em fazer. Mas estava tão desconcertado por meus sentimentos – fui incapaz de confirmar que desejava ficar ali com ela.

Plantou-se diante de mim na trilha estreita: Foi você quem me convidou! Peço, e será a última vez que peço algo a você, que se comporte como... um anfitrião cortês!

O vento jogava seu cabelo na testa. Agora de verdade parecia uma pitonisa, uma feiticeira que emergira de alguma profundidade da montanha.

Se você quiser, pego as minhas coisas e vou embora agora mesmo!

Não era necessário que fosse de imediato. Poderíamos ficar ali durante a semana inteira, três dias menos do que havíamos planejado.

Você quer pechinchar comigo? Em meio ao silêncio noturno da paisagem ela gritava comigo: sou um covarde, um mentiroso e um hipócrita. Mercador de sentimentos. Um traficante sem sentimentos. Não em relação a ela, ao menos. Como podia ser tão cruel, tão cínico?

Tinha razão.

Tomei-a pela mão e conduzi-a pela trilha na encosta da montanha. Na penumbra, tropeçávamos em pedras e raízes que surgiam. Esforçava-me para falar como se nada tivesse acontecido. Estamos aqui juntos, depois de muitos meses por fim estamos juntos e sozinhos.

No dia seguinte fomos até outras montanhas.

Humilhava-me a ideia de estar fugindo, em fuga atrasada, em um instante em que não desejava mais fugir de lugar algum e de ninguém. Apenas de mim mesmo.

A primavera este ano foi particularmente afortunada. As flores de açafrão inundavam os prados de violeta e pelos caminhos brotavam os caules de chapéu-de-aba-larga. Mas subimos às maiores alturas, por fim subimos juntos lado a lado, perambulamos por montes de neve, escalamos picos de grande altura, observamos o voo da águia e o salto da camurça, abraçamo-nos sobre rochas abandonadas e banhadas de sol, e ao voltar ao refúgio do chalé da montanha fazíamos amor como fizéramos durante anos, quando nos encontrávamos.

Ela logo adormeceu esgotada, enquanto eu fiquei deitado imóvel no leito, ouvia o manso gotejar da água para além da janela e observava a montanha que cintilava sob o luar, esforçava-me em imaginar o que faria depois de voltar para casa, como viveria, como seria minha vida, mas os pensamentos tropeçavam ao primeiro passo no penedo descomunal que havia no caminho.

Logo me punha a escutar a sossegada respiração dela e a tristeza me perturbava: aonde levei você, minha queridinha, até onde você foi por mim, até onde fomos juntos, caminhamos por planícies nevadas, a noite é gélida e profunda, o silêncio do universo já desaba sobre nós. Você quis salvar-me, eu quis estar com você em todos os seus momentos difíceis, talvez não tenha amado você como devia, não soube, não me atrevi a amar você mais. A seu lado estou alegre, você uniu-se a mim de forma dolorosa. Se eu fosse mais forte, mais sábio, sábio o suficiente para conhecer o essencial de mim, teria rejeitado você na primeira vez que se aproximou, porque saberia que não me atreveria a ficar com você como você desejava, como eu gostaria de ter ficado com você se estivesse sozinho, porque não conheci outra mulher que eu desejasse mais. Não me atrevi a rejeitar você. Não fui sábio o bastante, também tive medo da dor, sua e minha, tive medo da vida em que você não estivesse presente; parecia-me que com você minha vida enchia-se de esperanças, que encontrei uma rede a mais para estender entre mim e o nada.

Os cumes das montanhas começaram a emergir da escuridão e o céu acima deles empalidecia e a montanha elevava-se quase eterna até um céu ainda mais eterno, enquanto nós, mortais, que aparecíamos e desaparecíamos num único piscar do olho divino, no afã de preencher a vida, na busca da vertigem, preenchíamos nosso instante com o sofrimento.

No décimo dia, voltamos para casa, cada um para sua casa. Despedimo-nos, ainda nos beijamos, ela desejou-me que eu fosse forte e que não fizesse nada contra ela.

Mas não sou forte, ao menos não naquele sentido a que ela se refere. Não quero ser forte com aquela que compartilha comigo o bem e o mal há tanto tempo. Retorno, em espírito encadeio algumas frases que sejam uma explicação.

Que boba, lamenta-se minha mulher, e eu que tinha voltado a acreditar em você.

Está parada diante de mim e baixa o olhar. Não sabe o que fazer, o que me responder. Diz que decidiu sair de casa, já está procurando um apartamento.

Peço que não faça bobagem.

Fiz a maior bobagem quando acreditei em você de novo.

Quer que eu explique, ao menos, como pude fazer o que fiz, se digo que gosto dela, que nunca deixei de gostar.

Eu também gostava daquela outra!

Olha, isso é muito doído! Não tem mais sentido. Como você pôde me enganar assim?

Calo-me. Não tenho nada para responder, exceto que foi assim. Mas não vou enganar você outra vez!

Se você está dizendo a verdade, o que vai fazer para provar?

Não sei como poderia provar... vou ficar com você.

Isso você me diz agora, mas o que vai dizer para ela?

Vou dizer a mesma coisa!

Está bem. Vamos buscá-la e você pode dizer agora. Quero estar presente.

Não, não vou fazer isso.

Por quê? Por que você não pode dizer diante dela, se quer realmente dizer isso?

Calo-me. Estou numa armadilha.

Viu, você queria me enganar de novo.

Não queria enganar você.

E devo acreditar?

Não sei a que recorrer. Não posso prometer ou jurar.

Que boba, como pude ser tão tonta. Ainda que quisesse acreditar em você, não conseguiria mais.

Torna a pedir-me que vejamos a outra, posso dizer-lhe o que quiser, mas talvez num momento assim eu diga a verdade.

Mas neste momento não tenho medo da verdade, porque sei que não quero despedir-me com cena teatral da mulher com quem vivi tantos anos de amor, a quem amei tantas vezes sem testemunhas e com quem esqueci minha solidão.

Vou dizer isso sozinho. Ou escreverei uma carta.

E como posso acreditar que você vai fazer isso?

Encolho os ombros.

Noite. Minha mulher soluça no quarto ao lado. Espera que eu vá até lá. Digo que lamento tudo o que houve, que me dei conta de que só posso ser feliz com ela. E à outra direi olhando nos olhos, de modo que ela também ouça, de modo que todos se inteirem de que nos amamos.

Nada disso sou capaz de fazer, nem de dizer mais do que já disse. Vejo-me, vejo-me de uma grande altura. Figura ainda ereta, as têmporas encanecendo, espero na esquina, no lugar conhecido com uma única árvore na qual posso apoiar-me. O relógio da esquina está parado. Espero, espero, ninguém chega, espero, quem sabe ao menos ela vem, mas não.

Ajoelho-me no chão, apoio a testa no tronco da árvore. Não consigo chorar. Abraço esse tronco, agarro-o de modo convulsivo como se alguém pudesse vir para apartar-me dele. Sussurraria seu nome, mas não consigo. Percebo que o relógio começou a andar, mas esse é o único movimento – ninguém virá nunca mais.

E o que você espera agora? O que quer? O que sente? O que angustia você?

No dia seguinte escrevi a carta. Não voltaria para uma vida de mentiras. Não abandonaria minha mulher e tampouco seria capaz de viver a seu lado e torturá-la comunicando-lhe que fazia amor com outra mulher, não seria capaz de continuar assim, ainda que minha mulher conseguisse. Escrevi também que aquilo que vivemos juntos iria acompanhar-me por toda a vida. Gostaria de acrescentar algo terno e que talvez chegasse o dia em que estaria de fato a seu lado num momento difícil, embora de forma diferente da imaginada por ela, também que aquilo que vivemos juntos não pode ter sido vão, parte daquilo poderia lançar luz até em nossos dias posteriores – eu jamais apagaria essa luz dentro de mim, mas senti que todas as palavras eram vãs e vaidosas, que não seriam nada mais que um falso consolo para ela e para mim.

Dois dias depois enviei a carta. Quando fechei a tampa da caixa de correio, percebi que a antiga e conhecida tontura apoderava-se de mim.

Daquele dia em diante não nos vimos mais nem ouvi mais a voz dela. Por vezes, no meio da noite, despertava sobressaltado enquanto tocava sua testa alta com a ponta dos dedos e sentia que uma dor longínqua e alheia me atingia, e logo ouvia um leve ruído. A rede desgastava-se, não sabia quantos fios sobravam, mas já não podiam ser muitos.

Gostaria de saber se o homem na janela sentia algo parecido, se nosso inesperado encontro lhe dava um alívio súbito. Ocorreu-me que talvez ele se afastasse da moldura, abrisse a janela e me convidasse para entrar ou fizesse ao menos um gesto com a flor, mas com isso por certo melindraria algo delicado e oculto que crescera entre nós, entre ele e mim, cruzaria a fronteira invisível e mal perceptível que separa a arte da simples farsa, e alegrei-me então que tenha mantido a imobilidade.

– Já não sabem o que inventar – opinou o sr. Rada a respeito do que víamos.

Sua afirmação pareceu-me desmesurada. As pessoas deveriam fazer mais, antes de começar a julgar ou criticar, para tentar compreender-se.

Chegamos ao escritório. Lembrei que o cretino do Franta poderia estar sentado ali, mas quem estava era a senhora de sempre. Dei-lhe a roupa, devolveu-me a identidade e pagou-me a diária.

– Tem razão – disse-me o sr. Rada na despedida –, não estamos aqui para julgar os outros. – Entendi que se referia mais ao irmão, e não tanto ao artista desconhecido.

Observei-o afastar-se, deteve-se na parada de ônibus. Era um homem alto e forte, mas já começava a encurvar-se de leve como se carregasse um peso. Provavelmente levava a carga dos outros em vão. Quem enxerga a alma do próximo, ainda que seja alguém bem próximo e ainda que seja um filho ou um irmão a quem se ama como um filho?

Poderia ainda ter ido até ele, mas o ônibus chegou naquele instante e ele subiu. É quase certo que não torne a vê-lo nunca mais, nem conheça seu irmão, a menos que eu vá parar sob os cuidados dele.

Pensei que a cédula que acabara de ganhar, essa última nota de 50 coroas que obtive à custa de varrição, deveria gastar com algo solene e bonito, desci até Nusle, onde havia muitas lojas.

Num pequeno mercado vendiam flores. Meu ganho diário dava justo para cinco crisântemos. Escolhi três amarelos feito manteiga e dois carmesim-escuros, cores de que minha mulher gostava. Em casa ajeitei as flores em um vaso e pus na mesa de minha mulher, apanhei a mala com comida que ela me preparara de manhã e fui ver papai no hospital.

Abriu os olhos, viu-me, um sutil movimento com a boca na tentativa de sorrir, logo fechou os olhos. Nos últimos dias mal falava, talvez porque o cansasse demais ou porque não tivesse nada relevante para pronunciar. Na última vez que falou comigo, lembrou que mamãe o censurava muito por cuidar pouco de mim, por não me educar o suficiente. Mas você esperava alguns sermões?, perguntou. Eu disse depressa que ele sempre fora um exemplo pela forma de viver e principalmente pelo modo de trabalhar. Afinal permaneci com vocês, acrescentou ainda papai. Lágrimas inundaram-lhe os olhos. Compreendi que por trás daquelas poucas palavras se escondia alguma difícil decisão antiga, talvez até um sacrifício.

Então retirei a tampa do pote térmico e pus um pouco de mingau doce na colher. Papai sorveu alguns bocados sem abrir os olhos. E então disse:

– Hoje caí e não consegui levantar. E a enfermeira, aquela bonita, gritou comigo, que eu devia levantar logo, que ela não me ajudaria. Diga, como pode uma mulher ser tão má? – Meu pai ficou calado por muito tempo, tive a impressão de que adormecera. – Lembra daquele chapéu? Como escapou lá na ponte e foi embora? Como rimos daquilo! – Fechou os olhos de novo. Eu disse que me lembrava, mas ele já não me ouvia.

Quando arrumava sua mesa de cabeceira, encontrei seu bloquinho de anotações. Dia a dia anotava a febre e os remédios que tomava com uma letra cada vez mais trêmula. A última anotação tinha três dias e já não pude decifrar os números. Tive um nó na garganta. Acariciei a testa de papai e saí do quarto. Lá fora, não fui até a entrada principal, mas tomei uma estreita passagem que levava à entrada dos fundos. A passagem serpenteava por canteiros de grama não cortada, passando pelo necrotério. Logo atrás do armazém havia uma pilha de cacos de tijolos, latas enferrujadas, garrafas quebradas de soro, como também um antigo motor enferrujado, talvez um dos que papai calculava. Projetava seus motores dia e noite. Quando ia visitá-lo, receava atrapalhar seu trabalho. E assim comentávamos depressa o que havia de novo no mundo, em nossa vida, mas a respeito do mais essencial, nossa existência aqui, falávamos pouco.

Numa curva do caminho apareceu um funcionário empurrando uma maca metálica, uma das caixas em que se depositam cadáveres. Eu também as empurrara. Esquivei-me com um movimento, mas não pude livrar-me da ideia insistente de que se dirigia ao monte de escombros para jogar ali sua carga.

Voltei à ponte de madeira.

O trem apitou nas profundezas, o chapéu voou e desceu logo por entre nuvens de fumaça.

Papai pôs-se a rir e fiquei aliviado. Um momento de conexão plena, um sopro de reciprocidade em nossa vida, que nesses anos todos nada conseguiu apagar ou manchar.

Papai inclinou-se sobre o abismo, dali caçou o chapéu enegrecido de fuligem e cinzas. Não teve receio de pôr na cabeça, ainda acenou e afastou-se com um sorriso.

5

O despertador tocou às seis da manhã e minha mulher e meu filho levantaram-se para trabalhar. Eu deveria levantar também. Meu pai morreu ontem cedo. Devo ver seus alunos na universidade para pedir que algum entre os que ele apreciava diga umas palavras em seu sepultamento. Ontem à tarde chegou uma caixa de remédios que há algum tempo encomendei para o jovem Štych e deveria entregar-lhe o mais depressa possível. Para papai não encomendei nenhum medicamento, porque provavelmente o que ele precisava nem sequer existe.

Já não acharei meus colegas no vestiário, se tiver tempo irei encontrá-los na taverna.

No último dia de vida de papai, fomos com Petr logo cedo ao hospital. Era domingo e havia apenas duas enfermeiras na ala. Uma delas disse-me que "poderia acontecer" a qualquer momento.

Papai estava deitado na cama, a boca bastante contraída e a respiração ruidosa. As pausas entre cada inspiração pareciam incrivelmente longas. Tinha os olhos firmemente fechados. Fazia dois dias que não comia, não bebia, tinha as veias tão perfuradas que nem podiam dar-lhe alimentação intravenosa. Tentei pôr em sua boca uma colherzinha de chá com açúcar, mas ele não conseguiu engolir. Quando por fim deglutiu, percebi que empregou quase todas as forças e a próxima gota poderia sufocá-lo. A última gota de esperança secou, acabou, desapareceu no pó. Ao menos limpei os lábios e a língua de papai com algodão umedecido. Então me sentei ao lado de sua cama, tomei sua mão, como ele fazia comigo quando eu era pequeno e me levava para passear na direção do aeroporto. Meu filho adulto estava de pé à porta do quarto e chorava.

Então papai súbito expeliu o ar, mas não inspirou mais. Percebi o esforço enorme de seus pulmões para respirar, seu rosto contraiu-se, a expressão de dor percorreu-me por inteiro. Que filho sou eu, incapaz de proporcionar-lhe um único sopro de ânimo sequer?

Levantei e supliquei em silêncio: Senhor Deus, receba sua alma, que foi boa! Depois saí para o corredor do hospital, deserto no domingo, a meu redor erguiam-se paredes em toda parte e agora havia uma a mais: delgada, translúcida, transparente mas impenetrável, que se levantou entre esse instante e tudo o que o precedeu.

Meu filho escutava notícias na sala contígua. Na Colômbia, um vulcão entrou em erupção no dia em que meu pai faleceu. A lava ardente derreteu a neve e o gelo ao redor da cratera. As águas com cinzas formaram uma onda de lama que despencou no vale, encosta abaixo, sepultando as casas. Estimava-se que 20 mil pessoas ficaram soterradas sob a avalanche.

Minha mulher inclinou-se sobre mim e me deu um beijo ao despedir-se. Sussurrou que continuasse a dormir, ela voltaria logo.

Não consegui voltar a dormir. Quando fechava os olhos, a face de meu pai voltava-me com a última imagem de dor e sua respiração espasmódica ressoava em todos os cantos.

A campainha tocou de novo, desta vez à porta.

Visitas à primeira hora da manhã despertam em mim expectativas incômodas. À porta estava o jovem loiro de Svatá Hora e em seu rosto via-se uma preocupação além do normal. Era óbvio que acontecera algo sério, se apareceu a essas horas.

Concordei em sair com ele, como pedia. Informou-me na rua que ele e seus amigos foram chamados para interrogatório. No seu caso, durou meio dia e haviam feito referência à minha palestra de dois anos antes, aos meus contos, às minhas opiniões, à opinião de outros autores culpados por negar-se a expressar-se em *jerkish* em uma sociedade na qual havia "o grau máximo de liberdade do homem e do gênero humano".

Indagaram-lhe também por que e com que frequência me visitava, e mencionaram várias vezes a destruição da estátua.

A vida – e a morte também – seguia seu caminho.

Tentei tranquilizá-lo. Nem a ele nem a mim acusariam de ter feito o monumento voar pelos ares. Apreciavam pôr os dois delitos lado a lado: a leitura de contos escritos em língua compreensível apenas para humanos e a destruição da estátua de alguém oficialmente proclamado luminar. Até eles sentem que o segundo constituía crime maior que o primeiro.

O jovem ficou abatido. Foi o primeiro interrogado e percebeu o espírito *jerkish* intransigente e desconfiado. Noto há anos, compreendo como vozes vivas vão se calando sob esse espírito, e perde-se a língua. Penetra em tudo, na água e no ar, mistura-se em nosso sangue. Mães dão à luz mutilados, a natureza gera árvores mortas, pássaros caem em pleno voo e corpos infantis sucumbem a tumores malignos.

Ele caminha a meu lado e sente medo. Já está de aviso prévio no trabalho, procurou o cargo de operador de projeção em cinema, espera ser admitido como estudante de um curso de literatura *jerkish* a distância. Ali contarão que Charlie Chaplin abandonou os Estados Unidos, aquele baluarte da servidão, mas assim teria um pouco de tempo para ler livros e refletir... E se não for admitido? Ele quer saber onde devia apanhar sua rede, já que aquela que lhe atribuíram ou foi oferecida na loja de racionamento tem malha tão larga que até mesmo um homem poderia passar por ela. Cada um deve e pode tecer sua própria rede, ele sabe disso. E se sua casa for invadida, se a destruírem? Lutar ou voltar a tecer? Quantas vezes o homem é capaz de recomeçar?

São nove horas. Se me apressar, ainda encontro o rapazinho na taverna U Boženky e posso entregar-lhe o remédio, e depois buscar o orador para o funeral.

A taverna a essa hora da manhã estava quase vazia, não precisei procurar na multidão: meus antigos colegas, exceto o jovem Štycha e o capitão, estavam sentados a uma mesa ao lado do bar. À cabeceira, para minha surpresa, estava nosso supervisor, com um macacão novo.

Entrei sem ser notado e ainda consegui ouvir o supervisor falar entusiasmado de um piloto janota que mergulhava o avião sempre em parafuso, e quando retomava o voo todos os que estavam embaixo e observavam atônitos já tinham borrado as calças.

— O que o traz aqui? — perguntou a sra. Vênus. — Veio nos ajudar?

O supervisor voltou-se com cara de poucos amigos, porque não gostava que o interrompessem ao narrar suas aventuras heroicas. Tirei o medicamento da pasta e perguntei sobre o jovenzinho, se sabiam por acaso onde poderia achá-lo.

— Isso não é um jardim de infância — instruiu-me o supervisor. — Se vem, está aqui, se não vem, não está. — Já não o vemos — disse para a sra. Vênus, em testemunho — ao menos há uma semana.

— Este tempo não lhe faz bem, o senhor sabe como ficou mal. Talvez forneçam o endereço dele no escritório — disse a sra. Vênus. — Ali devem ter. Por que não se senta?

Pedi um chá com rum.

— Talvez o senhor não saiba — disse a sra. Vênus —, mas trancaram o sr. Pinz no Hospital Psiquiátrico Bohnice.

Sobre o destino do capitão de fato eu nada sabia.

— Ele queria pôr fogo naquele palácio em que vivia. Raspou cabeças de fósforo para fazer delas uma bomba. Já estava pronta, sabe-se lá Deus para quê. Logo lhe apareceu Marie, depois de muitos anos, e, quando ele perguntou se ela queria ficar com ele, ela disse que estava maluco, preferia se enforcar. Então ele decidiu estourar a bomba diante da porta da própria casa…

— Que idiotice — disse o supervisor desgostoso —, olhe que raspar 200 mil fósforos, despejar tudo numa garrafa metálica de sifão e ir assim até aquele casarão! E do escritório eu nem me aproximaria, agora está sentado ali outro cretino! — E voltou ao aeroporto, onde seu amigo em outra ocasião não conseguiu controlar uma manobra, estatelou seu caça no solo tão fundo que, apagado o incêndio e recolhidos os restos do casco, ficou um buraco em que cabiam vinte homens.

Quando as equipes de salvamento chegaram à cena de catástrofe vulcânica, encontraram, além dos milhares de mortos, alguns sobreviventes, alguns no telhado das casas, outros na copa das árvores, outros ainda cobertos de barro e que não conseguiam sair de lá sozinhos. Havia uma menina de quem só aparecia a cabeça. Sob a superfície, as mãos da tia afogada agarravam-lhe firme as pernas. Os membros da equipe de salvamento lutaram durante horas para libertar a menina e eles próprios sumiram na lama. O tempo todo um repórter com uma câmera de televisão mostrava o destino da menina àqueles que, satisfeitos ou compassivos, entediados em sua rede, queriam acompanhar aquilo. Após sessenta horas, ela deixou de sofrer, o repórter esgotado pôde retornar à emissora e, quando por fim montou a reportagem com o material filmado, a alma da menina flutuava e gemia sobre as águas escuras e o barro, sobre a cratera do vulcão e sobre os milhares de telas ligadas no mundo para ver a luta infrutífera das equipes de salvamento e a comovente agonia de uma menina que jamais conseguiria sair das cinzas e que, graças a eles, se tornou famosa durante os poucos segundos da candente reportagem. Quem imaginou seu rosto no instante em que seus pulmões lutavam pelo último sopro de ar?

— Se não lhe derem o endereço lá — a sra. Vênus voltou ao caso do jovem —, tente na casa da tal mulher dele, Dana. Pode ser que esteja lá. — E descreveu-me a casa em que Dana vivia, não sei de onde sabia. A casa ficava em Malá Strana.

O chá com rum aqueceu-me e então eu podia ir até o escritório. A caminhada levava-me pela conhecida ruazinha de vilas e, ao chegar à janela do artista, contemplei com horror o uniforme pendurado em um varal, que reluzia deslumbrante em sua cor laranja. Atrás, dispostos por toda a sala, erguiam-se troncos e talos de plantas exóticas. A mão do artista moldara uma figura humana em cada um. Ao observar a janela, fui reconhecendo semelhanças e traços daqueles rostos. A mulher com boné de jóquei era sem dúvida a sra. Vênus, sem as rugas indígenas, mas com expressão amarga ao redor da boca. Ao mesmo tempo, em sua postura, no gesto da mão havia algo de alegre. Talvez o artista tenha flagrado o instante em que ia sentar-se na égua que ela salvara e curara. Logo depois percebi a imagem do supervisor, que, por arrancar um piloto ferido de um avião imaginário, estava sobre as asas da coragem. Também reconheci o capitão em uniforme de marinheiro, o que realçava sua figura robusta e ereta. É provável que fosse ambos: inventor sonhador e grande palhaço. Mas no princípio sua atividade foi mais um sonho infantil que o transportava a travessias longínquas. O sr. Rada vestia um feio traje marrom de presidiário e vertia uma tigela de água na cabeça de outro prisioneiro. Seu rosto foi imortalizado no momento em que uma luz interior o iluminava, um toque de beatitude. E nesse momento ouvi notas da rapsódia de Gershwin. A expressão do jovenzinho irradiava tanta concentração e felicidade com a própria apresentação que estava até transformada. Seu clarinete era mais que um instrumento musical, representava uma varinha mágica que abre rochas ou transporta as pessoas ao reino dos próprios devaneios.

Foi então que me dei conta de que todos os rostos eram reais e irreais, que tinham um ar mais jovem e gracioso, como se nenhum traço da passagem do tempo e da vida estivesse marcado neles. Compreendi também que dessa vez a exposição era obra de outro artista, outra artista. O artista plástico apenas cedera a janela de exposições, e, ao adivinhar meus passos, ela expôs aqui seu pomar, um jardim em que a pessoa pode contemplar a própria imagem tal qual gostaria de vê-la nos momentos de graça. Talvez tenha feito isso para lembrar a si própria ou então para indicar sua ideia afetuosa e magnânima de que a arte deve representar a vida.

Procurei a mim mesmo entre as estátuas, mas não encontrei meu rosto, apenas uma alta coluna ereta como se fosse talhada em pedra, entretanto não conseguia ver seu vértice pela janela. Teria afinal um sorriso?, perguntei-me. Mas não encontraria sorriso algum, deveria reconciliar-me o quanto antes com ele.

As figuras começavam a dissipar-se aos poucos, fui surpreendido por uma onda de nostalgia. O homem sente-se imune ao destino daqueles que se conservam distantes, daqueles cuja proximidade e toque ele não permite. Mas de repente os vê em um contexto inesperado, aparecem-lhe com aspecto insuspeito, até agradável, ou, ao contrário, terrível, e dá-se conta de que o afetaram e até se instalaram em seu interior. E é assim até que a vida se apague. Papai, em seu último lampejo de consciência, afligiu-se com o fato de que a maldade de uma mulher desconhecida pudesse ser maior do que ele poderia imaginar.

Há muito tempo, em minha infância, ele tentou convencer-me de que o paraíso era uma invenção humana. Apesar disso, ansiava pelo paraíso, ansiava pela proximidade das pessoas e ansiava pela eternidade. Desejava despregar-se da terra e elevar-se ao céu, aproximar-se da borda do mistério. Sabia afinal o que estava rejeitando?

A dupla uniformizada aproximava-se pela calçada oposta, era o horário. O janota estava acompanhado de um agente que eu não conhecia. Eu estava disposto a passar sem chamar a atenção deles, quando o dândi mudou de direção e se dirigiu a mim.

Fiquei sobressaltado, como sempre. O que em minha presença no mundo poderia irritá-los?

O janota levou a mão ao quepe com descuido.

– Dia livre hoje? – perguntou.

– Algo assim – respondi evasivo.

– E o das calças curtas?

Respondi o que ouvi do capitão, que foi levado ao hospital psiquiátrico.

– E o que poderíamos fazer? Não queríamos aquilo – explicou-me. – Perguntamos: O que você faz aqui, velho, à noite. E, em vez de sair, ele acendeu rápido a garrafa. Teria sido morto, se não o apanhássemos, a mecha tinha apenas 1 metro de comprimento – aduziu com indignação profissional. – De todo modo, devem soltá-lo, todos podem testemunhar, ele era maluco, até em dias com neve vestia aquelas calças curtas, vamos, fale se não era verdade! – disse dirigindo-se ao colega, mas ele afastara-se e não ouvira. – E, sabe, naquela noite ele vestia calças compridas, largas, e tinha posto gravata! – O janota perplexo encolheu os ombros e levou dois dedos ao quepe: – Agora boa sorte, aquele sim era maluco – deu dois tapinhas na têmpora e deixou-me ir.

Não sei de onde se origina a representação do paraíso como espaço ou jardim de bem-aventurança, o homem vivia lá em tempos remotos, na infância da humanidade. Talvez esteja vinculada à lembrança da infância, da infância da humanidade e a de cada um de nós, do tempo em que o homem, apesar de viver de modo precário, não conhecia ainda o sentimento de culpa ou o pecado, não comera da árvore do bem e do mal e não temia a própria finitude.

Conforme a humanidade se distanciava de sua infância, afastava-se também do Jardim do Éden. Restou dele apenas uma vaga lembrança, e também a consciência de culpa. Adão – a palavra designava os terráqueos ou apenas a humanidade – deve ter cometido uma transgressão tão irreparável quanto a morte, por isso foi exilado para o mundo, onde a morte reina.

O homem jamais deixou de ansiar o retorno ao lugar em que vivia em inocência, suspeitando que isso não seria possível no tempo e no espaço humanos, apenas na dimensão em que se move Deus. Sonhou então com a possibilidade de regressar após a morte ao jardim de Deus, onde tornaria a encontrar-se com aqueles que amou, ou que se fundiria com o universo, ou que voltaria ao Criador de outra forma, suspeitava que ao menos sua alma chegaria perto de Deus.

Mas com o passar do tempo as recordações foram esmaecendo, a humanidade lembra-se de um ancião que confundiu a alma com o corpo e que acredita, iludido, que pode chegar ao paraíso ainda em vida, que o construirá na Terra. Erige então obras monumentais, submete a natureza, dilacera a matéria, produz e consome drogas, permite e justifica qualquer ato, exculpa qualquer traição, enfia-se em qualquer cama que lhe acene com o prazer, joga-se de uma experiência a outra, de um divertimento a outro, e já não tem tempo para parar e perguntar-se por que faz isso tudo, a que paraíso está se dirigindo.

Na verdade, não se aproxima do paraíso, mas do Apocalipse.

A humanidade envelheceu, porém não se tornou sábia, ou já passou da idade da sabedoria e ingressou na época da demência.

No escritório, de fato abrigava-se o cretino que não sabia o endereço do rapazinho ou decerto não queria saber – era preciso levantar-se da cadeira e perguntar a alguém. Seus lábios carnudos esboçavam um sorriso. Era o sorriso confiante de alguém que chegou ao poder. Sobre aqueles que retiram os detritos, sobre os detritos, sobre o mundo das coisas. Explicou-me algo em seu *jerkish*, mas não compreendi, faltou-nos tradutor.

Não importa, pensei com súbita rebeldia, encontrarei o jovenzinho sem a ajuda dele também! Sentei-me no bonde e me deixei ser levado até Malá Strana.

O lugar que a sra. Vênus descreveu, eu conhecia bem. Era do outro lado do palácio, para cujas janelas eu olhava do sótão da cela onde havia ficado tantas vezes.

Tive de passar muitas vezes diante da casa, mas nunca havia reparado nela. Aqui também as paredes eram espessas e a escadaria, escura, eu tinha a impressão de sentir um familiar cheiro de gás.

Ao menos tive sorte, porque a amante do rapazinho trabalhava meio período e ficava em casa de manhã. Convidou-me a passar para o corredor. Não sabia se estava sozinha, todos os sons eram abafados por uma ruidosa música de banda marcial, em algum lugar vascolejava a máquina de lavar.

— Mas ele não está — comunicou-me quando eu disse que o procurava. Era uma mulher grande, volumosa, de meia-idade, e não pude imaginá-la nos braços do rapazinho. — Nem estará — afirmou sobre o jovenzinho.

Disse-lhe que fui levar apenas um medicamento que ele esperava. Podia deixar para ele pegar, quando viesse.

— Mas ele não virá — disse com a certeza dos que falam dos mortos —, eu lhe disse que não viesse.

Perguntei onde eu poderia encontrá-lo.

— Isso não sei, não sei onde ele pode estar, ele nunca disse de onde vinha. — De repente lembrou: — Ele tocava em algum lugar, não é? Talvez os músicos possam dizer.

Agradeci. Já estava à porta, quando acrescentou:

— Era um coitadinho, não sei se o viu alguma vez. Sentava-se e ficava pasmado. Não conseguia comer nada decente e só podia ingerir líquidos. Certa vez chegou todo ensopado não sei de onde, preparei-lhe um grogue, e ele nunca me disse que não podia tomar álcool, ele poderia ter morrido com aquilo.

O rapazinho foi-se embora e as águas fecharam-se sobre ele. Eu não sabia o que fazer com o remédio. Talvez a senhora que ficava no escritório pudesse me ajudar, quem sabe lembrava a rua ou ao menos o nome da cidade de onde ele veio. Mas não tinha disposição de procurá-la. Comecei a desconfiar de que, se o encontrasse, o medicamento não seria mais necessário.

Saí de casa. Era meio-dia, o sol baixo iluminava o muro do palácio, como sempre pombos aqueciam-se na cornija; deviam ser outros, mas quem sabe distingui-los?

De repente ocorreu-me que eu não tinha para onde ir, a quem procurar. Precisava apenas conseguir o discurso funerário, mas na universidade deviam estar na pausa do almoço, e depois, depois o quê? Fiquei aqui parado com um remédio de que eu não precisava; ao redor apressavam-se pessoas que tampouco necessitavam dele, de repente minha rede começou a balançar do nada; alguns fios estouraram, vislumbrei a escuridão sob meus pés.

Minha filha contou-me o sonho sobre o fim do mundo: ela passeava pelo campo com seu marido, o extenso espaço era limitado pela linha clara do horizonte. Era um dia límpido. De repente a luz começou a amarelar até adquirir a cor do enxofre, e nesse momento a parte esquerda do horizonte moveu-se em direção à parte direita, e à medida que ambas as partes se aproximavam a luz minguava, escurecia e a terra tremia. Os dois deitaram-se lado a lado, fecharam os olhos e começaram a rezar: *Shemá Yisrael Adonai eloheinu Adonai echad*[44]. Quando abriram os olhos de novo, viram acima o universo inteiro e dentro dele o nosso Sol, com os planetas e a Terra e a Lua. Quem vê isso, compreendeu, não pode ficar vivo. Também entendeu que na Terra não havia mais vida. Os horizontes colidiram, os continentes romperam-se e as águas inundaram tudo. Ela percebeu então que entre os planetas gravitava um grande dado anguloso de ardente cor vermelha, que dava voltas sobre si de um modo que ela podia observar os pontos brancos dos lados, e perguntava-se quem teria lançado o dado, talvez as mesmas pessoas ou o Santo Eterno que reinava sobre eles, bendito seja Seu nome!

Contornei o palácio, cheguei à pequena praça, atravessei a conhecida pavimentação acidentada e abri a pesada porta da casa. Na entrada fiquei inebriado por um odor familiar. Subi pelas escadas de madeira. No varal esvoaçavam fraldas, era óbvio que pertenciam a outra criança. De qualquer modo, nunca vi criança alguma, não tinha olhos para elas. O telhado do claustro que se via era o mesmo, se é que se pode dizer que algo pode ser o mesmo em dois instantes diferentes, então subi até o sótão.

---

44 No original, em hebraico: "Ouve, Israel, Adonai nosso Deus, Adonai é um". Trata-se da profissão de fé básica do monoteísmo judaico, que aparece no início da Torá.

A porta estava decorada com um cartaz que antes não existia, mas o cheiro de óleo e gás exalava por todas as fissuras. O nome ao lado da campainha eu não conhecia.

Não bati na porta, não tinha sentido. E se batesse e ela de fato aparecesse, o que eu diria? Não tinha uma única frase preparada, nenhuma frase nova.

Um grupo de turistas estava parado diante da casa e contemplava com interesse a parede do palácio. O que podiam ver, ou sentir? Aquelas paredes não lhes diziam nada, não evocavam neles um suspiro sequer, nenhum grito ou lágrima derramada. Eu tinha algo, sim – pelo menos em comparação com eles.

Caminhei devagar pelas ruelas, quase pela mesma rota que o autor sobre quem estou escrevendo agora fazia até o Castelo.

O que mais me fascinava na literatura é que a fantasia não tem limites, é infinita como o universo em que se pode submergir. Eu supunha que Kafka me atraía e fascinava também por isso. O homem convertia-se em animal e o animal, em homem, parecia-me que o sonho era a realidade para ele, e a realidade, um sonho, seus livros diziam algo misterioso que me seduzia.

Mais tarde compreendi que não havia nada de mais misterioso nem mais fantástico do que a própria vida. Quem pretende elevar-se acima dela, a quem não bastam os horrores e as paixões vividos, cedo ou tarde revela-se como um mergulhador hipócrita que, por medo do que lhe poderia acontecer nas profundezas, desce apenas a um porão bem construído.

Kafka não reproduzia nada mais que a realidade de sua própria vida. Passava-se por um animal ou deitava-se no leito de um aparelho de execução construído de forma engenhosa para castigar-se de suas culpas. Sentia-se culpado por não ser capaz de amar, ao menos não como desejava. Não foi capaz de defrontar nem o pai nem as mulheres. Sabia que, em sua ansiedade para ser verdadeiro, parecia um piloto e sua vida, um voo sob um céu infinito, no qual o aviador se vê abandonado, mas deseja um encontro. Quanto mais voa, mais culpa pesa em sua alma e impulsiona-o rumo ao solo. O piloto pode livrar-se da alma e prosseguir no voo – ou despencar nas profundezas. Tombou, mas ao menos por um instante conseguiu erguer-se das cinzas para descrever sua queda segundo a segundo, movimento a movimento.

Como todos que se agarram por um momento sobre o abismo, como quem se ergue das cinzas e sabe, por isso, quão frágil é sua rede, ele estava isento de ódio e rancor, assim como sua língua estava isenta de palavras inúteis. Uma vez à beira do abismo negro, o autor ainda deseja encarar o próximo, encontrá-lo na verdade e no amor, falar numa linguagem purificada, pela queda, de todo o ódio e vaidade.

Aquele que deseja tornar-se escritor, ao menos por alguns segundos de sua vida, imaginará em vão histórias fantásticas, se não tiver vivenciado a queda, que ninguém sabe onde se dará ou se conseguirá deter, se a ânsia do encontro não lhe despertar a força para ressurgir purificado das cinzas.

Crescia em mim uma tensão que dilacerava meu pensamento. Precisava fazer algo: falar, gritar, chorar, escrever algo, ao menos escrever na parede com giz o nome daqueles que nunca mais verei.

Passei por uma padaria de onde emanava cheiro de pão doce. Aqueles pães eram assados apenas naquela padaria – perto da ponte de pedra, perto de nosso palácio. Às vezes íamos comprá-los e comíamos juntos. A última vez que os comprei foi um dia antes de começar a ser gari. Então, ao entrar na padaria, a nostalgia assolou-me, assustou-me a ideia de que chegava ao fim o tempo em que me fora concedida a graça do encontro e via diante de mim apenas a beira do abismo. Sentia grande angústia porque a arrastara também para o abismo.

Na banca comprei a edição vespertina de um jornal *jerkish* para ver se informavam o falecimento de papai. Pus o jornal no bolso e apoiei-me no parapeito de pedra. A meus pés, num pequeno balcão ornamental, a imagem da Virgem Maria, que parece ter sido trazida pelas ondas da grande enchente, a meu lado o turco de Brokoff [45], com muitos botões na roupa, vigiando com um cão os prisioneiros cristãos, tendo diante de si os fundadores da ordem trinitária. Veja, meu bem, onde há mais vida é no cão e no turco, o animal e o pagão não têm gestos prescritos, estão

---

45 Alusão ao escultor Ferdinand Maximilian Brokoff (1688-1731), autor das esculturas que ornamentam a ponte Carlos. Trata-se de uma referência às estátuas na parte sul da ponte: um soldado turco e um cão vigiam três santos.

vivos, não são sagrados. A santidade não faz parte da vida, foi inventada por vários dementes que não sabiam ou receavam viver, queriam torturar quem conseguia viver.

O sol iluminava o telhado das casas e os galhos quase nus dos castanheiros projetavam no chão uma rede de sombras. Da ponte chegava um ruído fragmentado de passos. Tinha impressão de ouvir também o rugido da barragem.

Afastei-me do parapeito. Era tarde, esperava ao menos encontrar o orador para o funeral. Dei uma última olhada para baixo, para os lugares pelos quais íamos juntos até o parque ali perto, e foi lá que a vi. Da altura distingui apenas seu rosto, mas reconheci o andar apressado e ávido de vida. Observei-a, acompanhei como desaparecia sob a arcada da ponte. Poderia deixar que se perdesse de novo na distância de onde emergira, mas desci rápido as escadas, alcancei-a e pronunciei seu nome.

Ela parou. Contemplou-me um instante como se fosse uma aparição.

– O que você faz por aqui? – e sua face corou.

Tentei explicar que havia conseguido o remédio para alguém, mas que a pessoa desapareceu da face da terra, que nem sequer sua ex-amante sabia onde encontrá-lo.

– Sim – concordou –, uma pessoa está aqui e de repente desaparece! – Encarava-me. Quantas repreensões devia ter preparado para esse instante? Ou, ao contrário, tentaria convencer-me de que me equivocara, que traí a mim mesmo?

– E o seu pai? – perguntou então. – Rezei por ele – disse, quando lhe contei, e ao mesmo tempo seu olhar abraçou-me e beijou-me suavemente.

De repente voltei no tempo, no tempo de antes da parede delgada. Ela estava sentada comigo na sala de espera do hospital, saímos, nevava.

Súbito perguntei de sua filha e de seu trabalho.

Isso era típico de mim, queixou-se, o que mais me interessava era o trabalho dela. Não estava fazendo nada. Havia descoberto o prazer do ócio. De vez em quando, botava cartas para os amigos ou modelava figuras tiradas dos próprios sonhos. Algumas eram parecidas comigo.

Caminhamos pelas ruelas pelas quais passamos tantas vezes

e como sempre ela foi contando coisas durante o passeio. No verão conhecera uma velha fitoterapeuta que lhe dera diversas receitas. Passou então dias inteiros recolhendo e secando plantas – o que faria com o tempo, se não lhe telefonei nem uma única vez? Se eu sofresse alguma dor ou se algo atormentasse minha alma, podia chamá-la, ela prepararia um chá – era evidente que eu não queria mais nada dela.

Parei no final do parque – tinha de encontrar o orador para o funeral.

– Para mim você nunca deixou de existir!

Ela podia ter perguntado, como fazia, o que ela ganhava com isso, que benefício; podia lamentar-se da dor que lhe provoquei, de como eu a havia ferido. Mas não queria atormentar-me justo nesse momento. Apenas disse: – Está bem! – E acrescentou: – Talvez nossas almas se encontrem em algum lugar. Numa vida futura qualquer. Se você não encontrar uma desculpa de última hora. – Abraçamo-nos e beijamo-nos na despedida e ela afastou-se com seu passo apressado.

Não conseguia mover-me. Nem sequer lhe havia dito que jamais pensei em feri-la, nem sequer perguntei se sabia que nada fizera contra ela, que apenas não podia voltar pela metade, ficando um pouco e não ficando um pouco, que desejava estar ou não estar de verdade – exatamente como ela.

Por fim, pus-me em movimento.

Por um caminho lateral, que levava à margem do Čertovka[46], arrastavam-se algumas figuras com os familiares uniformes laranja. Com movimentos lentos e cansados, que eu conhecia tão bem, varriam e empilhavam as folhas murchas.

A poucos passos dali, já tínhamos parado, nos abraçado, nos beijado...

Que coisa linda! Que coisa linda!

Lembrei que durante um tempo usei o uniforme laranja, porque desejava purificar-me.

O homem deseja limpar-se, mas em vez disso põe-se a limpar seu entorno. Enquanto não limpa a si próprio, porém, inquieta-se em vão com o mundo à sua volta.

46 Canal em Praga, que desvia águas do rio Vltava.

Em meio ao caminho varrido, jazia uma folha de castanheira meio marrom, com lóbulos. Talvez tenham esquecido ali, talvez tivesse acabado de cair. Recolhi-a e por um instante examinei suas veias enrugadas. A folha tremia entre meus dedos como se estivesse viva.

Estava tomado por aquele encontro inesperado.

Os homens buscam imagens do paraíso e não encontram nada mais que coisas agradáveis na terra.

Mas o paraíso não pode ser representado, pois o paraíso é o estado do encontro. Com Deus e também com o homem. Consiste no fato de o encontro ter ocorrido em pureza.

O paraíso é antes de mais nada um estado em que a alma se sente pura.

Sentei-me no banco e tirei o jornal do bolso. Li por cima as manchetes, que repetiam falsidades centenárias, e os títulos menores que se referiam ao dia anterior. Sobre papai, óbvio, não havia menção.

Separei as folhas do jornal com movimentos precisos que vinham à memória com espontaneidade, consegui dobrar um avião elaborado.

Fui até o rio, afastei as pernas, apontei a frente do avião de papel na direção do céu. Levantou voo, talvez a corrente de ar que subia das águas tenha ajudado, talvez eu o tenha feito com destreza especial graças aos ensinamentos de papai, mas demorou um momento para ele abandonar o rumo ascendente e, enquanto o seguia com o olhar, contemplei o céu azul e algumas gaivotas no alto, e acima delas uma nuvem branca iluminada pelo sol dourado. Então o avião começou a descer e em voo rotatório caiu na superfície da água. Contemplei como flutuava e se afastava lento, para sempre.

Lembre-se de que homens não choram nunca, manifestou-se papai, sua voz rompendo de modo inesperado o silêncio reinante.

Eu não choro, disse, e de algum lugar de meu interior propagou-se um inesperado riso, tão semelhante àquele que tantas vezes ouvi com alívio na infância.

1983-1986

Observação do autor

O romance *Amor e lixo*, como é óbvio, data do fim do período da "normalização", que chamo de "ditadura cansada". Embora não tenham permitido publicá-lo em nosso país, toleraram tacitamente o fato de eu lançar no exterior, mesmo em tcheco, em editoras no exílio. *Amor e lixo* teve várias edições dessa forma.

Em geral, o autor tenta dizer em seu texto a maior parte do que deseja, mas acho que em nenhum de meus livros isso foi mais forte do que neste. Esse esforço (basicamente em vão) também influenciou a forma do romance, que na verdade é uma espécie de colagem de vários temas ou histórias fragmentadas. Lembro-me de que, quando passei o livro, ainda em manuscrito, a meus amigos, indaguei se não se importavam com essa bagunça, mas concluí que não, aceitaram o romance como um todo.

Um autor mal consegue avaliar as histórias que conta. No entanto, se concluir que poderia escrevê-las melhor, deve fazer o que puder para retirar o livro de circulação.

Entre todos os meus livros, *Amor e lixo* foi o mais bem recebido. Até onde sei, foi publicado em 22 países e, depois de 1989, também em nosso país, várias vezes.

Outubro de 2012

Conversa em Praga com Ivan Klíma
PHILIP ROTH

Nascido em Praga em 1931, Ivan Klíma teve o que Jan Kott chama de "uma formação europeia": já adulto, atuando como romancista, crítico e dramaturgo, suas obras foram proibidas na Tchecoslováquia pelas autoridades comunistas (e membros de sua família foram perseguidos e punidos junto com ele); e quando menino, na condição de judeu, foi transportado com os pais para o campo de concentração de Terezín. Em 1968, quando os russos invadiram a Tchecoslováquia, ele estava no exterior, em Londres, a caminho da Universidade de Michigan, para ver uma montagem de uma de suas peças e lecionar literatura. Quando terminou seu período de trabalho em Ann Arbor na primavera de 1970, ele voltou para a Tchecoslováquia com a mulher e os dois filhos a fim de se tornar um integrante do "punhado de admiráveis" – para usar as palavras de um professor recentemente reincorporado à Universidade de Carlos, quando almoçava comigo, referindo-se a Klíma e seu círculo –, um grupo cuja persistente oposição ao regime tornava extremamente difícil a vida cotidiana de cada um.

Dos romances e coletâneas de contos que publicou – cerca de quinze livros ao todo –, os escritos após 1970 só foram editados legalmente no estrangeiro, principalmente na Europa; apenas dois livros – que não estão entre suas melhores obras – já vieram a lume nos Estados Unidos, onde a produção literária de Klíma é praticamente desconhecida. Por coincidência, seu romance *Amor e lixo*, inspirado em parte nos meses em que trabalhou em Praga, nos anos 1970, como varredor de rua, foi publicado na Tchecoslováquia em fevereiro de 1990, no dia exato em que lá cheguei para visitá-lo. Ele foi me buscar no aeroporto depois de passar a manhã numa livraria de Praga onde os leitores que haviam acabado de comprar seu livro e queriam seu autógrafo formavam uma fila que saía da loja e se estendia pela calçada. (Durante a semana que passei em Praga, as maiores filas que vi foram nas sorveterias e nas livrarias.) A primeira tiragem de *Amor e lixo* — seu primeiro livro publicado na Tchecoslováquia em vinte anos — foi de 100 mil exemplares. Horas depois, Klíma ficou sabendo que um segundo livro seu, uma coletânea de contos intitulada *Má veselá jitra* [Minhas alegres manhãs], havia sido publicado naquele mesmo dia, também com uma tiragem de 100 mil exemplares. Nos três meses seguintes depois de abolida a censura, uma peça teatral sua foi montada, e foi ao ar uma outra escrita especialmente para a televisão. Ainda este ano devem sair mais cinco livros de Klíma.

Amor e lixo é a história de um escritor tcheco famoso e censurado que, "cerceado pela proibição", trabalha como varredor de rua, e que, por alguns anos, sente-se livre do refúgio claustrofóbico de sua casa — da esposa que confia nele, quer tornar as pessoas felizes e está escrevendo um texto sobre o autossacrifício; dos dois filhos adolescentes que ele ama — nos braços de uma escultora mal-humorada, sinistra e exigente, ela própria casada e mãe, a qual termina por maldizê-lo e difamar a esposa que ele não consegue largar. Ele se sente eroticamente dependente dessa mulher:

> Nevou muito naquele inverno. Ela acompanhava a filha à aula de piano e eu caminhava atrás delas sem que a menina notasse. Ia afundando na neve recém-caída, porque não olhava onde pisava, só olhava para ela, caminhando.[1]

Trata-se da história de um homem responsável que, com sentimento de culpa, deseja dar as costas para todas as injustiças amargas e fugir para a "paisagem de minha felicidade".

---

1 Os trechos do livro citados neste posfácio foram substituídos pelos desta edição. [TODAS AS NOTAS DESTA SEÇÃO SÃO DOS EDITORES.]

"Minhas fugas constantes" — é assim que ele se refere, em tom de acusação, à sua figura.

Ao mesmo tempo, o livro é uma colcha de retalhos de meditações sobre o espírito de Kafka (mentalmente, o escritor elabora um ensaio sobre Kafka enquanto faz a limpeza das ruas); sobre o significado de fuligem, fumaça, sujeira e lixo num mundo que é capaz de transformar até mesmo gente em lixo; sobre a morte; sobre a esperança; sobre pais e filhos (um *leitmotif* soturno e terno do livro é a doença fatal do pai do escritor); e, entre outras coisas, sobre o declínio da língua tcheca, que estaria se transformando em "imbecilês".[2] Imbecilês é o nome da língua criada nos Estados Unidos há alguns anos para a comunicação entre pessoas e chimpanzés; ela consiste em 225 palavras, e o protagonista de Klíma prevê que, depois do que aconteceu com seu próprio idioma sob o regime comunista, não vai demorar para que o imbecilês seja falado por toda a humanidade. "Logo cedo, no café da manhã", diz esse escritor que o Estado proíbe de publicar suas obras, "li no jornal o poema de um destacado autor que escreve em *jerkish*". As quatro quadras banais são citadas. "Para este poema de 59 palavras", diz ele, "título incluído, o autor usou meras 37 expressões *jerkish* e nenhum pensamento, sentimento ou imagem. [...]. Quem encontrar forças para ler com atenção o poema entenderá que para um poeta *jerkish* até mesmo 225 palavras é demais."

Amor e lixo é um livro maravilhoso, prejudicado apenas por algumas passagens constrangedoras de banalidade filosófica, principalmente quando a história central começa a perder o pique, e (na tradução inglesa publicada em Londres pela Chatto and Windus) pela incapacidade do tradutor de imaginar um vernáculo pungente e verossímil adequado ao *argot* dos desajustados que trabalham na mesma equipe de varredores que o protagonista. É um livro criativo, que — tirando o título provocativo — nada tem de exibicionista. Como um malabarista, Klíma entrelaça uma dúzia de temas e realiza as transições mais ousadas sem nenhuma fantasmagoria, de um modo tão

---

2   Nesta edição, o tradutor Aleksandar Jovanović optou pelo uso do termo "*jerkish*".

natural quanto Tchékhov narra o conto *Groselhas*; é um antídoto excelente ao excesso de fantasia do realismo fantástico. A simplicidade com que ele cria sua colagem complexa — terríveis lembranças do campo de concentração, reflexões ecológicas, brigas imaginárias entre amantes estremecidos e análises kafkianas bem pé na terra, tudo isso justaposto e atrelado ao revigorante e estafante drama do adultério — é coerente com o modo direto, cativante, a ingenuidade quase adolescente com que o protagonista, abertamente autobiográfico, confessa a confusão emocional que o domina.

O livro é imbuído de uma inteligência cuja ternura envolve a tudo e não é contida pela ironia. Sob esse aspecto, Klíma é a antítese de Milan Kundera — uma observação que poderia parecer supérflua não fosse a correspondência que há entre os interesses dos dois autores. A diferença de temperamento entre eles é considerável, suas origens são tão diversas quanto os caminhos que eles seguiram na maturidade, e no entanto a afinidade que ambos têm pela vulnerabilidade erótica, sua luta contra o desespero político, seu interesse pelos rejeitos da sociedade, seja o lixo ou o *kitsch*, a inclinação pelo comentário extenso e pela mistura de modalidades — para não falar na fixação de ambos no destino dos marginalizados — estabelecem uma proximidade intensa e curiosa, não tão improvável quanto pode parecer aos dois escritores. Lendo *Amor e lixo*, por vezes eu tinha a sensação de estar lendo *A insustentável leveza do ser* virado do avesso. O contraste retórico entre os dois títulos indica como podem ser discordantes, até mesmo opostos, os pontos de vista de imaginações que abordam de modo semelhante temas semelhantes — no caso, o que o protagonista de Klíma considera "o mais importante de todos os temas... o sofrimento decorrente de uma vida privada de liberdade".

No início dos anos 1970, quando comecei a ir a Praga todos os anos na primavera, Ivan Klíma era meu principal instrutor de realidade. Ele me levava de carro aos quiosques das esquinas onde escritores vendiam cigarros, aos prédios públicos onde eles lavavam o chão, às obras de construção civil onde eles trabalhavam como pedreiros, até a afastada estação de tratamento de águas da cidade, onde eles andavam de macacão e botas, com uma chave-inglesa numa mão e um livro na outra. Quando eu tinha uma conversa mais prolongada com esses escritores, muitas vezes era num jantar na casa de Ivan.

A partir de 1976, não consegui mais obter visto para entrar na Tchecoslováquia, e passamos a nos corresponder através de portadores alemães ou holandeses que entravam e saíam do país discretamente, com originais e livros, ajudando pessoas que estavam sendo vigiadas pelo governo. No verão de 1978, dez anos depois da invasão russa, até mesmo Ivan, que sempre me parecera o mais entusiasmado de todos aqueles que eu conhecera na oposição, estava tão exausto que chegou a admitir, numa carta escrita num inglês claudicante: "Há momentos em que hesito se é razoável permanecer nesse sofrimento pelo resto de nossa vida". Ele prosseguia:

> Nossa vida aqui não é muito animadora – a anormalidade está durando demais e é deprimente. Somos perseguidos o tempo todo, não basta não podermos publicar uma única palavra neste país – somos chamados para interrogatórios, muitos dos meus amigos foram presos por um período curto. Eu não fui preso, mas apreenderam minha carteira de motorista (sem nenhum motivo, é claro) e meu telefone foi cortado. Mas o pior é que um dos nossos colegas...

E então, como sempre, Klíma passou a relatar de modo muito mais detalhado a situação de um escritor que lhe parecia muito mais séria que a dele.

Catorze anos depois de vê-lo pela última vez, a combinação de vivacidade e impassibilidade de Ivan Klíma me pareceu surpreendentemente intacta, e sua força permanecia a mesma. Embora seu corte de cabelo à Beatles esteja um pouco mais curto do que nos anos 1970, as feições acentuadas e a boca cheia de dentes de carnívoro ainda me fazem pensar de vez em quando (principalmente quando ele está alegre) que estou na presença de um Ringo Starr intelectualmente muito desenvolvido. Ivan estivera no centro das atividades que agora são conhecidas na Tchecoslováquia como "a revolução", e no entanto não demonstrava o menor sinal do cansaço que, segundo até mesmo os jovens estudantes de literatura inglesa na universidade — assisti a uma aula sobre Shakespeare lá —, os deixava totalmente esgotados, de modo que era para eles um alívio poder estar de novo na sala de aula estudando mesmo um texto tão difícil quanto as cenas iniciais de *Macbeth*.

Ivan demonstrou a força obstinada de seu temperamento durante um jantar em sua casa, quando aconselhava um escritor amigo nosso a respeito do que ele deveria fazer para conseguir a devolução do seu minúsculo apartamento de quarto e sala, que fora confiscado pelas autoridades do final dos anos 1970, no tempo em que a polícia secreta o levou à pobreza e ao exílio. "Pegue a sua mulher", disse-lhe Ivan, "pegue os seus quatro filhos e vão procurar Jaroslav Koran". Jaroslav Koran era o novo prefeito de Praga; antes ele traduzia poesia do inglês. À medida que a semana passava e eu conhecia ou ouvia falar das pessoas nomeadas para cargos públicos por Václav Havel, comecei a achar que uma das exigências mais importantes para participar do novo governo era ter traduzido para o tcheco os poemas de John Berryman. Com exceção do PEN Club, nenhuma outra organização jamais teve tantos tradutores, romancistas e poetas em posições de comando.

"Na sala de Koran", prosseguiu Ivan, "vocês todos se deitem no chão e se recusem a sair dali. Diga então a eles: 'Sou escritor, tomaram meu apartamento e eu quero que me devolvam'. Não implorem, não reclamem, simplesmente fiquem deitados no chão e se recusem a sair dali. Em 24 horas você vai conseguir um apartamento". O escritor sem-teto — uma pessoa muito espiritual e suave, que ao contrário de Ivan tinha envelhecido muito desde a última vez que eu o vira, vendendo cigarros em Praga — só lhe deu em resposta um sorriso triste, dando a entender, discretamente, que Ivan tinha enlouquecido. Ivan virou-se para mim e disse, num tom perfeitamente natural: "Tem gente que não tem estômago para essas coisas".

Helena Klímová, mulher de Ivan, é uma psicoterapeuta que se formou numa universidade clandestina administrada pelos dissidentes em diversas salas de apartamentos durante a ocupação russa. Quando lhe perguntei de que modo seus pacientes estavam reagindo à revolução e à nova sociedade por ela introduzida, Helena respondeu, com seu jeito preciso, afável e sério: "Os psicóticos estão melhorando e os neuróticos estão piorando". "Como você explica isso?", perguntei. "Com toda essa nova liberdade", ela me disse, "os neuróticos estão terrivelmente inseguros. O que é que vai acontecer agora? Ninguém sabe. A rigidez de antes era detestável, até mesmo para eles, é claro, mas também era uma coisa confortadora e previsível. Havia uma estrutura. A gente sabia o que esperar e o que não esperar. Sabia quem merecia confiança e quem se devia odiar. Para os neuróticos, a mudança é muito perturbadora. De repente eles estão num mundo cheio de escolhas." "E os psicóticos? É mesmo possível eles estarem melhorando?" "Acho que sim. Os psicóticos absorvem o estado de espírito dominante. No momento, é entusiasmo. Todo mundo está feliz, e por isso os psicóticos estão mais felizes ainda. Estão eufóricos. É muito estranho. Todo mundo está sofrendo o choque da adaptação."

Perguntei a Helena qual era a coisa a que ela tinha mais dificuldade de se adaptar. Sem hesitação, ela respondeu que eram todas as pessoas que agora a estavam tratando bem e que antes agiam de modo muito diferente – não fazia muito tempo, ela e Ivan eram vistos com muita desconfiança pelos vizinhos e colegas de trabalho que não queriam ter problemas. Surpreendeu-me a expressão que vi no rosto de Helena, de irritação com a rapidez com que as pessoas que antes eram tão cautelosas em relação a eles – ou mesmo abertamente críticas – haviam se tornado simpáticas, porque nos anos em que as dificuldades eram maiores ela sempre me impressionara por ser muitíssimo tolerante e equilibrada. Os psicóticos estavam melhorando, os neuróticos estavam piorando e, apesar do clima geral de entusiasmo entre as pessoas corajosas e decentes, o "punhado de admiráveis", algumas começavam a deixar aflorar um pouco aquelas emoções envenenadas que, durante as décadas de resistência, elas foram obrigadas a administrar com prudência, para manter a firmeza e a sanidade.

No dia seguinte à minha chegada a Praga, antes de eu e Ivan começarmos a conversar, resolvi dar uma caminhada matinal pelas ruas do comércio perto da Václavské námûstí, a larga avenida onde se reuniram pela primeira vez, em novembro de 1989, as multidões que contribuíram para o sucesso da revolução. Em poucos minutos, à frente de uma loja, encontrei umas setenta ou oitenta pessoas rindo de uma voz que saía de um alto-falante. Com base nos cartazes e inscrições do prédio, vi que por acaso eu havia encontrado a sede do Fórum Cívico, o movimento de oposição liderado por Havel.

Esses passantes, pessoas que faziam compras e empregados dos escritórios próximos, ao que parecia estavam ouvindo um comediante que se apresentava no auditório lá dentro. Não falo tcheco, mas imaginei que fosse um comediante – e dos mais engraçados – por causa do ritmo em *staccato* do seu monólogo, das paradas, das mudanças de tom, que pareciam ter o fim explícito de fazer a multidão ter convulsões de tanto rir, e as gargalhadas foram aumentando cada vez mais até culminar, no auge da hilaridade, com uma explosão de aplausos. Parecia o tipo de reação que se vê numa plateia de um filme de Chaplin. Através de uma passagem, vi que havia uma outra multidão mais ou menos do mesmo tamanho, também rindo, do outro lado do prédio do Fórum Cívico. Foi só quando passei para o outro lado que compreendi o que estava acontecendo. Em dois aparelhos de televisão colocados na janela da frente do Fórum Cívico, vi o comediante em pessoa: visto em close, sentado sozinho diante de uma mesa de conferências, lá estava o ex-secretário-geral do Partido Comunista da Tchecoslováquia, Milos Jakes. Jakes, que havia sido derrubado no início de dezembro de 1989, estava falando para uma reunião fechada de *apparatchiks* do partido na cidade industrial de Pilsen, em outubro.

Eu sabia que era Jakes na reunião de Pilsen porque na véspera, na hora do jantar, Ivan e seu filho, Michal, haviam me falado sobre esse videotape, que fora gravado em segredo pela equipe da TV tcheca. Agora a fita passava o tempo todo na sede do Fórum Cívico, e as pessoas que por ali transitavam durante o dia de vez em quando paravam para desopilar o fígado. Eles estavam rindo de Jakes, da sua retórica dogmática desprovida de humor, do tcheco primitivo e deselegante que ele falava – as frases confusas e deploráveis, os disparates ridículos, os eufemismos, as evasões e as mentiras, o imbecilês puro e simples que apenas meses antes inspirava em tanta gente sentimentos de vergonha e repulsa. Michal me dissera que, no réveillon, a

226

Rádio Europa Livre havia exibido a gravação de Jakes dizendo que era "o espetáculo mais engraçado do ano".

Ao ver as pessoas voltarem para a rua sorrindo, pensei que aquele seria certamente o objetivo mais elevado do riso, sua razão de ser sacramental: enterrar o mal no ridículo. Parecia um bom sinal o fato de que tantos homens e mulheres comuns (e adolescentes, e até mesmo crianças, que estavam na multidão) reconheciam que um atentado contra seu idioma fora tão humilhante e atroz quanto qualquer outra coisa. Ivan me disse depois que houve um momento na revolução em que por alguns minutos o jovem representante do movimento democrático húngaro se dirigiu a uma multidão enorme e terminou pedindo desculpas por não falar muito bem o tcheco. Na mesma hora, unânimes, meio milhão de pessoas gritou: "Você fala melhor do que o Jakes".

Embaixo dos televisores viam-se dois dos cartazes que se encontravam por toda parte, com o retrato de Václav Havel, cujo tcheco é exatamente o contrário do falado por Jakes.

Ivan Klíma e eu passamos os dois primeiros dias conversando; depois, num texto escrito, resumimos os pontos essenciais da nossa discussão.

ROTH: Como foi passar todos esses anos sendo publicado em seu próprio país em edições *samizdat*? A publicação clandestina de obras literárias sérias em pequenas tiragens certamente encontra um público que é, de modo geral, mais bem informado e intelectualmente mais sofisticado do que o grande público tcheco. A publicação em *samizdat*, imagino eu, promove uma solidariedade entre escritor e leitor que pode se tornar estimulante. Porém, por ser uma reação limitada e artificial ao mal da censura, o *samizdat* termina sendo insatisfatório para todos os envolvidos. Gostaria que você falasse sobre a cultura literária que foi gerada aqui pelo *samizdat*.

KLÍMA: Você tem razão, a literatura em *samizdat* promove um tipo especial de leitor. O *samizdat* tcheco teve origem numa situação de certo modo singular. O Poder, sustentado por exércitos estrangeiros – o Poder instaurado pelas forças de ocupação e cônscio de que só podia ser mantido pela vontade dessas forças de ocupação –, temia as críticas. Ele também tinha consciência de que qualquer forma de vida espiritual, em última análise, está voltada para a liberdade. É por isso que não hesitava em proibir praticamente toda a cultura tcheca, em impedir que os escritores escrevessem, que os pintores expusessem, que os cientistas – especialmente os cientistas sociais – realizassem pesquisas independentes; ele destruiu as universidades, nomeando, para a maioria dos cargos, acadêmicos que eram fiéis servidores do regime. A nação, apanhada desprevenida nessa catástrofe, aceitou tudo passivamente, pelo menos por algum tempo, assistindo impotente ao desaparecimento, uma por uma, das pessoas que até então eram respeitadas e em quem a nação depositava suas esperanças.

O *samizdat* foi surgindo aos poucos. No início dos anos 1970, meus amigos escritores que estavam proibidos de publicar se reuniam na minha casa uma vez por mês. Entre eles estavam os principais criadores da literatura tcheca: Václav Havel, Jiří Gruša, Ludvík Vaculík, Pavel Kohout, Alexandr Kliment, Jan Trefulka, Milan Uhde e dezenas de outros. Dessas reuniões, líamos em voz alta nossas novas obras para os outros; alguns, como Bohumil Hrabal e Jaroslav Seifert, não vinham em pessoa, porém enviavam-nos suas obras para que as lêssemos. A polícia começou a se interessar por essas reuniões; seguindo suas instruções, a televisão produziu um curta-metragem que dava a entender que perigosos conclaves conspiratórios estavam se realizando no meu apartamento. Recebi ordem de cancelar as reuniões, mas decidimos bater à máquina nossos textos e vendê-los pelo preço da cópia. Esse "comércio" foi assumido por um dos melhores escritores tchecos, Ludvík Vaculík. Foi assim que começamos, com um datilógrafo e uma máquina de escrever comum.

As obras eram impressas em edições de dez a vinte exemplares; o custo de um exemplar era cerca de três vezes o preço de um livro normal. Em pouco tempo as pessoas ficaram sabendo do que estávamos fazendo. Começaram a procurar esses livros. Novas "oficinas" surgiram, nas quais eram copiados os exemplares não autorizados. Ao mesmo tempo, os padrões gráficos foram melhorando. Por meios clandestinos, conseguíamos encadernar os livros na encadernadora estatal; muitos deles vinham acompanhados por ilustrações feitas por artistas importantes, também proibidos de divulgar seu trabalho. Muitos desses livros vão se tornar, se já não são, motivo de orgulho para os bibliófilos. Com o passar do tempo, as tiragens foram aumentando, assim como o número de títulos e de leitores. Quase toda pessoa que tinha a "sorte" de possuir um *samizdat* vivia cercada de um círculo de pessoas interessadas em pedi-lo emprestado. Os escritores logo foram seguidos por outros: filósofos, historiadores, sociólogos, católicos não conformistas, bem como fãs de jazz, música pop e música folclórica, e escritores jovens que se recusavam a publicar em edições oficiais, muito embora não estivessem proibidos. Dezenas de obras traduzidas começaram a ser divulgadas dessa maneira, livros sobre política, religião, muita poesia lírica e prosa meditativa. Coleções inteiras surgiram, com empreendimentos editoriais notáveis — por exemplo, as obras reunidas, e comentadas, do nosso maior filósofo contemporâneo, Jan Patočka.

De início a polícia tentou impedir os *samizdats*, confiscando exemplares individuais quando dava buscas em residências. Algumas vezes foram presos os datilógrafos responsáveis, e alguns foram até mesmo condenados à prisão pelos tribunais "livres", porém cada vez mais o *samizdat* foi se tornando, do ponto de vista das autoridades, um dragão de muitas cabeças como o das histórias de fada, ou uma espécie de peste. O *samizdat* era indomável.

Ainda não temos estatísticas precisas, mas sei que havia aproximadamente duzentos periódicos *samizdat*, e alguns milhares de livros. É claro que, quando falamos de milhares de títulos, não se pode esperar que todos sejam de alta qualidade, mas havia uma diferença fundamental entre o *samizdat* e o resto da cultura tcheca: ele era independente tanto do mercado quanto da censura. Essa cultura tcheca independente exercia uma forte atração sobre a geração mais jovem, em parte por estar cercada da aura do proibido. Até que ponto essas obras se difundiram é uma coisa que talvez seja descoberta em breve pelas pesquisas científicas; nós estimamos que alguns dos livros tiveram dezenas de milhares de leitores, e não podemos esquecer que muitos deles foram publicados por editoras tchecas no exílio e depois trazidos ao país pelos caminhos mais tortuosos.

Também não devemos esquecer o papel importante desempenhado na propagação da chamada "literatura não censurada" pelas estações de rádio estrangeiras Rádio Europa Livre e Voz da América. A Rádio Europa Livre transmitia alguns dos mais importantes livros *samizdat* em formato de novela radiofônica e tinha centenas de milhares de ouvintes. (Um dos últimos livros que ouvi nessa estação foi *Dálkový výslech* [Interrogações à distância], de Václav Havel, uma obra notável que é não apenas um relato de sua vida, mas também uma exposição de suas convicções políticas.) Estou certo de que essa "cultura clandestina" exerceu uma influência importante sobre os eventos revolucionários de 1989.

ROTH: Sempre achei que havia um certo romantismo no Ocidente a respeito da "musa da censura" por trás da cortina de ferro. Eu chegaria mesmo a dizer que havia escritores no Ocidente que por vezes invejavam a terrível pressão sob a qual vocês escreviam, e a clareza da missão gerada por esse ônus: na sua sociedade, vocês eram praticamente os únicos guardiões da verdade. Numa cultura censurada, em que todos vivem uma existência dupla — a das mentiras e a da verdade —, a literatura se torna responsável pela preservação da vida, dos vestígios de verdade a que as pessoas se apegam. Creio que também é verdade que numa cultura como a minha, em que nada é censurado, mas em que os meios de comunicação de massa nos inundam de falsificações idiotas da existência humana, a literatura séria também é responsável pela preservação da vida, ainda que a sociedade praticamente não lhe dê atenção.

Quando voltei de Praga aos Estados Unidos após minha primeira visita no início dos anos 1970, comparei a situação dos escritores tchecos com a nossa, dizendo: "Lá, nada é permitido e tudo é importante; aqui, tudo é permitido e nada é importante". Mas qual o custo dessa situação em que tudo que vocês escreviam era tão importante? Como você avalia o efeito destrutivo que a repressão, que valorizou de tal modo a literatura, teve sobre os escritores que você conhece?

KLÍMA: A sua comparação da situação dos escritores tchecos com a dos escritores num país livre é uma fórmula que já repeti muitas vezes. Não sou capaz de julgar o paradoxo da segunda parte da fórmula, mas a primeira exprime de modo maravilhoso o paradoxo da nossa situação. Os escritores pagavam um preço alto por essas palavras que ganhavam importância por causa das interdições e das perseguições — a proibição da publicação estava ligada não apenas à proibição de todas as atividades sociais, mas também, na maioria dos casos, à proibição da prática de qualquer trabalho para o qual os escritores estavam qualificados. Quase todos os meus colegas que foram censurados tinham que ganhar a vida como trabalhadores braçais. O trabalho de limpador de janelas, que conhecemos no romance de Kundera [*A insustentável leveza do ser*], na verdade não era muito comum entre os médicos, mas havia muitos escritores, críticos e tradutores que ganhavam a vida dessa forma. Outros trabalhavam como operários de construção do metrô, manejando guindastes, fazendo escavações em sítios geológicos. Ora, pode parecer que esse tipo de trabalho fosse uma experiência interessante para o escritor. E é mesmo, desde que seja só por um tempo limitado e que haja alguma perspectiva de escapar de uma rotina embrutecedora e desgastante. Quinze ou vinte anos desse tipo de trabalho, desse tipo de exclusão, acaba afetando toda a personalidade. A crueldade e a injustiça arrasaram por completo algumas das vítimas; outros ficavam tão exaustos que simplesmente não conseguiam realizar mais nenhum trabalho criativo. Os que assim mesmo conseguiram perseverar foram os que em nome desse trabalho sacrificaram tudo: qualquer oportunidade de repouso e, muitas vezes, de ter uma vida pessoal.

ROTH: Desde que cheguei, percebi que Milan Kundera aqui é uma espécie de obsessão entre os escritores e jornalistas com quem tenho conversado. Parece haver uma controvérsia a respeito do suposto "internacionalismo" de Kundera. Algumas pessoas me disseram que, nos dois livros que ele escreveu no exílio, *O livro do riso e do esquecimento* e *A insustentável leveza do ser*, ele se dirige ao público francês, ao público americano, e assim por diante, e que isso constitui uma espécie de contravenção cultural, ou até mesmo uma traição. Na minha opinião, pelo contrário, ele parece um escritor que, por estar morando no estrangeiro, resolveu, de modo realista, que era melhor não fazer de conta que estava vivendo no seu próprio país e que portanto precisava desenvolver uma estratégia literária que fosse coerente com as suas complexidades atuais, e não com as do passado. Deixando de lado a questão da qualidade, a grande diferença de abordagem entre os livros escritos na Tchecoslováquia, como *A brincadeira* e *Risíveis amores*, e os produzidos na França, a meu ver, não representa uma perda de integridade, muito menos uma falsificação de sua experiência, e sim uma reação forte e inovadora a um desafio inevitável. Você poderia explicar quais os problemas que Kundera representa para aqueles intelectuais tchecos que são tão obcecados com o fato de que ele escreve no exílio?

KLÍMA: A relação deles com Kundera é de fato complicada, e eu gostaria de afirmar desde o início que apenas uma minoria de tchecos tem alguma opinião a respeito dos escritos de Kundera, pelo simples motivo de que seus livros não são publicados na Tchecoslováquia há mais de vinte anos. A acusação de estar escrevendo para os estrangeiros e não para os tchecos é apenas uma das muitas críticas que são dirigidas a Kundera, e representa apenas uma parte de uma crítica mais substancial – a de que ele perdeu seus vínculos com a terra natal. Podemos deixar de lado a questão da qualidade, sim, porque a alergia a Kundera é, de modo geral, produzida não pela qualidade de seus livros, e sim por uma outra coisa.

Os defensores de Kundera – e eles são muitos aqui – explicam a antipatia que ele desperta entre os intelectuais tchecos como uma atitude que não é rara em relação aos nossos compatriotas mais famosos: inveja. Mas não vejo o problema em termos tão simplistas. Posso mencionar muitos compatriotas famosos, inclusive escritores (Havel aqui, Škvorecký no estrangeiro), que são valorizados e até mesmo amados pelos intelectuais tchecos.

Usei a palavra *alergia*. Uma diversidade de fatores irritantes produz uma alergia, e é difícil descobrir quais são os fatores cruciais. Na minha opinião, a causa da alergia é, em parte, o que as pessoas consideram a maneira simplificada e espetacular como Kundera apresenta sua experiência na Tchecoslováquia. Mais ainda, a experiência que ele apresenta é, diriam eles, incoerente com o fato de que ele próprio foi um filho mimado e premiado do regime comunista até 1968.

O sistema totalitário tem um impacto devastador sobre as pessoas, como o próprio Kundera reconhece, mas as dificuldades da vida têm uma forma muito mais complexa do que o que encontramos nas obras dele. Os que criticam Kundera diriam que a visão por ele apresentada é o tipo de coisa que seria de se esperar de um jornalista estrangeiro muito competente que tivesse passado algumas semanas no nosso país. Essa imagem é aceitável para o leitor ocidental porque confirma suas expectativas; ela reforça o conto de fadas sobre o bem e o mal, que toda boa criança gosta de ouvir repetidamente. Mas para esses leitores tchecos a nossa realidade não é um conto de fadas. Eles esperam, de um escritor da estatura de Kundera, uma visão bem mais abrangente e complexa, uma observação mais aprofundada de nossa vida. Sem dúvida, em seus livros Kundera tem outros objetivos além de apresentar uma visão da realidade tcheca, mas esses atributos de sua obra talvez não sejam tão relevantes para o público tcheco a que me refiro.

Outra causa dessa alergia provavelmente tem a ver com o puritanismo de alguns leitores tchecos. Ainda que na vida privada não se comportem de modo muito puritano, eles tendem a ser mais exigentes a respeito da moralidade dos escritores.

Por fim, há uma causa extraliterária, porém, que talvez seja a raiz do problema. No momento em que Kundera atingia o auge de sua popularidade em todo o mundo, a cultura tcheca estava enfrentando o sistema totalitário numa luta encarniçada. Tanto os intelectuais que estavam aqui quanto os exilados participaram dessa luta. Eles passaram por toda sorte de dificuldades: sacrificaram sua liberdade pessoal, seus cargos profissionais, seu tempo, seu conforto. Por exemplo, Josef Škvorecký e sua mulher praticamente abriram mão de sua vida pessoal para trabalhar, no exílio, pela literatura tcheca proibida. Na opinião de muitas pessoas, Kundera teria se distanciado desse esforço. Sem dúvida alguma, ele tinha esse direito – afinal, por que é que todo escritor deve se tornar um guerreiro? –, e sem dúvida é possível também argumentar que ele fez mais do que o bastante pela causa tcheca apenas escrevendo os livros que escreveu. Enfim, tentei explicar a você, do modo mais franco, por que Kundera é encarado em seu próprio país com muito mais hesitação do que no resto do mundo.

Em sua defesa, gostaria de afirmar que existe uma espécie de xenofobia aqui com o sofrimento dos últimos cinquenta anos. Os tchecos acabaram se sentindo muito possessivos em relação a seu sofrimento e, embora essa deformação seja compreensível e natural, na minha opinião ela teve o efeito de difamar injustamente Kundera, que, sem dúvida alguma, é um dos maiores escritores tchecos deste século.

ROTH: Os escritores oficiais, ou oficializados, são um certo mistério para mim. Será que todos eram ruins? Não havia nenhum escritor oportunista que fosse interessante? Digo "oportunista" e não "sinceramente a favor do regime" porque, ainda que possa ter existido tal coisa nos dez primeiros anos após a Segunda Guerra Mundial, me parece claro que nos últimos dez anos todos os escritores oficiais eram oportunistas. Por favor, me corrija se estiver errado. E me diga depois se era possível continuar sendo um bom escritor ao mesmo tempo que se aceitavam os dirigentes oficiais e as regras impostas por eles. Ou será que as obras eram automaticamente enfraquecidas e comprometidas por essa aceitação?

KLÍMA: É verdade que há uma diferença básica entre os escritores que defendiam o regime nos anos 1950 e aqueles que o defendiam depois da ocupação de 1968. Antes da guerra, o que se chamava então de literatura esquerdista desempenhou um papel relativamente importante. O fato de que o exército soviético libertou a maior parte da república fortaleceu ainda mais a tendência esquerdista; teve o mesmo efeito a lembrança de Munique e do modo como as potências ocidentais abandonaram a Tchecoslováquia, apesar de todos os tratados e promessas. A geração mais jovem, em particular, sucumbiu à ilusão de que os comunistas iam construir uma nova sociedade, mais justa. Foi precisamente essa geração que em pouco tempo passou a perceber a verdadeira natureza do regime e contribuiu muito para o desencadeamento do movimento da Primavera de Praga de 1968, e para a desmistificação da ditadura stalinista.

A partir de 1968, não havia mais motivo para ninguém — com exceção de um punhado de fanáticos — continuar acreditando naquelas ilusões do pós-guerra. O exército soviético havia mudado, do ponto de vista da Tchecoslováquia: se antes era um exército de libertação, agora era uma força de ocupação, e o regime que apoiava essa ocupação havia se transformado num bando de colaboradores. Se o escritor não percebia essas mudanças, sua cegueira o impedia de ser considerado um espírito criativo; se ele as percebia mas fingia não vê-las, podemos então chamá-lo com justiça de oportunista – é talvez a palavra mais delicada que podemos usar.

O problema, é claro, estava no fato de que o regime não durou apenas alguns meses ou anos, e sim duas décadas. Isso implica que, fora algumas exceções – e o regime perseguiu essas exceções com violência –, praticamente toda uma geração de dissidentes, a partir do final dos anos 1970, foi obrigada a emigrar. Quase todos os que ficaram tinham de aceitar o regime de uma maneira ou de outra, ou até mesmo apoiá-lo. A televisão e o rádio precisavam funcionar de algum modo, as editoras tinham que cobrir papel com tinta. Até mesmo pessoas perfeitamente decentes pensavam: "Se eu não ocupar esse cargo, ele vai ficar para alguém pior do que eu. Se eu não escrever – e eu vou tentar passar pelo menos um pouquinho de verdade para o leitor –, as únicas pessoas que vão escrever serão aquelas dispostas a servir ao regime do modo mais servil e acrítico".

Não quero dizer que todo mundo que publicou alguma coisa nos últimos vinte anos é necessariamente um mau escritor. É verdade, também, que aos poucos o regime foi tentando se apropriar de alguns escritores tchecos importantes, e assim passou a publicar algumas de suas obras. Desse modo, foram editados pelo menos uns poucos livros de Bohumil Hrabal e do poeta Miroslav Holub (ambos fizeram autocríticas em público), bem como poemas do prêmio Nobel Jaroslav Seifert, que assinou a Carta 77. Mas podemos afirmar de modo categórico que o esforço de publicação, de passar por todas as armadilhas montadas pela censura, constituiu um ônus pesado para muitos daqueles que foram editados. Já comparei com todo o cuidado as obras de Hrabal – eu o considero um dos maiores prosadores vivos da Europa[3] – que saíram em *samizdat* e

---

3 Esta conversa entre Philip Roth e Ivan Klíma aconteceu em 1990, antes do falecimento de Bohumil Hrabal, ocorrido em 1997.

foram editadas no estrangeiro com as que tiveram publicação oficial na Tchecoslováquia. As mudanças que ele claramente foi obrigado a fazer pela censura são, do ponto de vista da obra, monstruosas, no sentido mais preciso da palavra. Muito pior que isso, porém, foi o fato de que muitos autores já levavam em conta a censura de antemão e deformaram suas próprias obras — e, consequentemente, a si próprios.

Foi só nos anos 1980 que começou a surgir uma geração de escritores revoltados, principalmente entre os mais jovens, pessoas ligadas ao teatro e compositores de canções de protesto. Eles diziam exatamente o que pensavam e se arriscavam a não ter suas obras divulgadas e até mesmo a perderem seu ganha-pão. Em parte, é graças a eles que hoje temos liberdade na literatura — e não apenas na literatura.

ROTH: Depois da ocupação soviética da Tchecoslováquia, as editoras americanas publicaram uma amostragem razoável de escritores tchecos contemporâneos: dos que vivem no exílio, Kundera, Pavel Kohout, Škvorecký, Jiří Gruša e Arnošt Lustig; dos que vivem na Tchecoslováquia, você, Vaculík, Hrabal, Holub e Havel. É um número excepcional de representantes de um país europeu pequeno — eu, por exemplo, não seria capaz de citar dez escritores noruegueses ou dez escritores holandeses publicados nos Estados Unidos de 1968 para cá. É claro que o país que gerou Kafka tem uma importância especial, mas a meu ver nem eu nem você acreditamos que isso explique a atenção que a literatura tcheca vem recebendo no Ocidente. Vocês são lidos por muitos escritores estrangeiros, que manifestam uma deferência incrível em relação à sua literatura. Vocês são lidos, e suas vidas e obras cativaram os escritores ocidentais. Já lhe ocorreu que tudo isso agora mudou e que no futuro o mais provável é que vocês voltem a falar mais para si mesmos e menos para nós?

KLÍMA: Sem dúvida, o destino cruel desta nação, como já comentamos, inspirou muitos temas fascinantes. Os escritores muitas vezes eram levados pelas circunstâncias a viver experiências que jamais teriam vindo a conhecer em outra situação, e que, quando eles escreveram sobre elas, devem ter parecido quase exóticas para os leitores. Também é verdade que a literatura – ou a arte em geral – era o único lugar em que ainda era possível se afirmar como indivíduo. Na verdade, muitas pessoas criativas tornaram-se escritores exatamente por esse motivo. Tudo isso vai passar, até certo ponto, muito embora eu acredite que há uma aversão ao culto da elite na sociedade tcheca e que os escritores tchecos vão sempre estar interessados pelos problemas cotidianos das pessoas comuns. Isso se aplica aos grandes escritores do passado tanto quanto aos contemporâneos: Kafka jamais deixou de ser um funcionário de escritório, nem Čapek deixou de ser jornalista; Hašek e Hrabal passavam boa parte do tempo em bares enfumaçados, tomando cerveja com os amigos. Holub nunca abandonou seu trabalho de cientista e Vaculík evitava escrupulosamente tudo que o afastasse de uma vida semelhante à do mais comum dos cidadãos. É claro que, à medida que as mudanças ocorrem na vida social, os temas também vão mudando. Mas não sei se isso necessariamente vai tornar nossa literatura menos interessante para os estrangeiros. Creio que nossa literatura abriu um pouquinho os portões da Europa, e mesmo do mundo, não apenas por causa de seus temas, mas também por causa de sua qualidade.

ROTH: E dentro da Tchecoslováquia? Conheço pessoas que têm uma fome insaciável de livros, mas depois que o fervor revolucionário diminuir, e a sensação de unidade gerada pela luta se dissipar, será que vocês não vão se tornar muito menos interessantes para os leitores daqui do que eram no tempo em que lutavam para manter viva para eles uma língua que não fosse a dos jornais oficiais, a dos discursos oficiais e a dos livros oficialmente aprovados pelo governo?

KLÍMA: Concordo que a nossa literatura vai perder parte de seu atrativo extraliterário. Mas muitos acreditam que esses atrativos secundários estavam desviando tanto os escritores quanto os leitores para questões que na verdade deveriam ser abordadas por jornalistas, sociólogos e cientistas políticos. Voltemos ao que eu chamo de enredos instigantes oferecidos pelo sistema totalitário. O triunfo da burrice, a arrogância do poder, a violência contra os inocentes, a brutalidade policial, a crueldade que permeia a vida e gera colônias penais e prisões, a humilhação do homem, a vida fundada em mentiras e fingimento — essas histórias vão perder sua relevância, eu espero, muito embora os escritores provavelmente ainda venham a retomá-las depois de algum tempo. Mas a nova situação vai trazer novos temas. Para começar, quarenta anos de sistema totalitário deixaram como legado um vazio material e espiritual, e preencher esse vazio vai implicar dificuldades, tensões, decepções e tragédias.

Também é verdade que na Tchecoslováquia o amor aos livros tem uma tradição muito profunda, que remonta à Idade Média, e mesmo com televisões por toda parte é difícil encontrar uma família que não possua uma biblioteca com bons livros. Muito embora eu não goste de fazer profecias, acredito que pelo menos por ora a queda do sistema totalitário não vai transformar a literatura num mero tema para conversas nas festas.

ROTH: O escritor polonês Tadeusz Borowski afirmou que para escrever sobre o Holocausto era necessário assumir a voz dos culpados, dos cúmplices, dos implicados; foi o que ele fez em suas memórias fictícias escritas na primeira pessoa, *Pożegnanie z Marią* [Adeus a Maria]. Nessa obra Borowski pode até ter adotado um grau de torpor moral mais terrível do que o que ele de fato sentiu como prisioneiro em Auschwitz, precisamente a fim de revelar o horror de Auschwitz de uma maneira que não seria possível para uma vítima totalmente inocente. Sob o domínio do comunismo soviético, alguns dos escritores mais originais da Europa Oriental que já li em inglês adotaram posicionamento semelhante — Tadeusz Konwicki, Danilo Kiš e Kundera, por exemplo, para mencionar apenas três escritores de nome com K, que saíram de baixo da barata de Kafka para nos dizer que não existem anjos não contaminados, que o mal está dentro tanto quanto fora. Seja como for, esse tipo de autoflagelação, apesar de suas ironias e nuanças, não pode se libertar do elemento de culpa, do hábito moral de situar a fonte do mal no sistema até mesmo no momento em que ela examina o modo como o sistema contamina a mim e a você. Estamos acostumados a ficar do lado da verdade, com todos os riscos que isso implica de nos tornarmos moralistas, auto-complacentes, didáticos, fazendo contrapropaganda movidos pelo sentimento do dever. Não estamos acostumados a viver sem esse tipo de mal bem definido, reconhecível, objetivo. Eu me pergunto o que acontecerá com a sua literatura – e com os hábitos morais que nela estão embutidos – depois do desaparecimento do sistema: agora não há mais "eles", só eu e você.

KLÍMA: Essa pergunta me faz repensar tudo que eu disse até agora. Constato que muitas vezes eu relato um conflito em que me defendo contra um mundo agressivo, corporificado no sistema. Mas muitas vezes escrevo sobre o conflito entre mim e o sistema sem necessariamente pressupor que o mundo é pior do que eu. Eu diria que não apenas os escritores, mas todos nós, somos tentados a enxergar as coisas em termos da dicotomia eu-mundo.

A questão não é se o mundo é visto como um mau sistema ou como indivíduos maus, leis más ou má sorte. Nós dois poderíamos citar dezenas de obras criadas em sociedades livres em que o protagonista é jogado de um lado para o outro por uma sociedade má, hostil, incapaz de compreendê-lo, e desse modo nos convencer de que não é só nesta parte do mundo que os escritores caem na tentação de ver em termos do dualismo do bem e do mal o conflito entre si mesmos – ou seus protagonistas – e o mundo que os cerca.

Imagino que as pessoas daqui habituadas a ver o mundo de modo dualista certamente conseguirão encontrar uma outra manifestação do mal exterior. Por outro lado, a mudança de situação talvez ajude alguns a sair desse ciclo em que tudo que se faz é reagir à crueldade ou à estupidez do sistema, e a começar a repensar o lugar do homem no mundo. E o que vai acontecer com os meus escritos agora? Nos últimos três meses, ando ocupado com tantas outras obrigações que me parece fantástica a ideia de que algum dia vou ter tranquilidade para escrever mais uma narrativa. Mas para não me esquivar da sua pergunta – pensando no meu trabalho de escritor, o fato de que não vou ter mais que me preocupar com um sistema social infeliz é algo que me inspira alívio.

ROTH: Kafka. Em novembro passado, quando as manifestações que resultaram na criação de uma nova Tchecoslováquia estavam sendo dirigidas ao ex-presidiário Havel aqui em Praga, eu estava dando um curso sobre Kafka numa faculdade em

Nova York. Os alunos leram *O castelo*, a história da tentativa tediosa e infrutífera de K. de ser reconhecido como agrimensor pelo sujeito dorminhoco, poderoso e inacessível que controla a burocracia do castelo, o senhor Klamm. Quando apareceu no *New York Times* a foto de Havel sentado a uma mesa de reunião, estendendo o braço para apertar a mão do primeiro-ministro do antigo regime, eu mostrei a foto aos meus alunos. "Estão vendo?", eu disse. "Finalmente K. está se encontrando com Klamm." Os alunos gostaram quando Havel resolveu se candidatar à presidência – desse modo K. entraria no castelo na condição de nada menos que sucessor do patrão de Klamm.

A ironia presciente de Kafka pode não ser a qualidade mais notável de sua obra, mas pensar sobre ela é sempre fascinante. Ele está longe de ser um fantasista a criar um mundo de sonho ou pesadelo que se oponha ao mundo realista. Seus relatos afirmam com insistência que o que parece ser uma alucinação inimaginável e um paradoxo absurdo é precisamente o que constitui a nossa realidade. Em obras como *A metamorfose*, *O processo* e *O castelo*, ele relata a formação de uma pessoa que termina por aceitar – tarde demais, no caso do acusado Joseph K. – que o que parece insensato, ridículo e inacreditável, desprezível demais para nosso senso de dignidade e nossa atenção é precisamente o que está acontecendo conosco: aquela coisa desprezível acaba sendo o nosso destino.

"Não era sonho", escreve Kafka, referindo-se aos momentos que se seguem imediatamente ao despertar de Gregor Samsa, em que ele constata que não é mais um responsável arrimo de família, e sim um inseto repugnante. O que é sonho, segundo Kafka, é o mundo de probabilidades, de proporções, de estabilidade e ordem, de causa e efeito – é o mundo confiável de dignidade e justiça que lhe parece absolutamente fantástico. Como Kafka acharia graça da indignação daqueles sonhadores que nos dizem todos os dias: "Eu não vim aqui para ser insultado!". No mundo de Kafka – e não apenas no mundo de Kafka – a vida só começa a fazer sentido quando a gente se dá conta de que está aqui justamente para isso.

Eu gostaria de saber que papel Kafka desempenhou na sua imaginação durante o tempo em que você estava aqui para ser insultado. As autoridades comunistas expulsaram Kafka das livrarias, bibliotecas e universidades na cidade do próprio Kafka, e em toda a Tchecoslováquia. Por quê? O que os assustava? O que os indignava? O que Kafka significava para aqueles de vocês que conhecem sua obra bem e talvez até sintam uma forte afinidade com suas origens?

KLÍMA: Como você, eu estudei a obra de Kafka. Não faz muito tempo, escrevi um longo ensaio sobre ele e uma peça sobre seu romance com Felice Bauer. Eu formularia minha opinião sobre o conflito entre mundo onírico e mundo real na obra de Kafka de um modo um pouco diferente. Diz você: "O que é sonho, segundo Kafka, é o mundo de probabilidades, de proporções, de estabilidade e ordem, de causa e efeito – é o mundo confiável de dignidade e justiça que lhe parece absolutamente fantástico". Eu substituiria a palavra "fantástico" pela palavra "inatingível". O que você chama de mundo de sonho era, para Kafka, o mundo real, o mundo em que reinava a ordem, em que as pessoas, pelo menos tal como ele acreditava, podiam gostar umas das outras, fazer amor, formar famílias, cumprir suas obrigações de modo ordeiro – mas esse mundo era, para ele, com seu senso de verdade quase mórbido, inatingível. Seus protagonistas sofriam não por não poder realizar seus sonhos, mas porque não tinham força suficiente para entrar da maneira certa no mundo real, cumprir suas obrigações da maneira certa.

A pergunta sobre o motivo pelo qual Kafka foi proibido pelos regimes comunistas é respondida numa única frase pelo protagonista de meu romance *Amor e lixo*: o mais importante na personalidade de Kafka era sua honestidade. Um regime fundado no logro, que exige que as pessoas finjam, que quer o consentimento sem se importar com a convicção interior das pessoas que são obrigadas a consentir, um regime que tem medo de todo mundo que pergunta qual o sentido do que está fazendo, não pode permitir que se faça ouvir alguém cuja veracidade era tão absoluta a ponto de se tornar fascinante, ou mesmo assustadora.

Se você me perguntar o que Kafka representava para mim, voltamos à pergunta da qual não estamos conseguindo nos afastar. No fundo, Kafka não era um escritor político. Gosto de citar o registro que ele fez em seu diário em 21 de agosto de 1914. É um registro muito breve. "A Alemanha declarou guerra à Rússia. – À tarde, fui nadar." Aqui o plano histórico, dos eventos que abalam o mundo, e o plano pessoal estão exatamente no mesmo nível. Estou certo de que Kafka escrevia movido apenas pela necessidade mais íntima de confessar suas crises pessoais e desse modo resolver o que para ele era insolúvel em sua vida pessoal – em primeiro lugar, o relacionamento com o pai e sua incapacidade de passar de um certo limite nos relacionamentos com as mulheres. No meu ensaio sobre Kafka, demonstro que, por exemplo, a máquina assassina do conto *Na colônia penal* é uma imagem maravilhosa, passional e desesperada da condição de estar casado ou noivo. Alguns anos depois de escrever essa história, ele confidenciou a Milena Jesenská seus sentimentos sobre a ideia de os dois viverem juntos:

> Sabe, quando tento escrever alguma coisa [sobre nosso relacionamento] as espadas cujas pontas me cercam num círculo começam pouco a pouco a se aproximar do corpo, é a tortura mais completa; quando começam a roçar em mim já é tão terrível que imediatamente, ao primeiro grito, eu traio você, a mim mesmo, a tudo.

As metáforas de Kafka eram tão poderosas que ultrapassavam em muito suas intenções originais. Sei que *O processo*, tanto quanto *Na colônia penal*, já foram explicados como profecias engenhosas do terrível destino dos judeus durante a Segunda Guerra Mundial, que teve início quinze anos após a morte de Kafka. Mas não houve nenhuma profecia genial. Essas obras apenas provam que o criador que sabe refletir suas experiências mais íntimas de modo profundo e verdadeiro acaba atingindo também as esferas suprapessoais ou sociais. Mais uma vez, estou respondendo à pergunta sobre o conteúdo político da literatura. A literatura não precisa ficar procurando realidades políticas, nem mesmo se preocupar com os sistemas que surgem e desaparecem; ela pode transcendê-los e mesmo assim responder a perguntas que o sistema propõe às pessoas. Essa é a lição mais importante que extraí de Kafka.

ROTH: Ivan, você é judeu de nascimento, e por ser judeu passou parte da infância num campo de concentração. Você acha que esse fato caracteriza a sua obra – ou que, sob o regime comunista, ele alterou a sua difícil situação como escritor – de um modo que valha a pena comentar? Na década que antecedeu a guerra, seria inimaginável uma Europa Central sem a presença cultural maciça dos judeus – sem leitores judeus, escritores judeus, jornalistas, dramaturgos, editores e críticos judeus. Agora que a vida literária desta parte da Europa mais uma vez vai recuperar uma atmosfera intelectual semelhante à dos anos antes da guerra, eu me pergunto se – talvez até mesmo pela primeira vez – a ausência de judeus vai ter algum impacto sobre a sociedade. Haverá na literatura tcheca atual algum vestígio da cultura judaica de antes da guerra? Ou será que a mentalidade e a sensibilidade dos judeus, antes tão fortes em Praga, abandonaram a literatura tcheca em caráter definitivo?

KLÍMA: Todo aquele que passou por um campo de concentração na infância – que já foi totalmente dependente de um poder externo que a qualquer momento pode entrar e espancá-lo, matá-lo, a ele e a todos que o cercam – provavelmente vive o resto da vida de um modo ao menos um pouco diferente das pessoas que foram poupadas desse tipo de formação. A vida é frágil como um barbante – essa foi a lição do meu dia a dia na infância. Qual o efeito disso sobre os meus escritos? Uma obsessão pelo problema da justiça, pelos sentimentos das pessoas condenadas e proscritas, pelos solitários e impotentes. Os temas que derivam disso, graças ao destino do meu país, não perderam nem um pouco a relevância. E qual o efeito sobre a minha vida? Os meus amigos sempre me consideraram um otimista. Qualquer pessoa que tenha sido condenada à morte várias vezes e tenha sobrevivido ou se torna paranoica para o resto da vida ou então adquire uma confiança, sem nenhuma base na razão, de que é possível sobreviver a qualquer coisa e que tudo vai acabar bem.

Quanto à influência da cultura judaica na nossa cultura atual – se olhamos para trás, tendemos a idealizar a realidade cultural do mesmo modo que idealizamos nossa infância. Quando olho para trás e vejo minha cidade natal, a Praga do início do século, fico abismado com a mistura maravilhosa de culturas e costumes, com os inúmeros grandes homens da cidade. Kafka, Rilke,

Hašek, Werfel, Einstein, Dvořák, Max Brod... Mas é claro que o passado de Praga, que estou mencionando aqui apenas como símbolo da Europa Central, não era apenas uma quantidade deslumbrante de pessoas extremamente talentosas, não era apenas uma explosão cultural; era também uma época de ódios, de conflitos furiosos, mesquinhos e muitas vezes sangrentos.

Se falamos sobre a magnífica explosão da cultura judaica que Praga testemunhou quase que mais do que qualquer outra cidade, devemos também reconhecer que nunca se passou muito tempo aqui sem algum tipo de explosão de antissemitismo. Para a maioria das pessoas, os judeus representavam um elemento estrangeiro, que elas tentavam, na melhor das hipóteses, isolar. Não há dúvida de que a cultura judaica enriqueceu a cultura tcheca, pelo simples fato de que, tal como a cultura alemã, que também tinha uma presença importante na Boêmia – e a literatura judaica na Boêmia era basicamente de expressão alemã –, ela se tornou, para a cultura tcheca, que começava a se desenvolver depois de ser sufocada por duzentos anos, uma ponte para a Europa Ocidental.

O que sobreviveu desse passado? Aparentemente, nada. Mas estou certo de que isso não é de todo verdade. O atual anseio de virar a página, de substituir o niilismo do passado por tolerância, o anseio de voltar a fontes límpidas – isso não é uma resposta ao alerta quase esquecido dos mortos, dos assassinados, dirigido a nós, os vivos?

ROTH: Havel. Um homem complicado, com uma ironia irreverente e um intelecto sólido como Havel, um literato, um estudioso da filosofia, um idealista com fortes inclinações espirituais, um pensador lúdico que fala sua língua nativa de modo preciso e direto, que raciocina de modo lógico e sutil, que sabe rir gostosamente, que é apaixonado pela teatralidade, que conhece a fundo e compreende bem a história e cultura de seu país – um homem assim teria ainda menos chance de ser eleito presidente dos Estados Unidos do que Jesse Jackson ou Geraldine Ferraro.

Hoje de manhã fui ao Castelo, para assistir a uma entrevista coletiva em que Havel falou sobre suas viagens aos Estados Unidos e à Rússia, e foi com prazer e um certo espanto que ouvi um presidente improvisando na hora frases penetrantes, fluentes, cheias de observação humana, o tipo de frase que, na nossa Casa Branca, não é formulada de modo tão abundante – muito menos de improviso – desde o assassinato de Lincoln.

Quando um jornalista alemão perguntou quem, na opinião dele, era melhor companhia, Dalai Lama, George Bush ou Mikhail Gorbatchov – ele esteve recentemente com os três –, Havel começou dizendo: "Bom, não seria prudente estabelecer uma hierarquia de simpatia…". Quando lhe pediram que descrevesse Gorbatchov, ele disse que uma das qualidades mais atraentes do homem era o fato de que "ele não hesita em admitir que está constrangido". Quando anunciou que havia agendado a chegada do presidente da Alemanha Ocidental para 15 de março – o dia em que Hitler entrou em Praga em 1939 –, um dos repórteres observou que Havel "gostava de efemérides", e Havel o corrigiu imediatamente: "Não, eu não disse que 'gostava de efemérides'. Eu falei sobre símbolos, metáforas, e uma sensibilidade para as estruturas dramáticas na política".

Como foi que isso aconteceu aqui? E por que aconteceu com Havel? Como ele provavelmente seria o primeiro a reconhecer, Havel não foi a primeira pessoa teimosa e sem papas na língua desse país, nem foi a única a ser presa por suas ideias. Eu gostaria que você me dissesse por que ele se tornou a encarnação da nova autoimagem da nação. Eu me pergunto se ele era visto por boa parte da nação como um herói no tempo em que, de modo quixotesco – o tipo do intelectual tolo e bem-intencionado que não compreende a vida real –, ele escrevia cartas de protesto longas e aparentemente inúteis para seu predecessor, o presidente Husak. Naquele tempo, não havia muita gente que o achava um provocador ou um louco? Para as centenas de milhares de pessoas que nunca se opuseram concretamente ao regime comunista, o culto a Havel não seria uma maneira muito conveniente de se livrar, quase que da noite para o dia, de sua própria cumplicidade com o que você chama de niilismo do passado?

KLÍMA: Antes de tentar explicar o notável fenômeno Havel, vou tentar dar a minha opinião sobre a personalidade chamada Havel. (Espero não estar violando a lei, ainda em vigor, que praticamente proíbe qualquer crítica dirigida ao presidente.)

Concordo com a sua caracterização de Havel. Só que, por ter me encontrado com ele um número incontável de vezes nos últimos 25 anos, eu acrescentaria alguma coisa. Havel é conhecido no mundo basicamente como um dramaturgo importante, em seguida como um ensaísta interessante e por fim como um dissidente, um opositor do regime tão firme em seus princípios que não hesitou em sofrer toda e qualquer consequência por suas convicções, inclusive uma prisão tcheca – mais exatamente, uma prisão comunista. Mas nessa lista das habilitações ou profissões de Havel está faltando um item que na minha opinião é o fundamental.

Como dramaturgo, Havel é classificado pela crítica mundial como um seguidor do teatro do absurdo. Mas no tempo em que ainda era permitido montar as peças de Havel nos nossos teatros, o público tcheco as entendia basicamente como peças políticas. Eu costumava dizer, meio de brincadeira, que Havel havia se tornado dramaturgo apenas porque naquela época o teatro era a única plataforma na qual era possível exprimir opiniões políticas. Desde o início, quando o conheci, Havel era para mim em primeiro lugar um político, em segundo lugar um ensaísta genial e só por último um dramaturgo. Não estou ordenando o valor de suas realizações, e sim a prioridade de seu interesse, sua inclinação pessoal e seu entusiasmo.

No deserto político tcheco, em que os antigos representantes do regime democrático haviam migrado, estavam presos ou tinham desaparecido por completo da vida pública, Havel foi por muito tempo o único representante em atividade da linha de política tcheca inteiramente democrática representada por Tomáš Masaryk. Hoje Masaryk vive na consciência nacional mais como um ídolo ou como o autor dos princípios com base nos quais foi construída a Primeira República. Poucas pessoas sabem que ele foi um político excepcional, um mestre da negociação e das jogadas políticas surpreendentes, dos atos arriscados com motivação ética. (Um desses atos foi defender apaixonadamente um jovem vagabundo judeu, Leopold Hilsner, acusado de cometer o assassinato ritual de uma jovem costureira. Esse ato de Masaryk causou tanta indignação no público nacionalista tcheco que por algum tempo julgou-se que aquele político experimentado havia cometido um suicídio político – sem dúvida, seus contemporâneos devem tê-lo visto como "um provocador ou um louco".) Havel deu continuidade, de modo brilhante, à linha de comportamento ético "suicida" de Masaryk, só que sua atividade política ocorreu em condições muito mais perigosas do que o contexto do antigo Império Austro-Húngaro. A carta a Husak que ele escreveu em 1975 foi sem dúvida um ato eticamente motivado, porém claramente político – até mesmo suicida –, tal como as campanhas para angariar assinaturas que promovia repetidamente e por causa das quais era sempre perseguido.

Tal como Masaryk, Havel era um mestre das negociações e alianças que jamais perdia de vista seu objetivo básico: remover o sistema totalitário e substituí-lo por um sistema renovado de democracia pluralista. Em vista desse objetivo, em 1977 ele não hesitou em unir todas as forças antitotalitárias, fossem elas comunistas reformistas – todos expulsos do partido havia muito tempo –, participantes de movimentos artísticos clandestinos ou cristãos praticantes. A importância básica da Carta 77 residia precisamente nesse ato de unificação, e não tenho a menor dúvida de que foi Václav Havel o autor dessa concepção e a personalidade capaz de unir forças políticas tão absolutamente heterogêneas.

A candidatura de Havel à presidência e sua eleição foram, em primeiro lugar, uma manifestação de um curso de eventos precipitado e verdadeiramente revolucionário. Voltando um dia de uma reunião de uma das comissões do Fórum Cívico, no final de novembro passado, meus amigos e eu estávamos comentando que em breve teríamos de nomear nosso candidato à presidência. Havia entre nós um consenso de que o único candidato viável, por ter apoio popular relativamente amplo, era Alexander Dubček. Mas poucos dias depois já estava claro que a revolução havia avançado além do ponto em que qualquer candidato vinculado ao partido comunista, ainda que apenas no passado, poderia ser aceito pela geração mais jovem de tchecos. Naquele momento, surgiu então o único candidato adequado: Václav Havel. Mais uma vez demonstrando seus instintos políticos – e não havia dúvida de que o único candidato aceitável para a Eslováquia era Dubček −, Havel deixou claro que só seria candidato se Dubček recebesse o segundo cargo mais alto do país.

A meu ver, a mudança de atitude do público com relação a Havel − pois para um determinado setor daqui ele era mesmo mais ou menos desconhecido, ou então conhecido como filho de um capitalista rico, ou até mesmo como um homem que fora preso − se deve ao ethos revolucionário que dominou a nação. Numa certa atmosfera, no meio de uma multidão, por mais bem-comportada que ela seja, um indivíduo de repente se identifica com o clima, o estado de espírito predominante, e capta o entusiasmo da multidão. É verdade que a maioria da população tivera participação nos atos do sistema antigo, mas não é menos verdade que o odiava ao mesmo tempo, justamente porque o sistema as obrigava a se tornarem cúmplices de seus horrores, e quase ninguém continuava a se identificar com um regime que tantas vezes havia humilhado, enganado e roubado as pessoas. Em poucos dias Havel se tornou símbolo da mudança revolucionária, o homem que tiraria a sociedade daquela crise − ninguém sabia exatamente como −, o homem que tiraria a sociedade do mal e a encaminharia ao bem. Se a motivação para apoiá-lo era em sua essência metafísica, se essa motivação vai se manter ou se depois vai passar a se basear mais na razão e em questões práticas − isso o tempo dirá.

ROTH: Antes, nós falamos sobre o futuro. Posso encerrar fazendo uma profecia? O que vou dizer pode parecer arrogante e condescendente − o homem livre alertando o homem oprimido dos perigos da liberdade. Vocês passaram muitos anos lutando por algo que era tão necessário para vocês quanto o ar, e o que vou dizer é que esse ar pelo qual vocês lutaram tanto também é um pouco envenenado. Quero deixar claro que não sou nenhum artista de torre de marfim que despreza os profanos, nem sou um pobre menino rico me queixando da minha vida de luxos. Não estou me queixando. Estou apenas fazendo um relato para a academia.

Ainda existe um verniz pré-Segunda Guerra Mundial nas sociedades que, desde os anos 1940, vivem sob domínio soviético. Os países-satélites ficaram presos numa bolha no tempo, e o resultado disso é que, entre outras coisas, a revolução de McLuhan praticamente ainda não afetou a vida deles. Praga ainda é basicamente Praga, e não uma parte da aldeia global.

A Tchecoslováquia ainda é a Tchecoslováquia, e no entanto a Europa para a qual vocês estão voltando está rapidamente se tornando homogênea, uma Europa cujas nações muito diversas estão prestes a sofrer uma transformação radical. Vocês vivem numa sociedade de inocência racial edênica, por não conhecerem ainda as grandes migrações pós-coloniais – do meu ponto de vista, a sociedade de vocês é extraordinariamente branca. Além disso, existem também o dinheiro e a cultura do dinheiro que se instaura numa economia de mercado.

De que modo vocês vão lidar com o dinheiro, vocês que são escritores, que sempre viveram debaixo da asa de um sindicato de escritores subsidiado pelo governo, com uma indústria editorial subsidiada, quando tiverem de competir no mercado e publicar livros que deem lucro? E essa economia de mercado da qual o novo governo está falando – daqui a cinco, dez anos, como é que vocês vão lidar com a cultura comercializada que vai ser gerada por ela?

À medida que a Tchecoslováquia for se tornando uma sociedade de consumo livre e democrática, vocês, escritores, vão se sentir atormentados por novos adversários, dos quais vocês eram protegidos, por estranho que pareça, pelo totalitarismo repressor e estéril. O mais perturbador será um adversário em particular, o qual é o arqui-inimigo todo-poderoso da literatura, da leitura e do idioma. Garanto a você que jamais haverá multidões desafiadoras reunidas na praça Wenceslas para derrubar essa nova tirania e que nenhum dramaturgo-intelectual será eleito pelas massas indignadas para redimir a alma nacional da estupidez a que esse adversário praticamente reduz todo o discurso humano. Refiro-me ao grande trivializador de tudo, a televisão comercial – não um punhado de canais a que ninguém quer assistir por eles serem controlados por um censor governamental tacanho, e sim dez ou vinte canais de televisão, chatos e cheios de clichês, a que quase todo mundo assiste o tempo todo porque o que eles mostram é entretenimento. Finalmente, você e seus colegas romperam a prisão intelectual

do totalitarismo comunista. Bem-vindos ao Mundo do Entretenimento Total. Vocês não sabem o que estavam perdendo.
Ou será que sabem?

KLÍMA: Como já vivi algum tempo nos Estados Unidos, e
como há vinte anos só sou publicado no Ocidente, tenho consciência do "perigo" que uma sociedade livre, em particular um
mecanismo de mercado, representa para a cultura. É claro que
sei que a maioria das pessoas prefere praticamente qualquer
tipo de *kitsch* a Cortázar ou Hrabal. Sei que é bem provável que
termine esta fase da nossa história em que até mesmo livros de
poesia atingem tiragens de dezenas de milhares de exemplares.
Imagino que uma onda de lixo literário e televisivo vai inundar
nosso mercado − não há como impedir isso. Também não sou o
único a ter consciência de que, com a liberdade recém-conquistada, a cultura não apenas ganha algo de importante, mas também perde algo. No início de janeiro, um dos nossos melhores
diretores de cinema foi entrevistado na televisão, e ele fez um
alerta contra a comercialização da cultura. Quando ele disse
que a censura nos havia protegido não apenas das melhores
obras da nossa cultura e da cultura estrangeira, mas também
do que há de pior na cultura de massa, ele incomodou muita
gente, mas eu o entendi. Recentemente, foi publicado um memorando sobre a posição da televisão, afirmando que

> a televisão, graças à sua influência generalizada, tem o potencial
> de dar a maior contribuição direta a um renascimento moral. Isso,
> é claro, pressupõe [...] o estabelecimento de uma nova estrutura,
> não apenas no sentido organizacional, mas também no que diz
> respeito à responsabilidade moral e criativa da instituição como
> um todo e de cada membro de sua equipe, especialmente os que
> ocupam posições de comando. Vivemos num tempo em que a
> nossa televisão tem uma oportunidade única de tentar realizar
> algo que não existe em lugar nenhum no mundo.

O memorando, naturalmente, não pede a criação de um
órgão de censura, e sim um conselho de artes suprapartidário,
um grupo de autoridades independentes com os mais elevados
padrões espirituais e morais. Assinei esse memorando como

presidente do PEN Club tcheco, embora me parecesse um tanto utópica a ideia de estruturar a televisão numa sociedade livre. A linguagem do memorando me pareceu o tipo de coisa irrealista e moralista que emerge da euforia de uma revolução.

Comentei que, principalmente entre os intelectuais, começam a surgir ideias utópicas a respeito do modo como este país vai conseguir juntar o lado bom de ambos os sistemas – um pouco do sistema de controle estatal, um pouco do novo sistema de mercado. E essas ideias provavelmente são mais fortes na esfera da cultura. O futuro dirá até que ponto elas são puramente utópicas. Haverá televisão comercial no nosso país ou continuaremos a ter apenas estações subsidiadas, sob controle central? Se prevalecer o modelo centralizado, será que ele conseguirá resistir às demandas do gosto da massa? Só saberemos com o tempo.

Já afirmei que na Tchecoslováquia a literatura sempre gozou não apenas de popularidade, mas também de respeito. Prova disso é o fato de que num país com menos de 12 milhões de habitantes livros de bons escritores, tanto tchecos quanto traduzidos, já foram publicados em tiragens de centenas de milhares de exemplares. Mais ainda, o sistema está mudando no nosso país num momento em que o pensamento ambiental vem experimentando um crescimento tremendo (o meio ambiente da Tchecoslováquia é um dos piores da Europa), e sem dúvida não faria sentido tentarmos purificar o ambiente e ao mesmo tempo poluir nossa cultura. Assim, no fundo não é totalmente utópica a ideia de tentar influenciar os meios de comunicação de massa no sentido de manter padrões e até mesmo educar a nação. Se pelo menos uma parte dessa ideia puder ser concretizada, será certamente, como afirmam os autores do memorando, um evento único na história das comunicações de massa. E, afinal de contas, é verdade que de vez em quando impulsos de caráter espiritual partem deste nosso pequenino país no centro da Europa.

Tradução: Paulo Henriques Britto.
Texto publicado originalmente em Philip Roth, *Entre nós*. São Paulo: Companhia das Letras, 2008, pp. 49-87.

Nascido em Praga em 1931, IVAN KLÍMA tem origem judaica e, na infância, após a invasão nazista da antiga Tchecoslováquia durante a Segunda Guerra Mundial, ficou cerca de quatro anos preso em um campo de concentração. Após o fim do conflito, durante a ocupação soviética, passou a ser considerado um radical pelo regime, o que fez sua obra permanecer proibida no país por vinte anos. Formado em letras, deu aulas na Universidade de Michigan, mas, na volta, assim como seu protagonista, precisou trabalhar em outras áreas — foi motorista de ambulância e assistente de tipógrafo. *Amor e lixo* (1986) é um de seus livros mais célebres e foi traduzido para 29 idiomas.

PHILIP ROTH (1933-2018) foi um dos mais importantes romancistas norte-americanos e forte expoente da literatura judaica nos Estados Unidos. Grande parte de seus mais de trinta livros está publicada no Brasil; entre eles, *O complexo de Portnoy* (2004), *Homem comum* (2007) e *Complô contra a América* (2015). O autor recebeu os prêmios Pulitzer e Man Booker International e foi duas vezes vencedor do National Book Critics Circle Award e do National Book Award. A conversa entre Roth e Klíma, ocorrida em 1990, faz parte do livro *Entre nós* (Companhia das Letras, 2008), uma reunião de ensaios, entrevistas e cartas do escritor norte-americano com colegas de ofício sobre literatura e política.

PREPARAÇÃO Cristina Yamazaki
REVISÃO Ricardo Jensen de Oliveira e Tomoe Moroizumi
CAPA Kevelyn Oliveira
PROJETO GRÁFICO DE MIOLO Bloco Gráfico

Editorial
DIRETOR EDITORIAL Fabiano Curi
EDITORA-CHEFE Graziella Beting
EDITORA Livia Deorsola
EDITOR-ASSISTENTE Kaio Cassio
CONTRATOS E DIREITOS AUTORAIS Karina Macedo

Arte
EDITORA DE ARTE Laura Lotufo
PRODUTORA GRÁFICA Lilia Góes

Comunicação e imprensa
Clara Dias

Administrativo
Lilian Périgo

Comercial
Fábio Igaki

Expedição
Nelson Figueiredo

Atendimento a leitores e livrarias
Meire David

EDITORA CARAMBAIA
Av. São Luís, 86, cj. 182
01046-000 São Paulo SP
contato@carambaia.com.br
www.carambaia.com.br

copyright desta edição © Editora Carambaia, 2022
copyright © Ivan Klíma, 1986
copyright © "Conversation in Prague with Ivan Klíma" by Philip Roth, 2001.
Used by permission of The Wylie Agency (UK) Limited. "Conversa em Praga
com Ivan Klíma". Publicado com a permissão da Companhia das Letras.

Título original *Láska a smetí* [Praga, 1986, 2013]

Realization of this book was supported by the
Ministry of Culture of the Czech Republic.

A publicação deste livro contou com o apoio do
Ministério da Cultura da República Tcheca.

CIP-BRASIL. CATALOGAÇÃO NA PUBLICAÇÃO
SINDICATO NACIONAL DOS EDITORES DE LIVROS, RJ

K72a
Klíma, Ivan [1931]
Amor e lixo / Ivan Klíma ; conversa com o autor
por Philip Roth ; tradução Aleksandar Jovanović.
1. ed. – São Paulo: Carambaia, 2022.
256 p.; 23 cm

Tradução de: *Láska a smetí*
ISBN 978-65-86398-71-7

1. Romance tcheco. I. Roth, Philip.
II. Jovanović, Aleksandar. III. Título.

22-76729   CDD: 891.863   CDU: 82-31(437.3)
Gabriela Faray Ferreira Lopes – Bibliotecária CRB-7/6643

ilimitada

FONTE
Antwerp

PAPEL
Pólen Natural 80 g/m²

IMPRESSÃO
Geográfica